文春文庫

心では重すぎる

上

大沢在昌

文藝春秋

心では重すぎる　上

1

携帯電話が振動したのは、列車が熱海を過ぎたときだった。静岡で停車する最終の東京いきひかりはひどくすいている。

デッキにでる必要はないと判断した。同じ車輛に私以外の乗客はいない。

「――はい」

「押野(おしの)です。何時に到着されますか」

「十一時半くらいです」

「迎えの者をやらせます」

「けっこうです。銀座ならひと駅ですから」

「ご遠慮なさらずに。八重洲北口にハイヤーを回しておきます。東海という会社のハイヤーです。運転手にプラカードをもたせますので」

「恐縮です」

「ではのちほど」

押野はいって、電話を切った。

私は携帯電話をしまい、窓を見た。列車はトンネルに入っていた。自分の顔が映っている。

東京に復帰して二年が過ぎていた。調査の仕事をしているときを除けば、毎週末は車か新幹線で静岡の三保に帰っている。わずらわしいと感じていた筈の共同生活の場を、私はいまだに「我が家」と感じているのだった。

薬物依存者のための相互更生補助施設「セイル・オフ」は、清水市と駿河湾を見おろす日本平にある。古くなり、閉館したホテルを財団が買いとり、改造したのだ。

私はそこで約四年を暮らした。「セイル・オフ」に医師はいない。治療が必要な中毒患者を受けいれる施設ではないからだ。私がそこでしたのは、カウンセラーの真似ごとのようなものだった。話を聞いてやったり、メンバーに代わって雑用をこなす。手紙を書き、電話をかけ、人と会う。「セイル・オフ」に入ってくるメンバーは〝卒業〟の決心を固めるまでは、外の世界、特に今までの人生とかかわりのある外界と接触をもつのをひどく恐れる傾向がある。

二年前、財団の理事長、沢辺を通じて受けた失踪人調査をきっかけに、私は東京に復帰した。事務所をもたぬ探偵ではなく、もった探偵として。

三十歳になるまでの八年間、私は虎ノ門にある法律事務所で失踪人調査の仕事をしていた。十代二十代の、若者の家出人を捜すのを専門としていたのだ。

たぶん私は優秀な探偵だったと思う。だがある事件を機に引退し、少ししてから、沢辺が設立した財団の仕事を手伝うようになった。「セイル・オフ」で過した間、四件の失踪人調査をひきうけた。四件については、依頼された失踪人をすべて捜しだすことに成功した。

私が探偵をやめることができないと悟ったとき、沢辺も同じ気持を私に対して感じていた。

沢辺は私のために事務所を開く金をだした。私は事務所を千鳥ヶ淵の小さなホテルに構えることにした。住居兼事務所としてセミスイートルームを借り、部屋代は財団が払う。私が探偵で得た報酬も、一度は財団に支払われることになっていた。しかし財団はそこから一切の経費をとってはいない。それは「セイル・オフ」での四年間を私が無報酬で過したことへの返礼かもしれない。

私は今、電話帳とインターネットに広告をだしている。だが実際に受ける依頼の大半は沢辺や財団の関係者を通してもちこまれるものだった。概してその方が報酬は高く、依頼される失踪人も単なる家出や駆け落ちではすまないケースが多い。

今夜これから会うことになっている押野も、沢辺に紹介された依頼人だ。

年齢は三十代の後半というから、私より少し若い。とてつもない金持で、銀座のビルの最上階に造ったペントハウスに住んでいる。彼は日曜の深夜、正確には月曜の午前零時以降に会いたいといってきた。依頼の内容はまだ聞いていない。

――相当の変り者らしい

今日の午後、神戸の自宅から「セイル・オフ」に電話をしてきた沢辺はいった。

――君の友人は皆、そうだろう

――お前も含めてな

そんな会話を交し、私は静岡から新幹線に乗ったのだった。

毎夕、「セイル・オフ」ではメンバーどうしによるミーティングが開かれる。ミーティングではそれぞれが経験談、特に薬物依存におちいることになったきっかけと、ぬけだそうと決心した理由を話しあう。

私はオブザーバーとしてそこにいる。ほとんどの場合、口をはさむことはしない。ただメンバーが薬物依存をぬけだすのを困難と感じる理由を外の世界に抱えていて、それについての意見や情報を求められたときだけ、言葉を発することにしていた。

薬物依存者にはねじれた連帯感がある。その連帯感が最も強く発揮されるのは、薬物依存からぬけだそうとする裏切り者に対したときだ。

外の世界において、薬物依存者は同じ依存者以外の仲間をもちようがない。彼らはたいていの場合、職場や学校で疎(うと)まれ、家庭でももて余されている。さらに彼ら自身が胸の内に果てしない自己嫌悪を抱えている。それを分かちあえ、表面上でも理解しあえるのは同じ薬物依存者でしかない。したがって、仲間からぬけだし、薬物依存から立ち直ろうとする者に対しては、嫉妬からくる激しい憎悪を感じる。ぬけだす者は、疎外や中傷、ときには肉体的暴力に耐えなければならない。しかもそれは、これまで唯一、心を許せる存在であった人間たちからもたらされる。

「セイル・オフ」が集団生活の場である理由がそこにある。

メンバーにとって、外界にあるのは自分に冷淡な〝まっとうな世の中〟か、今では自分を憎んでいるかつての依存者仲間しかない。それらにひとりで対抗して生きていくことは、どれほど意志の強い者であっても難しい。

ぬけだそうとする者にも仲間が必要なのだ。外の仲間に対する、内の仲間。それによってメンバーは心の均衡をとる。

こうした集団生活を送る更生施設を冷笑する人間たちがいるのを私は知っている。大のおとなが肩を寄せあって暮らすなど、まるで新興宗教のようで無気味だ、と彼らはいう。しかもまるで学生のように日課を決められ、互いの人生を話しあい、後悔や反省、そして慰めにいきつく姿は、滑稽であるとすらいう。

そうした人々は、たいていの場合、自分の意志は強く、薬物依存とは無縁だと信じている。

そうかもしれない。意志の強弱だけで判断するならば、薬物依存者とは、誘惑に対する抵抗力の弱い人間ととることもできる。さらに金銭面、時間、性に対してもルーズな生活を送ってきたことも否めない。

　薬物依存者は多くの場合、単なる好奇心で最初の薬物と出会う。その段階では、未成年者が初めての酒や煙草と出会うのと、状況にさほどかわりはない。

　なのに、そこから〝卒業〟する者と〝卒業〟できない者がいる。それが意志の弱さだと考える人間もいる。実際に、多くの友人がやめられたのに、自分は意志が弱いのでやめられなかった、と述べるメンバーも多い。

　いわゆる不良グループの中でも、薬物依存者は、信用を得られない最下級の人間として扱われるのがふつうだ。

　悪いグループにひきこまれ、そこで知った有機溶剤の吸引からぬけられず、結果、グループの中でもさらに悪いとされている集団に〝堕ちていく〟感覚を味わったと告げる者は何人もいた。

　自分はこんなに悪い子ではなかった筈なのに、少し前まで自分から見て悪(わる)だと思っていた連中すら、今の自分を救いがたい人間だと感じている――そんな絶望感を抱いた、というのだ。

　その絶望は、入ってはならない部屋の、さらに奥の別の部屋に入ってしまった感覚に似ている、と表現した者もいた。

それによって、抜けだそうという意志が萎えるのだと。

薬物依存者は瞬時に薬物依存者になるのではない。依存者となる過程で、疎外感や絶望をくり返し味わい、そのたびに暗い自己嫌悪を心の内に塗り固めていく。

〝卒業〟できるか、できないかは、非常に早い段階で本人が意志決定するかどうかにある。それが遅れ、周辺に同じような依存者が集まった場合、〝卒業〟はかなり難しくなるといってよいだろう。

それは〝卒業〟を阻む、外的な理由ともなる。外的な理由は他にもある。家族関係、男女問題、差別意識。

だがそうした外的な理由に第三者が働きかけることはできない、と私は考えている。過去、例外的にかかわりあってしまったことはある。誤解があり、しかしその誤解をとくのを依存者が放棄していたケースだ。

それ以外では、私が、メンバーのそれぞれの外界に働きかけたことはない。そうした働きかけを望まれた経験は何度となくある。

つい最近も、新しくメンバーに加わった少年がそれを私に望んだ。

もちろん私は断わった。彼はある人間を、自分の人生から消してほしい、と望んだのだ。その人物がいる限り、自分は外界に戻れば、再び薬物に依存するだろう、と。

消すのはお前の仕事だ、と私はいった。

――できないですよ、それが。できたらとっくにやってます。公さんは、あの人を知らないからそんなことがいえるんだ。あの人が死ぬか、俺が溶けるかしない限り、無理なんです
雅宗という少年はいった。十六歳。渋谷に十三歳の頃から出入りをし始め、十五で自分の〝チーム〟をもつに至った。何度も芸能界にスカウトされたことがあるほどの美貌で、喧嘩の達人という伝説もあったが、それが虚像であったことを一回目のミーティングで吐露した。

十五歳でその人物と出会った。最初のかかわりはナンパだった。噂になっている女がいた。誰にも落とされたことのない女。無理に落とそうとした奴が、指を嚙みちぎられたという噂。

出会い、誘い、ふられた。次に会ったとき、雅宗はクスリを使った。睡眠薬を飲ませ、前後不覚になったその女を犯した。

怒るか、泣くか。いずれにせよ、一度ものにした女は逃さない自信があった。

だが女はどちらでもなかった。興味を感じ、つきあった。そして夢中になった。なぜならその女はいつも、氷のように醒めていたから。

やがて雅宗にとり、女は女王に等しい存在となった。その頃、女が同じような奴隷を

他にも何人ももつことを知る。嫉妬がつのり、女のいうことを何でも聞こうと思う。女は、雅宗に薬物を強制した。

自分が最初にクスリを使った報いだと雅宗はいう。雅宗は、女の歓心を買うだけのために、女の前でさまざまなクスリを乱用した。覚せい剤、筋肉弛緩剤、睡眠薬、有機溶剤。チャンポンはざらだった。

女は雅宗に乱用を求め、しかし自分ではクスリを試そうとしなかった。壊れていく雅宗を楽しんでいたというのだ。

今でもその女が好きだ。気が狂うほど好きだ、と雅宗はいう。実際、「セイル・オフ」から毎日のように、女に電話しているらしい。

「セイル・オフ」では、携帯電話の使用は禁止されている。

雅宗の電話はほとんどつながらない。深夜、雅宗が館内の公衆電話の前にすわりこみ、くり返しボタンを押す姿を、私も見ていた。

雅宗を、だが「セイル・オフ」に向かわせたのは、その女だという。痩せ細り、幻聴に苦しめられるようになった雅宗に「セイル・オフ」の存在を教えたのだ。これまで何度となく両親に病院へと連れていかれようとするのを、暴力で退けてきた雅宗が、初めて自ら立ち直りたいといったと、両親は涙ながらに私に語った。

雅宗の心にあるのは、恐怖と愛情の混乱だ。雅宗は女を求めながら、女を恐れる。だからこそ、人生からその女が消えない限り、自分の〝卒業〟はないという。

消すのは雅宗の仕事だ。

他人が消せば、雅宗は女を忘れることができない。場合によっては、憎しみをその人間に向けるだろう。自分が望んだ結果であっても。

私は、女が雅宗に薬物を強制した、という話も疑わしいと感じていた。女自身が薬物依存者でないのに、他にそれを強制するのは奇妙である。

新幹線が東京駅のホームにすべりこみ、私は立ちあがった。隣の座席においていたコートを着こみ、扉を抜けた。

同じ列車から降りた乗客は数えられるほど少ない。

ひとりの男が私の前に立った。降りたった乗客ではなく、ホームにいて列車の到着を待っていたようだ。

年齢は二十代の初めだろう。コートが必要な季節だというのに、膝までの丈しかないショートパンツとTシャツという姿だった。なのに頭には毛糸の帽子をかぶっている。鼻孔と唇、それに両耳にピアスをはめて、薄い色のサングラスをかけていた。

「佐久間さん？」

男が私に訊ねた。両手を短いパンツのポケットに押しこみ、小刻みに体を揺らせている。寒くて震えているのとはちがう。

サングラスの奥の目を見た。ここではないどこかを見ている目だった。

「そうだ」

私は答えた。男は私に目を向けないまま、訊ねた。

「あいつ、いつでてくるの？」

「あいつ？」

「雅宗」

私はゆっくりと男を見直した。ミーティングで、今夜私が東京に向かう話はでた。だから雅宗から連絡を受ければ、こうしてここにくることはできたろう。

「でてくるとは？」

「あんたんとこの病院」

男の体はまだ揺れていた。

「いいじゃん、教えてよ。いつでてくんの」

男はさらに訊ねた。

「そういう話は他人にはできないことになっている」

私は男の目を捉えようと努力しながらいった。絶え間なく動く目は、そこに男の心がないことを証明していた。今ここで私という人間と向かいあい、会話を交しているという現実が、この男にとっては「夢の中」のできごとなのだ。この男にとっての現実は、ごく短い、限られた時間と場所にしか存在しない。当然、今でもなくここでもない。でなければ、冷たい北風が吹きぬけるホームに、こんな軽装では現われない。

おそらくこの男の意識の中には、時刻も季節も存在しない。夢の中に時刻や季節が存在しないように。

開いた瞳孔は、明らかにてんぱっている者の特徴だった。

私は鼻からゆっくりと息を吸いこんだ。有機溶剤の吸引者は、まちがいなく呼気に溶剤特有の刺激臭を漂わせている。また覚せい剤の常習者は、ある種の体臭を放つようになる。

男からはそうした匂いは漂ってこなかった。かわりに、ひとときも止まることなく動きつづける眼球から、男が使っているのが、睡眠薬や安定剤、あるいは鎮咳剤(ちんがいざい)だろうと推理した。

「待ってんだよ」

男は体を揺らしながらいった。

「誰が」

「飼い主様だよ。雅宗の」

「雅宗は犬なのか」

私は訊ねた。この短い会話のあいだに、ひかりを降りた乗客は、私をのぞきひとり残らず、ホームから姿を消していた。もはや、今夜中にこのホームを発車する列車もなく、私は男とふたりきりになっていた。

「そうさ。犬だ。俺もだけど」

いって、男はにやりと笑った。そして驚くほど長い舌をつきだし、鼻孔のピアスをぺろりとなめてみせた。

私はかすかに寒けを覚えた。寒けは、この男に対してではなく、その背後にいる人物に対して感じたのだ。

「飼い主様の名は何という」

「そいつはいえないな」

男は再び笑った。

「名前は軽々しく口にするもんじゃない。呪いをかけられるからな」

「なるほど。飼い主様はなぜ雅宗を待ってるんだ」

「もう一度、落としたいからだよ、奴を」

「もう一度？」

「あんたんとこは、ほら、クスリを抜くんだろ、体から」

男の揺れはさらに激しくなっていた。

「病院とはちがうんだ」

「でも抜くんだろ」

「体じゃなく、心からな」

私はおだやかにいった。

「そう、それそれ」

男は嬉しそうに笑った。

「雅宗からクスリを抜いてさ、もう一度、溶かすんだと」

「溶かす？」

「だからまた、クスリだよ。風船みたいにふくらませたり、縮めたりするんだと」

「誰が」

「飼い主様だよ。わかんねえな」

男はじれったそうにいった。

「雅宗は飼い主様のところへは戻らないかもしれないぞ」

「戻るって」

男はおかしそうにいった。

「決まってんじゃん。みんな、俺たちは戻るんだよ」

「なぜ飼い主様はそんなことをする」

「おもしれえからだよ。雅宗がふくらんだり、縮んだりするのが……」

「飼い主様は雅宗を嫌ってるのか」

ようやくヒットした。男の眼球が動きを止め、私を見た。

「なんで」

不機嫌そうに訊いた。

「だってそうだろう。雅宗を痛めつけ、傷を治させ、また痛めつける。それが楽しいなら、雅宗は嫌われているだけだ」

「そんなの……俺にはわからねえ」

「自分はどうだ」

「自分？」

「お前自身さ。お前自身は飼い主様に嫌われているとは思わないのか」

「なんでそんなことというんだよ」

「おもしろがっているお前がおもしろいからだ。お前は自分の方が雅宗より大切にされていると感じている。なぜなら、雅宗がいたぶられるのを飼い主様といっしょに楽しめるからだ。だが犬は皆、同じだ。飼い主様にいいようにいたぶられているだけかもしれん」

男が瞬きを激しく、くり返した。

「わかんねえよ。わかんねえことというなよ」

「じゃあ、わかるようにいってやろう。お前は飼い主様にいわれて、俺に会いにきた。そうだな?」

男は不安そうに頷いた。

「飼い主様が知りたいのは、雅宗がいつ『セイル・オフ』をでてこられるかだ」

「ああ」

「だがその質問に俺は答えられないし、答える気もない。なぜなら犬とは会話を交すつもりはないからだ。雅宗は今、犬じゃない、人間だ。お前とはちがう。お前が犬扱いされているのは、飼い主様がお前を嫌っているからだ」

「嘘だ」

「どうして嘘だと思う。憎まれているとすら、思うがね、俺は」

男の動きを私は予期していた。

「嘘だ!」

もう一度叫んで、男は私にとびかかってきた。若さと服装を考えれば、それは滑稽なほどのろく、ぶざまな動きだった。

私は体をかわし、男の足を払った。男はホームに転がった。男は急いで立ちあがろうとし、足をもつれさせた。

私は膝を男の胸にかけ、頬をワシづかみにした。男の顔は灰色だった。喉仏が激しく上下している。

「飼い主様は、お前たち犬が皆、嫌いなんだ。だからいじめる。わかるだろ。お前が今ここで、このホームで俺におさえつけられているのも、飼い主様がしたことだ」

「嘘だ……」

男の声は弱々しかった。右手がパンツのポケットにさしこまれた。一列に凹みが刻まれた銀色の金属がのぞいた。私は足の位置を入れかえた。右の手首を踏まれ、男は喉の奥で声をたてた。

「キレるなよ、小僧」

さらに頰に深く指を食いこませ、私はいった。

「キレたら、飼い主様の思うツボだ。飼い主様は喜ぶだろうな」

足に力をこめた。乾いた音をたててバタフライナイフがホームに落ちた。それを蹴った。ナイフはコンクリートの上をすべり、ホームの端から消えた。

男の背が丸まり、頰の内側をふくらませる圧力が高まった。

私は素早くとびのいた。男は吐いた。すわりこんだまま、ホームに黄色い液体をまき散らした。

「馬鹿野郎！」

濁った声で叫び、再び吐いた。

私は少し離れた位置からその姿を見ていた。胃の中身に固形物はほとんどなく、液体ばかりだ。風上に立っているので、悪臭はさほど感じなかった。

「全部、飼い主様がお前にさせたことだ」

「嘘だ」

「遊んでいるのは飼い主様だけなんだ」

男は涙の浮かんだ目で私を見た。

「わからないのか。遊びは飼い主様だけがしている。お前は楽しくなくとも、飼い主様は楽しい。それが現実なんだ」

男の目を見つめ返し、いった。

男は口を開いた。何かをいおうとしていたが、言葉が見つからなかった。だからかわりに、心を再び飛ばした。男の目から意識が消えた。

私はしばらく男を見つめていた。だがそこにいるのはもう、汚物にまみれてすわりこんでいるただの抜け殻だった。

抜け殻は二度と立ちあがってこようとはしなかった。その心がさまよっているのは、暗く凍てついたプラットホームではなく、どこか偽りの温もり、偽りの愛情で満たされた楽園にちがいなかった。

飼い主様のもとへと、男の心は帰っていった。

さらに冷えびえとした気持で、私は男に背を向けた。もはや男が私につかみかかってくることはない。

改札口をくぐり、「佐久間様」と書かれたカードをもち、立っている濃紺のスーツの男に頷いてみせた。

黒のセンチュリーが待っていた。私は暖かな車内に体を預けた。

「押野様のところへうかがいます」

「そうして下さい」

運転席にすわった運転手に答え、私は携帯電話をとりだした。

センチュリーは空車タクシーの並んだ八重洲口を抜けだそうとしている。

「セイル・オフ」の番号を押した。

長い呼びだしの後、呉野（くれの）が答えた。呉野は三十代半ばの独身で、OBとして「セイル・オフ」に住みこんでいる。

「はい」

「佐久間だ。寝ていたか」

「ええ」

「すまなかった。雅宗はどうしてる？」

「十一時頃まで電話にしがみついてましたが、今は寝たようです。明日はゴルフ場なので」

　メンバーは週に一度、地元ゴルフ場の草むしりに駆りだされる。健康と「セイル・オフ」の数少ない現金収入の手段として。

「少し奴に注意しておいてほしい」

「何か？」

「いや。何となくそう思ったんだ」

「娑婆っけは感じてました」

　呉野は低い声でいった。呉野の声の背後は静かだった。「セイル・オフ」の建物がホテルであった頃の名残りの巨大な振り子時計の音がはっきりと聞こえてくる。

「外泊願いをだしてるのか」

「いえ」

「とにかく、しばらくようすに注意してくれ」

「堀さんにも伝えておきますか」

　堀は呉野と同じく最古参のメンバーだった。トルエン中毒のあげく、バイクの事故で片脚を失い、顔には傷跡が残った。だがその恐ろしげな風貌と裏腹に、建物の清掃や汚物処理など、人の嫌がる仕事を率先してやる。無口だが、ミーティングのときなどは、人の心を打つ話をぽつりぽつりとして、メンバーの心を溶かすという点では一番の人間だった。

　堀もまた呉野と同じく、「セイル・オフ」で暮らしつづける道を選んだ人間だった。入ったばかりのメンバーや〝脱走〟の可能性があるメンバーと同室になって世話を焼くのが、堀の役目だ。

「頼む」

　施設の運営面で呉野が、メンバーの情緒面では堀が、「セイル・オフ」の実質的リーダーだ。二人は、料理番の「おっ母（かあ）」こと松倉ヨネ子とともに、すべてのメンバーの〝家族〟である。「セイル・オフ」を誇りに思う権利は彼らにあって、私にはない。

「了解。これから仕事でしたよね」

　ミーティングで上京の話がでた。雅宗も聞いていた。それが飼い主様に伝わったというわけだ。

「そうだ」

「風邪ひかないように、頑張って下さい」

「ありがとう。また連絡する」

　私はいって、電話を切った。センチュリーは数寄屋橋の交差点にさしかかったところだった。交差点を過ぎ、数十メートルほど走ったところで停止した。

　運転手が自動車電話をつかみあげた。車内灯をつけ、助手席におかれていたファックス用紙をとりあげる。そこに記されていた番号を押し、でた相手に告げた。

「押野様でいらっしゃいますか。東海自動車でございます。ただいま佐久間様を、銀座ビルの下までお連れいたしました」

押野の言葉に耳を傾け、私に電話をさしだした。私は受けとり、いった。

「――かわりました」

「押野です。車が止まっているま横のビルの一階に画廊があるのがおわかりですか」

「わかります。シャッターが降りています」

「ちょっとわかりにくいのですが、そのシャッターの右奥に、銀色の扉があります。鍵を開けますので、そこから中に入って下さい。正面奥にエレベータがありますので、それで『R』にお越し下さい。お手数をおかけします」

「承知しました」

「運転手は待たせておいて下さい」

「はい」

私は電話を運転手に返し、

「待っていて下さい」

と告げて、車を降りた。

日曜の深夜で、旧電通通りにはまったく人影がなかった。歩道に明るい光を投げかけているのは、百メートルほど先のファーストフード店と、さらにその少し先にあるコンビニエンスストアくらいだ。

いわれた扉はすぐに見つかった。小さなテレビカメラが扉の上にすえつけられており、私がその前に立つと、扉の内側でカチリという音がした。

私はノブを握った。扉を押し開くと、銀色をした細長い通路の奥にエレベータがあるのが見えた。

通路の天井にはスポットライトが埋めこまれている。通路の幅は、人がすれちがうのがやっとのほどしかない。

エレベータの前までいってボタンを押した。扉はすぐに開いた。

乗りこんで目的階のボタンを見た。「19」「20」「R」の三つしかない。「R」を押すと、静かに扉は閉まり、エレベータは上昇を開始した。

まるでベルトコンベアに乗り、箱詰めにされたような気分だった。

エレベータが停止し、扉が開いた。グレイのカーペットをしきつめた廊下が広がっていた。一階の通路とは比べものにならぬほど広い。照明は、床から二十センチほどの高さで壁に埋めこまれた電球だった。頭上はガラス張りになっている。

正面に扉があって、人ひとりがすり抜けられるくらいのすきまが開いていた。そこに男が立ち、うかがうようにこちらを見ている。

小柄だった。もし押野ならば、声から受ける印象よりは、はるかに若く見える。三十代の後半には、とても思えない。

男が一歩踏みだし、扉を大きく開いた。足が悪いようだ。歩くたびに、上半身が大きく揺れ動く。

「佐久間さん?」

「そうです」

「お呼びたてして恐縮です。入って下さい」

私は扉をくぐった。ガラスの天井の下、二十畳ほどの部屋が広がっていた。壁の二面と床の一部までもガラス張りになっている。そこに、天体観測に使うような望遠鏡がすえられていた。

ガラスでない壁には、額に入ったマンガの原画が飾られていた。額の数は十数あり、同じ人物の手になるものとわかる。ただし、それが誰の何という作品なのかはわからなかった。マンガを嫌いではないが、必ず毎週読むという雑誌をもたなくなって十年以上がたっている。

床の中央に巨大な革ばりの長椅子と肘かけ椅子があった。天体望遠鏡のかたわらにもある。大きな丸いガラステーブルにはさまざまな書物が積みあげられている。小説、経済誌、マンガ週刊誌、ムック本、外国語の雑誌も混じっていて、五十センチ近い山がふたつあり、雪崩をおこしかけていた。

照明はすべて間接照明で、ガラス張りの天井や壁とあいまって、その部屋が空中に浮かんでいるかのような雰囲気をかもしだしていた。

「すわって下さい」

押野はいって、長椅子を示した。私は腰をおろし、彼が動き回るのを眺めた。窓とは反対側に、カウンターで仕切られたスペースがあった。そこに入ると、缶コーヒーを二本手にしてきた。一本を私に手渡した。

「酒を飲まないもので」

「ちょうだいします」

コーヒーは冷えてもいないし、温められてもいなかった。何となく箱か何かに入れられ積まれていたもののような気がした。

押野は肘かけ椅子にすわり、両足を投げだした。

「ここで生活していらっしゃるんですか」

「いや。気が向くと、ここで過すんです。自宅は別にあります。あまり帰りませんが」

「自宅はこちらではないのですか」

「ええ。成城です」

押野は色の白い、やさしげな顔立ちをしていた。短く刈った髪の、前髪の部分だけが

Ｖ字型に額の中央にかかっている。それが気にいっている髪型なのか、癖毛なのかは不明だった。丸い眼鏡の奥の目は、ひどく神経質で賢い小動物を思わせた。

「日曜日の夜が好きなんですよ。人が少ないし、ほっとする」

押野はいった。

「平日の夜はそれほどのドラマはない。でも日曜の夜、たとえばこんなに遅い時間に歩いている人がいると、興味を惹かれるじゃないですか。どんな理由なのだろうって。住んでいる人間なんかいやしませんからね、この辺りは」

「それであれを？」

私は望遠鏡を見た。押野は頷いた。

「いつだったかな……。もう二年くらい前の冬、やはり日曜の晩ここにいたとき、人っ子ひとりいない下の電通通りを立派な紳士が歩いているのを見たんです。ようすが何となくおかしいので、そのとき手もとにあった小さな双眼鏡でのぞいたら、泣いていました。六十歳くらいの人でした。ネクタイをしめ、襟巻をし、カシミヤのコートを着た人です。大粒の涙をぼろぼろと流しながら、下の歩道を、少し歩いては立ち止まっていた。酔っているようには見えませんでした。いかにも銀座がふさわしいような紳士で、ふだんの日で、しかも泣いてさえいなかったら、別に誰も気に止めなかったでしょう」

押野は缶コーヒーのタブを開けた。

「もしかして、事業に失敗したか何かで、この辺りにもっていた財産を失ってしまったか、愛していた夜の銀座にこられなくなったのか。いろいろなことを想像しました。同時に、自殺でもするのではないかとね。ずっと、その人が新橋駅の方に見えなくなるまで見ていました。とうに電車はなくなった時間でしたが」

私は黙っていた。押野は白い歯を見せた。

「のぞき趣味だと思いますか」

「人間なら誰だってのぞき趣味はあると思います。どんな人であれ、今そこにいるには理由というものがある。もしすべての人間が同じ理由でそこにいるなら、誰もそれを知りたいと思わないでしょう」

「そう。私がずるいのは、アウトサイダーでいようとしているからかもしれません」

「アウトサイダー？」

押野は頷いた。

「私の理由は他の人たちとはちがう。この街にやってくるのは、目的をもった人々ばかりだ。ここで働いて金を稼ぎたい人、金をつかって楽しみを得たい人、誰かをだまそうとしている人間、だまされてもいいから今抱えている何かをつかのま忘れてしまいたい人間。私はただいるだけを目的として、この街にきます。いて、眺めるだけが楽しいんです。他の人と同じように、買い物をしたり、食事や酒を楽しもうとは思わない。まるで観客のように、何もせず眺めていたいのです」

「ある意味では非常に恵まれていらっしゃいますね」

「恵まれている？」

押野は不思議そうな顔をした。私は頷いた。

「人間にかかわらず、ただ観察だけをしていられるなら、これほど興味深く楽しいことはないでしょう。街は劇場やブラウン管と同じです。眺めて、飽きれば、スイッチのかわりにカーテンを引く。楽しそうです」

「それじゃつまらないという人もいますよ。肌でふれあい、かかわっていかなければ、人生は楽しくないと。傍観者など意味がない」

「この世の中にあるすべての人生に積極的にかかわっていくことなど不可能でしょう」

「佐久間さんは探偵をしていらっしゃる。そういう意味では積極派ではないのですか」

「長いあいだ私は、探偵という仕事が傍観者の役割だと思っていました。本来、出会うことも話す必要もない人々のもとに出向き、何かを訊き、確かめ、思いだしてもらうのが仕事です。だから傍観者だと」

「なるほど」

「でもそれはまちがっていた。人の生活はもっと密なものです。家族、友人、恋人。離れているように見えて、実は、時間や空間が密接につながった窮屈な状態で生きています。そこに第三者である私が入りこみ、何か情報を得ようとするのは、満員電車に体を押しこむようなもので、他人の生活の流れを止めたり、意識を別の方向にさし向けようという行為に等しい。私を雇った人以外には、迷惑な結果をもたらします。そこまでしておいて自分を傍観者だと考えるのは、それこそのぞきを趣味として恥じないようなもので、無責任ではないかと思えてきたんです」

「ではやはり積極派なのですか？」

「お節介であろうとは思いません。しかし無関係だといい捨てる勇気はありません。調査の過程でかかわったすべての人の人生を」

押野は苦笑した。

「複雑な仕事のようだ」

「考えてしまえば。通常は、調査には手順があり、それにのっとった形で動きます。動き始めの段階では、さほど無関係な人たちを困らせたり、混乱させるような調査はおこなわなくてすみます。そして大半はその段階で結果を得られます。そういうときはあまり考えません」

「人捜しの専門家とうかがいましたが」

「失踪調査専門です」

「やはり家族、が頼むのですか」

「そうですね。たまに雇い主であったり、友人、恋人であったりもしますが」

「無関係な人間が頼むことは？」

「無関係な人間？」

「会ったことも話したこともない人間が、そうたとえば、テレビや雑誌の、『あの人は今』のような企画で、いなくなってしまった人を捜す」

「私にはありません」

「そういう仕事だったら、しないのですか」

「しないかもしれません。ご依頼はそういう内容なのですか」

押野は黙った。

アウトサイダーとして他人の人生をのぞき見ていたい、と告げても、押野には卑しさはなかった。興味をもつことと、それを他人に喧伝することはちがう。好奇心が人の本能だとするなら、それを満たす行為までは責められない。卑しいのは、知ったことを他人に吹聴し、貶めたり、嘲ったりする行為だ。押野の態度には、そうした物腰はみじんも感じられなかった。

押野は壁に飾られたマンガの原画を示した。

「どう思います？」

「さっきお部屋に入れていただいたときに気がつきました。知らない人のマンガのようです。誰の作品です」

「私です」

押野を見つめた。絵は稚拙ではなかった。描線もしっかりとしていて、好みのマンガであるかどうかはともかくとして、私の目から見れば、それがどこかのマンガ誌に掲載されていたとしても、違和感はなかったろう。

「マンガを描かれるのですか」

沢辺からはマンガ家だとは聞いていなかった。相続した不動産が大量にあり、それを管理して暮らしているということだった。

押野は恥ずかしげな笑みを見せた。

「二十代の初め頃のものです。マンガ家を志望していて、何度も雑誌の編集部に持ちこみました。描き直しをさせられ、ようやくできたと思ったら編集会議でボツにされたりしていました。自分には才能があると考えていて、必ず芽がでると信じて」

「素人目にもそう見えます」

私は立ちあがり、壁ぎわに立つと、飾られた原画を念入りに見つめた。若い男女の話だった。派手な格闘シーンや銃撃戦などはない。都会のアパートで静かに暮らす若者が、ひとりの少女と出会う。彼は学生で、同じ学校に惹かれている女子生徒がいるのだが、彼女は華やかで誰からも好かれ、若者は地味な自分に気後れして告白できずにいる。出会った少女は、その女子生徒とは正反対で、若者と同じように地味で垢抜けない。少女は若者に好意をもつが、若者は決してふりむかない。むしろ少女の好意を重荷に感じ、遠ざけるように動く。

あるとき若者が思いを寄せていた女子生徒が自殺する。若者はショックを受け、混乱する。なぜあれほど皆から好かれていた人間が自殺しなければならなかったのか。いくら考えても理解できず、失意のどん底におかれた若者の前に少女が現われて告げる。

彼女は誰からも愛されたが、それゆえに誰も愛せなかった。その不幸に耐えられず自殺したのだ、と。

彼はその言葉の意味がわからず、逆に怒りを抱いて少女に暴行する。少女はされるがままになりながら、

「幸せだわ、わたし」

とつぶやく場面で終わっていた。

明るくはない。だが感傷性も含めて、それほどひどい作品だとは思えなかった。描線は細く女性的で、暴行シーンにもいやらしさはなかった。強いていうなら、内容の割にインパクトに欠ける、という点だろうか。いくつものマンガが載っている雑誌に、掲載作のひとつとしてあった場合、パラパラとページをめくっていく過程で、人物や背景がさほど目に止まることなく読みすごされてしまう可能性はあった。

「それをそこに飾ったのは、思い出と自戒のためです」

私が最後のページとなる原画を見終えるのを待って、押野はいった。

「自戒？」

「自分の錯覚を戒める。才能があると思いこんだ、いや、思いたがった自分の愚かしさの反省」

「本当に、そう思っているのですか？」

「ええ。あの頃、私と同じように編集部にマンガを持ちこむ人間はたくさんいました。今もきっと同じような若者がおおぜいいると思います。私は、あるときまで、自分が、同じようなもちこみのマンガ家志望者の中で最もすぐれていると信じていました。たとえば、絵なら、私より太く強い線で描ける人はいるかもしれない。でもその人には、私のような精神世界はない。私のように、人物と世の中を考え、それをストーリーに起こしてマンガにする才能はない、と。

マンガ家には絵が描ければいいのだ、という考え方もあります。ストーリーは原作者といわれるシナリオライターが作り、マンガ家がそれにふさわしい絵をつける。

でも私はそれを潔（いさぎよ）しとしなかった。原作者が頭の中で考え、文字にしたことを、そのままそっくりマンガ家が理解できるとは思えない。あるいは理解したとしても、それを今度は、最も適切なマンガの形で表現できるかは疑問だ、と。だからマンガ家は、自分のオリジナルストーリーと、背景となる精神世界をもち、それを完璧な形で絵に表現できなければならない。自分にはそれができると信じていたんです。もちろん、そのときの話ですよ」

「わかります」

押野は深々と息を吸いこんだ。ただ懐古談やマンガについて語りたくて始めた話ではないとわかった。

「あるとき私は、自信をこっぱみじんに打ち砕かれました。担当者が、今度掲載することになったという、ひとりの新人の作品を見せてくれたのです」

私は缶コーヒーのタブを開けた。押野は言葉をつづけた。

「それはもちろん原画ではなく、刷りだしと呼ばれる、印刷された状態の作品でした。担当者は、その新人が、自分ではなく、たまたま別の同僚のもとに作品を持ちこんだことをひどく残念がっていました。同じ新人である私に残念がってみせたのは、今から考えると思いやりに欠けるとも思えますが、彼にしてみれば、私と同じようにやはりショックだったのだと思います」

「よほどすぐれた人だったのですね」

押野は頷いた。

「絵は、はるかに私より単純な線でありながら表現力をもっていました。太くもない描線が不思議と力強く、はっきり個性を打ちだしていた。そしてオリジナルの世界観と、ストーリーをもっていました。しかもはっきりと私とちがったのは、それが明るくて、純粋に作者が楽しんで描いていると伝わってきたことでした」

「押野さんにとってマンガを描くのは、その頃、楽しくはなかったのですか」

「楽しさと苦しさの両方でした。マンガ家としてのデビューに飢え、試行錯誤をつづける苦しみと、描くことに没頭する楽しみ。幸いに私は、生活に追われる立場ではありませんでしたから、経済的な問題では悩む必要はなかった。ただ、自分と世の中との折り合いのつけ方に関しては、ふつうの人よりは悩んだり苦しんだりしたと思います。それを作品の中に溶かしこみ、それがオリジナリティであり、何も考えず描く人よりはすぐれている部分だと信じていました」

「その人はちがったわけですね」

押野は大きく頷いた。

「描くことそのものを楽しんでいる。いくらでも描けるように思える。私の担当者はいいました。何十、何百というマンガ家、あるいはマンガ家志望者の中でも、こんな人間はひとりいるかどうかだ。マンガを描くために生まれてきたような人間だ、と」

「なるほど」

押野は真剣な表情で私を見つめた。

「佐久間さんはこんなことを考えた経験はありませんか。たとえば自分は今、探偵だけれども、ひょっとしたら音楽の指揮者としてすばらしい才能をもっているのではないか。あるいはふだんでかける床屋さんが、本人がそうと知らないだけで、俳優になったらすごい演技をするのではないか。世の中、才能がものをいうといわれている仕事があって、たとえばマンガ家や小説家、俳優や音楽家といった職業ですが、実はそれで暮らしている人間の大半は二流で、一流はごくひと握りしかいない。そして本当ならその世界で一流になれる人が、たまたま自分に才能があると気づかないため、別の仕事に埋もれている。そういう人は本来の才能を活かすことができないので、地味でめだたない暮らしを送っていく」

「考えたことはありません。もしその分野で本当に才能があればひき寄せられていくような気がします」

私は首をふった。

「どうでしょう。たとえば小説家やマンガ家、画家などという仕事なら、小さな頃からそういう世界への興味をもった人間が成功するといったこともあると思います。しかし極端な話、ダンサーとか料理人のような、ふだん試す機会もないような仕事だったら？自分の才能に気づかないということが起こりえると思いませんか。一生をありきたりの主婦で過す人には、自分にフラメンコダンサーの才能があるなんて気づかない。またその奥さんに食事を任せきりにしている旦那さんは、一流の料理人になる才能をもっていても、確かめる術がない」

「もしそうなら、人はあらゆる才能があるかどうかテストしてみるまで、職業を選べなくなりますね」

押野は頷いた。

「沢辺さんはあなたがとても腕のいい探偵だとおっしゃっていました。でもひょっとしたら、私の方がはるかに人捜しがうまかったかもしれない。失礼ないい方ですが許して下さい。でも私はそれを確かめる術も機会もなかったし、体もそれ向きではなかったゆえにこうしてお願いする立場に回っている」

「探偵は才能ではないと思います」

「では何ですか」

「性格的な適性でしょうね。お話をうかがっていると、押野さんには確かに適性はあると思います」

押野は頷いた。目に強い光があった。

「では探偵は除外しましょう。そのとき、そのときというのは、先ほどの、マンガを描くために生まれてきたという編集者の言葉を聞いたときのことです。私は思ったんです。よほど才能の向かない職業でない限り、そこそこやれる人はたくさんいる。そのそこそこの人たちは、自分には才能があると思っているけれど、実はその才能というのは、ありきたりの、十人いればもしかしたらひとりやふたりにはあるくらいの才能でしかないのではないか。あとは自分がその仕事を好きなのと、経験による技術力でカバーしているだけなのではないか。真に自分に才能のある仕事と出会えるのは、何十万、何百万人にひとりなのではないだろうか……

「その、十人にひとりかふたりていどの人というのは、別の仕事に関しては、何十万何百万人にひとりの才能をもっているのですか」

押野は首をふった。

「それはないでしょう。だからそういう人は、無理して好きな仕事にこだわる必要はない。真の天才以外は、いくらでもとりかえがきくわけです」

「押野さんは、自分をどちらだと思ったのですか」

「もちろんとりかえがきく人間です。あのままもちこみをつづけていれば、いつか作品は雑誌に載ったでしょう。運がよければ、連載という話にもなり、そこそこの仕事はできたかもしれない。しかし真のマンガ家にはなれなかった。私には、何十万何百万人にひとりという才能はなかったからです」

「試す前に気づくものなのですか」

押野は頷いた。

「真の才能なら、一度描けば。描いているうちに表われる才能など二流でしょう」

「厳しいですね。ダイヤモンドの原石を磨く、というわけにはいかない？」

「ダイヤモンドはダイヤモンドです。いくら磨いて光を放っても、ガラスはダイヤの原石に勝てない。また決して勝ってはいけない」

激しい口調だった。

「その方はダイヤモンドだったわけですね」

押野は深々と頷いた。

「編集者の言葉は正しかった。苦しみも迷いもなく、純粋に描くことを楽しみ、できあがった作品が素直に読む者の心を惹きつける。そのとき私は、マンガ家になろうという夢をあきらめました。自分の思いあがりに気づき、父親の仕事を継ごうと決心したんです」

私はつかのま躊躇し、いった。

「もしお父さんの仕事がなかったら？　継ぐべき事業もなく、他にお金を稼げる手段を思いつけなかったら？」

「何度もそれは考えました。しかし結局、やらなかったと思います。自分がガラス玉であるのを知っていて、ダイヤモンドと同じ棚に並ぶことはできません」

「磨き抜かれたガラスもまた別の意味で美しいとは考えない？」

押野は微笑んだ。

「才能とは残酷なものなんです。どれほど磨き抜かれていようと、ガラスの隣にダイヤがおかれたら、ガラスは砕け散る。砕けないで平然としている厚顔さはただ醜いだけだ」

私は無言で頷いた。押野の激しさは、自ら退いた者ゆえなのだろうか。

「しかし自分の人生の舞台を去れ。観客に徹すべし、というのが私の考えです」

「一流でない者は舞台は去れない」

「それは別の問題です。家族との生活や会社などの小さな集団における立場などは、そうした厳しい世界とはまるで別ですから」

私は再び缶コーヒーを口に運んだ。

「私がお願いしたいのは、その彼を見つけることです」

「彼？」

押野は肘かけを両手でつかみ、身をのりだした。ガラステーブルの山の中から本を一冊とった。コミックスと呼ばれるマンガの単行本だった。

「ホワイトボーイ　まのままる」と表紙には記されている。

少年ユニバースは今でも発行されている週刊マンガ誌だった。私自身、小、中、高校を通して読んでいた。そして「ホワイトボーイ」という書名にも記憶があった。少年ユニバースで大ヒットしたといわれている作品だ。

「ご存知ですか」

私は頷いた。「ホワイトボーイ」の連載がスタートした頃、まだ私は少年ユニバースをときおり読んでいた。ひと目見て、絵のうまい描き手だな、と思った覚えがある。内容は、地球ではないどこかの星の学園マンガだった。主人公ホワイトボーイと、彼をとり巻くロボットやさまざまな宇宙人生徒などとの恋や喧嘩を描いた成長物語だ。主人公は「ホワイトスター」と呼ばれる星からその学園に転校してきた少年で、それがタイトルの由来だった筈だ。

「ヒットしましたね。アニメ化もされて」

「少年ユニバース史上、最長の連載でした。十一年間、まのままるは『ホワイトボーイ』を描きました。人気投票は連載終了まぎわまで一位だったという話です。コミックスの売り上げは、全五十二巻で累計一億部を突破しています。連載終了は今から八年前です。その後二年の休筆期間を経て、何本かの読み切りを少年ユニバースに発表したあと、まのまままるは消えました。現在は住所も不明、連絡先もわかりません」

「年齢は？」

「私のひとつ下。三十八になる筈です。つまり、まのままるは、十代でデビューし、一躍、マンガ界の寵児(ちょうじ)となったわけです」

「よくあることなのですか、売れっ子だったマンガ家が姿を消すというのは」

押野は頷いた。

「少年マンガ誌では人気投票が大きくものをいいます。人気が上位にいるあいだは、よほどのことがない限り、連載を中断するのは許されません。一方、人気が下位になれば、どれほどの大家、ベテランであっても、連載はある回数をめどに打ち切られます。人気がすべてです。作品主義であって、作家主義ではありません。当然、マンガ家は心身ともに酷使されます。それに耐えられなければ、消えていく他ありません。体や心を病む人がいて不思議はない」

「この作者もそうだったのですか」

「まのままるが、病気になったという話は聞きません。十一年間つづけられたということは、たぶん心身ともに相当タフだったのでしょう。ですからたとえ連載終了時にはぼろぼろになっていたとしても、現在は元気な筈です」

私は黙って頷いた。姿を消したからには、姿を消したい理由があったのだろうという、ありきたりの考えしか浮かばなかった。

「編集者は捜していないのですか」

「捜そうとした時代もあったようですが、現在は捜していないようです。マンガ誌の編集の仕事も激務ですから、日々に疎しということになると思います」

「押野さんは、何のためにこの作者を捜そうと思われるのです？」

私の問いに押野は立ちあがった。缶コーヒーをとりだしたカウンターの裏にいき、かがみこんで何かをしていた。やがて、プラスチックのバインダーを手に戻ってきた。私には触れさせず、バインダーを慎重に開いて、中のものを見せた。

「ホワイトボーイ」の原画だった。

「あるところで手に入れました。あるところというのは、それが正規のマニアショップやオークションとは別のルートだからです。おそらくまのままる本人は、自分の原画がこうして売りにだされていることを知らないでしょう。これに彼のサインが欲しい」

「サイン」

「ええ。そして、あの壁に、私の拙い原画とともに並べます。ガラスが砕け散るのを眺めたいのです」

表情をかえることなくいった。

「それだけの理由ですか」

「ただ知りたい、というのは理由にならないと思ったのです。まのままるが姿を消した理由、ただそれを知りたいだけでは、彼の平穏をかき乱す理由にならない。だからこの原画を手に入れました。サインを求めるため、という理由があれば、興味本位の調査に大義名分が加わります」

私は息を吐いた。

「押野さんは、まのままるによって自分の人生がかわったと信じている。そのままるが現在は失踪している、そこでその理由を知りたいとおっしゃるのですか」

「理由だけではありません。今何をしていて、あれほど純粋にマンガを描くことを楽しんでいた人間が、なぜ描くのをやめてしまったのか、それを訊きたい」

「疲れた、そんな理由かもしれませんよ」

押野は首をふった。

「彼は疲れていない。『ホワイトボーイ』の終わり頃は少し疲れていたようですがそのあと発表された読み切りに、疲れは決して見えなかった。疲れたマンガ家は、絵にそれがでます。まのままるは、決して疲れていない」

「では飽きた、という答だったら?」

「それはあるかもしれない。どれほど才能があろうと飽きてしまえば、その仕事をつづけていくことはできない。でも私は、彼の口からその言葉を聞きたいのです」

私は天井を見つめた。押野がいった。

「まのままるにとっては、きっと迷惑な調査でしょう。だから佐久間さんにとっても。もしかしたら、まのままるは話すことすら拒否するかもしれない。でも拒否されるならされたで、私は納得します。拒否がまのままるの今の気持なのだ、と。まのままる本人を傷つけたいわけではありません。もちろん傷つける可能性があるとは、わかっています。佐久間さんと話していてわかりました。探偵とは、意図せずとも人を傷つけてしまう職業なのだ、と。でも佐久間さんは少なくともそれを知っている——」

「好奇心、ですね」

私の言葉に押野は頷いた。

「好奇心では、依頼を受ける理由にはなりませんか」

私を見つめた。私は少し考え、いった。

「そんなことはありません。もちろん、多くの場合、失踪調査を依頼する人にはもっと切迫した理由があるものですが」

押野は首をふった。

「現し世は夢、夜の夢こそまこと、という江戸川乱歩が好んで使った言葉があります。私は自分の人生もそう生きたいと願っています。私自身が直接かかわる人間の運命や生死にまどわされたくないのです。できればいつも、死ぬまでも、淡々とした振幅のない日常を送りたい。不安や悲しみ、喜びであっても、そうした感情をもたらす大きなできごととは無縁でいたい。空想や夢の世界でだけ、感情的でありたいと思っています」

そんな人生が可能なのだろうか。この世に生を受け、家族や友人がいる限り、波風のない人生などありえない。

「刺激的な人生を好む人というのは、多かれ少なかれ、そうした事象を自分に惹きつけるものです。そうは思いませんか」

私が黙っていると押野は訊ねた。

「そうでない人生とはどんなものです？　いわゆる平凡な人生ということですか」

「平凡という言葉にたいした意味はないでしょう。あくまでも比較の問題ですから。ですが佐久間さんの場合、その人生はこの日本で暮らす大半の同世代の人より、多くのできごとがあった筈です」

「認めます。ただしそれが望んだものであったかどうかといえば別ですが」

好きこのんで生命を脅かされたがる者はいない。さらに殴られたり、刺されたり、撃たれたりということになれば尚更だ。

「しかしあなたは探偵という職業に若い頃からつかれた。誰かに強制されたのですか」

「いいえ」

私は首をふった。押野との会話は、依頼人とのやりとりの域をこえていた。押野は知りたがり、そして語りたがる。だがそれは他人の人生を材料としてだ。自分の人生ではない。

「であるなら、あなたが経験したさまざまなことがらは、どこかであなたが望んだ結果でしょう。もしあなたが倒産する心配のない、手堅い企業に就職し、恋愛も結婚もすることのない人生を送れば、あなたはその経験の十分の一もすることはなかったのではありませんか」

少し気に障ってきた。押野の口調は断定的であるだけでなく、人の人生を映画のような作り物と同一視しているような気配があった。

「確かに結婚しなければ、私は妻を飛行機事故で亡くすこともなかったでしょう」

押野は瞬きした。はっとしたように顔色がかわった。

「結婚、されていたのですか……」

「ええ。ほんの短い間ですが」

別人のように動揺した表情になった。

「申しわけ、ありません……。デリカシーのないいい方をしてしまって」

目が泳ぎ、私から離れた。

「いえ」

「ですが」

唾を呑み、押野はいった。

「私がいいたかったのもそういうことなんです。喜びと悲しみは背中合わせです。悲しみのあとに喜びがくることもあるけれど、その逆もある。だったら喜びや悲しみとは無縁に、ただ淡々と生きていたい。興奮は、作り物の世界の中だけでいい。現実の自分の人生は、ブレのないただの一本の線でいい、と思うんです」

「あなたにとって作り物の世界でも、本人にとっては現実の世界、ということがあります」

「わかっています、わかっています」

押野はあわてていい、目を閉じた。

「たとえばまのまま るです。私は彼本人とは一度も会ったことがない。知っているのは作品だけだ。だからまのままる本人の人生に干渉する権利などない。そういうことでしょう」

「ええ」

「眺めるだけです。眺めるだけでいいんです――」

私が口を開こうとすると、押野はまた急いでいった。

「わかっています。あなたという望遠鏡を使えば、たとえ眺めるだけであっても、まのままるを含む複数の人生に干渉してしまう結果になる。そういいたいのでしょう」

「その通り」

「私は探偵という職業はもっとデリカシーのない人間がしていると思っていました。いや、このいい方はよくありませんね。そうだ、たとえば医者です。ベテランの外科医は、ときにして人の身体をまるで機械か何かのように扱いますよね。死んでしまった患者、あるいは死を迎えつつある患者に対して、当然の結果である、というような態度です。たぶんそれはデリカシーがない、ということではなくて、職業的慣れとでもいうような、つまりいちいち思い悩んでいられないので、そういう態度になってしまう。探偵もまた、そういう職業ではないかと思っていたのです。だって色んな人生にかかわるわけですから、そのひとつひとつに真剣につきあっていたら傷つき疲れ果ててしまうじゃありませんか」

「そういう面はあります。ただし興味本位だけで人の人生にかかわるような人間は成功しません」

押野の目に痛みが浮かんだ。

「なぜか。たとえそれが赤の他人であろうと、人の人生をかき乱す行為を、最終的に人は好まないのです。さきほど多くの場合、失踪調査を依頼する人間には切迫した理由がある、といいました。肉親や友人の安否を気づかう意志です。それは、あなたのいう望遠鏡を通してでも、調査の周辺者に伝わります。だからこそ、望遠鏡に情報を提供しようという人々が現われるのです。単なる好奇心だけを理由に他人の人生に踏み入ってくる者に対しては、それが自分に対する好奇心でないとしても、人は嫌悪感を抱きます」

「では私のような理由での調査は成功しないと？」

「そうとはいいきれません。この、まのまま るというマンガ家の失踪は、本人が著名人である点を考慮すれば、周辺者の注目を惹く特異なケースです。さきほどの話ではありませんが、まのままるが人に知られていない平凡な人物でないことが、調査に有効に働く可能性はあります」

「有名人であるというだけで好奇心の対象とされても文句はいえない、そういう理屈ですか。テレビのワイドショウや週刊誌のような」

「ええ。ですが、まのままるという名前が本名でなければ、調査の方法いかんでかわってきます」

私は客観的に押野と話そうと努めていた。もし私がこの調査を断われば、押野は別の探偵なり興信所に依頼するだろう。

「それは失踪者が、まのままるという有名人であると、訊きこみにいく人々に話すかどうかという点ですね」

「その通りです。まのままるが本名でなければ、おそらく当人は現在はまったく別の姓名で生活を送っているでしょう。そこには、過去を知られたくないという理由も含まれている。連絡先を不明にしているという状態が、その意志のひとつの表われです。調査の際に協力を得るために、まのままるが過去著名なマンガ家であったという事実を公開していけば、結局、当人の望まない環境の変化をひき起こすかもしれない。しかしそうしないで協力を周辺者に求める調査を進めるのは、難しいということです」

押野は大きく息を吐いた。

「ただ心を知りたいと思っただけなんです。その人の心だけを。周辺の人々の見る目や、本人の今後の人生をかえたいとまでは思わない」

「心をのぞき見ることはできません。本人や周囲の人間と接触せずに、心を知るのは不可能だ。憶測はできるでしょうが、それなら今ここにすわって私たちがしても、結果にさほどちがいはないでしょう」

「――私を嫌な人間だと思いますか」

不意に押野は訊ねた。

「いえ、そこまでは思いません。思ったところで意味がないでしょう。私たちに共通点は何もなく、私が依頼をお断わりすれば、今後二度と私たちがお会いすることはない」

「でも訊きたい。私は嫌な人間ですか」

私は押野の不安げな顔を見つめ、首をふった。

「あなたは少し無器用な人なのだろうと思っています。知りたいという気持、話したいことがらの選択、それらがすべてストレートすぎるだけで」

押野は黙っていた。

「まのままるのサインが欲しいというのが大義名分であり、本心は今の状態、今の心境が知りたいだけだと、あなたは素直に認めた。それを嫌な欲求だとあなたが感じるとすれば、それは人の心をのぞき見たいという単なる好奇心以外の理由があるからだ」

「それは……何です？」

本人も気づいている筈だと思ったが喋った。押野は私の口から聞きたいのだ。

「かつてあなたより才能があり、あなたの夢を打ち砕いた、あなたをガラス玉に等しいと感じさせたダイヤモンドが、今はガラス玉より不幸な状態にあるのではないか。いや、そうなっていたらいいという願望です」

「そんなこと！」

激しい口調で否定しかけ、押野は息を吐いた。肩を揺すり、喘いだ。

「――そうかもしれない。卑しい人間です」

目を伏せた。ショックを受けているように見えた。

「押野さん」

押野は顔をあげた。

「わかっている筈です。あなたは調査を依頼するにあたって、その動機が許されるものであるかどうかを、私に問いかけたかったのでしょう。自分ではそれが何か卑しい行為であるかのような気がしていた。だからあえて私に、さまざまな問いをぶつけ、どんな答が返ってくるかを知りたがった。しかし答の大半は、あなたが予測できたものだ」

押野は小さく頷いた。

「私には押野さんを責める権利も義務もない。権利がないというのは、私は知る行為そのものを仕事にしている人間で、実際はあなた以上に、知る行為によって他人を傷つけてきたからだ」

「義務がないというのは？」

「さっきいった理由です。私たちに接点はない」

押野は再び頷き、大きく息を吸いこんだ。

「私はまだ佐久間さんの答を聞いていなかった。調査は受けてもらえるのですか」

「ひとつアンフェアな質問をしていいですか」

「何でしょう」

押野は立ち直っていた。口調が遅くなり、視線に冷静さが戻っている。

「私がお断わりした場合、別の探偵なり興信所に同じ調査を依頼しますか」

「わかりません。たとえするとしても、今度はもう、佐久間さんとしたような話はしないと思います」

私は頷いた。私が断われば、彼は二度と調査を頼まない、そんな気がした。

「まのまるに会ったことがないとおっしゃいましたね。彼を憎んでいますか」

押野は怪訝(けげん)な表情を浮かべた。

「憎む？ いや、憎んではいないと思います。わからない。ひょっとすると心の奥底では憎んでいるのでしょうか」

私は首をふった。たぶん憎んではいない。

「あなたがさきほどいわれた江戸川乱歩の言葉は私も知っています。しかしあなたが望まれている人生と、江戸川乱歩が歩んだ人生は少しちがったようです」

「ええ……。私はもっと臆病だし、もっと卑劣な人間です」

「そんなことをいいたいわけではありません。乱歩は空想し、それを楽しんでいた。ある意味では彼にとり、日常は刺激的ではなかったのかもしれない。乱歩にとって、日常にどのようなできごとがあろうと、空想の世界を上回る喜びや苦しみ、悲しみをもたらすことはなかった。あなたは、日常を否定している。日常をつまらなくしたがっているのです。もっというなら、実人生を恐れている」

押野は頷いた。

「求めていないのです。日常の、できごとと呼べるものは何も。わずらわしいのです。私はただ、自分の世界で、それが作り物であっても、心地よさだけを与えてくれる物語や空想に囲まれていたい。実人生のしがらみは、私から、そうした楽しい時間を奪っていく。家族や友人、女性のことで苦しんだり喜んだりするのは、私には不必要なのです。だからこうして、あなたとお会いする、現実の行動にも勇気が要った。あなたはそれを見抜いていた」

「見抜いたのではありません。押野さんが見せたがったのです」

　押野は喉を鳴らした。

「私は傷つきたがっていた。そうです。あなたに槍をもたせ、自分から突かれにいった。あなたは望まない加害者を押しつけられたんだ」

「だとしても腹は立てていません――」

　押野が何かいいかけたがさえぎり、つづけた。

「軽蔑もしていません。憐れむこともね」

　押野は瞬きした。

「では……」

「少しだけあなたという人を理解した、それだけです。好悪の感情は今はまだありません。結論を下す機会も訪れないかもしれない」

「冷静なんですね」

「日常ですよ。私にも押野さんにも。日常の世界では、人に対する性急な結論は、あやまることが多い。あなたを嫌な奴だと決めつけても、私には得るものなどありません」

「そうか……。日常とはそうですよね」

　押野は息を吐いた。

「別の結論ならあります」

「別の結論？」

「依頼をお受けするかどうかという結論です。それはここでださなければならない」

押野は無言で私を見つめた。

「調査の依頼をお受けすることはできます」

押野の目が驚きに広がった。

「ただし、その方法については私に任せていただけますか。場合によっては、まのままる本人に私は会わないかもしれません。とりあえず、まのままるの現状について報告できればよし、ということであるなら、やらせていただきます」

押野は瞬きした。

「まのままるを傷つけない方法で調査する、ということですね」

「できればそうしたいと願っています。しかしこれはあくまでも私の方法であって、押野さんがちがう探偵なり興信所に、別の方法を依頼されるなら私は手を引きます」

「いえ――」

押野はいって、首をふった。

「ぜひお願いします」

私を見つめた。

「でもなぜですか。私はてっきり断わられるものと思っていました」

「なぜでしょうか」

私はいって、微笑んだ。押野を喜ばせたいわけではなかった。押野に対し、加害者のふりをしているのが嫌になったのかもしれない。断わろうと考えていたのは確かだ。だが最後に気がかわった。

自分は押野を咎められる人間ではない、と思ったのだ。私にその権利はない。依頼人に対し、経験だけを材料に説教を垂れて揚々とひきあげる探偵は、カウンターをはさんで威張り散らす料理人のようなものだ。そんな人間でいたくはなかった。

たとえ依頼人が私にそれを望んだとしても。

「調査の経過については、電話などで逐次報告を希望されますか。それともある段階を踏まえたところで、という形にしますか」

「あとの方でけっこうです。急いでいるわけではありませんから」

「承知しました」

私はいって、立ちあがった。おそらくそれほど難しい調査ではないだろう、という気がしていた。連絡がとれなくなっているとはいえ、まのまるは失踪を意図したわけではない。

「お願いします」

押野もいって立ちあがった。戸口まで私が向かうと、押野が呼び止めた。

「佐久間さん」

「何でしょう」

「たぶん私はそれほど嫌われなかった。そう考えていいですか」

私は頷いた。

「正直な人を嫌いになるのは難しい。それにあなたは人を傷つけることを好んでもいない」

「はい」

ドアを開け、でていった。廊下を歩き、エレベータの前に立ってふり返ると、押野がこちらを見つめていた。小さく黙礼すると、彼も黙礼を返してきた。

エレベータに乗りこみ、一階に降り立ったとき気づいた。押野の部屋は暖かだった。

地上は冷えこんでいる。

押野の観察は、夏よりも冬に実を結ぶことが多いにちがいない。

寒空のもとに立つには、それだけの理由が必要だ。

待ちうけていたハイヤーに乗りこむと千鳥ヶ淵のホテルの名を告げた。銀座からは十分足らずで到着した。

「お待ちいたしますか」

訊ねた運転手に、

「ここでけっこうです。ありがとう」

と告げて、私は車を降り立った。

フロントで鍵を受けとった。ロビーに人けはなく、奥のバーも閉まっていた。ロビーに足を踏み入れるたび、私はバーの方角に目を向ける癖があった。

十四年前、私はこのバーでひとりの探偵と会った。岡江という男だった。岡江はこのホテルに住み、バーを事務所がわりにしていた。

彼が途中で降りた依頼を、私が引き継ぐことになった。売れかけていた少年のアイドルを捜す仕事だった。突然行方不明になったのだ。

仕事を引き継ぐ、という挨拶をしにいったとき、彼は私のことを知っていた。私は二十代で、彼は今の私と同じくらいの年だった。

そのとき彼は、いい方はちがったが、受けない方がいい調査の仕事もある、と告げた。私には言葉の意味がわからなかった。そっとしておけ、といわれ、反発もした。

アイドルは、ひとりの女性によって監禁されていた。彼女は大金持で、たぐいまれな美人で、そして心のバランスを失っていた。彼を解放した私は、直後、彼女に背中を拳銃で撃たれた。

私が撃たれたと知る者は、彼女と私しかいなかった。アイドルが監禁されていたアパートで、私は女性とともに一昼夜を過した。身動きもままならず、血を流し、横たわっていた。

私が助かったのは、私が消息不明であるのを知った岡江がそこに駆けつけたからだった。あと三十分彼がくるのが遅ければ、私は死んでいた。

十二年後、私は再び、岡江と同じ調査依頼を受けた。このときは、互いに別の依頼人がいた。その過程で、彼とは電話で話したが、実際に再会したのは、死体を発見したときだった。

岡江は私を救ったが、私は岡江を救えなかった。

当時岡江はもう、このホテルを引き払って、六本木に小さな事務所を構えていた。

岡江の生き方に憧れたわけではない。最後に電話で話したとき、調査への私の参入に怒りを表わしながらも、一度ゆっくり飲もうと岡江はいった。その機会は得られなかった。

弾みのようなものだ。

事務所をもたなければならない、となったとき、私はこのホテルのことを考えていた。

もし岡江とゆっくり話していたら、岡江のことを好きになれたかどうかはわからない。

私とは調査のやり方も、人間とのかかわり方もちがっていた。ひどく頑なな男で、だがその頑なさを、生まれてくる子供のためにかえようとしていた矢先殺されたのだ。

今の私は、十四年前、彼が告げた言葉の意味がわかる。だからといって、彼と同じような生き方をしているとは思わない。

岡江なら、押野の依頼を聞いてどうしただろうか。

エレベータに乗ると、部屋にあがってシャワーを浴びた。

私のように理屈はこねなかったろう。あれこれいわず受けるか、断わるか。

体をふき、部屋着をつけて、暗い濠の水面を見おろした。私物としておいてあるウイスキーをストレートでグラスに注ぎ、ゆっくりと飲み下す。

北の丸公園から武道館にかけて、灯りは点(とも)っているが人けはない。

人が通った道を歩きたがらない癖が、私にはある。そのことと、押野のいう、平凡さを好まないのが同じかどうかはわからない。

いずれにせよ、またくり返しのない日々が始まる。「セイル・オフ」で過すのとはまったくちがう日々だ。調査が完了するまで、それはつづく。

望んでいるというなら、確かに私は望んでいる。くり返しのない、未知の人々と会いつづける日々。

だがあくまでも一時的なものだ。永久にそれをつづけたいとは思っていない。

つづけていた岡江は引退を考えた。年に数度だけの私に引退はあるのか。

あるかもしれない。だがそれは自分がそうと決めたときではない。依頼人が絶え、探偵としての自分が誰からも必要とされていないと感じたときだ。

サラリーマンのように年齢で決まる引退ではない。どれが自分にとって最後の仕事なのか、手がけているときには知りようがないのだ。

岡江は引退を考えたとき、殺された。私は考えない。生きのびようと殺されようと、引退は、あとになってそうと知る。

二年前、岡江は五十をいくつか過ぎていた。私がその年になったとき、今と同じ考え方でいるかどうかはわからなかった。

ただこれだけはわかっている。

私にとって最後の仕事とは、今日引き受けた、この依頼かもしれない。

依頼人が絶えることを私は恐れている。そしていつかは必ず絶えることも、私は知っている。

2

「少年ユニバース」を発行しているのは、神田神保町にある大成社という大手出版社だった。その第六編集部を私は訪ねた。

そこまでの手続きはいたって簡単だった。書店で「少年ユニバース」を買い、裏表紙に印刷されていた編集部に電話をかけ、用件を告げたのだ。多忙を理由に門前払いを予期していた私は、

「そういう件でしたら、一度来社願えますか」

という反応に拍子抜けした。

「ではこれからおうかがいしてもよろしいでしょうか」

「そうですね。三時までにお越しいただけるのなら……」

電話にでた横森という編集者はいった。

「お手数をかけます」

地下鉄で神保町に向かい、教えられた出口で地上にあがると、正面が大成社のビルだった。どっしりとした横長の造りで、建物は新しくないが敷地をたっぷりとっている。

一階正面の出入口には、二名の女性受付と同数の制服警備員が立っていた。

受付で訪ね先と氏名住所を記入させられ、「来客」と印刷された丸いバッジを受けとった。

教えられたエレベータで八階まで昇った。エレベータホールの左右に広い部屋があり、雑誌名を記したプレートがさがっている。

「少年ユニバース」の編集部は右手の部屋だった。

足を踏み入れると、デスクの〝島〟が奥に向かって連なっているのが目に入った。向かいあわせのデスクが十脚という〝島〟が二列、計四組ある。そこは第五、第六編集部の部屋だった。

手前が第五編集部、奥が第六編集部という構成のようだ。第五編集部では青年コミック誌である「ヤングユニバース」が作られている。

私が訪ねたのは、午後一時二十分だった。机の〝島〟にほとんど人の姿はなく、ふたつの編集部の入った部屋全体を見渡しても二、三人しか人影はなかった。

横長の部屋の、それぞれのつきあたりにはガラスの仕切りで囲われた別室があり、それ以外にも〝島〟と〝島〟のあいだには、来客に応対するためか応接セットがおかれている。

すでに受付からの電話連絡を受けていたらしく、おかっぱ頭で眼鏡をかけた男が、奥の〝島〟からこちらに手をあげた。

小柄で、二十代の後半に見える。私は会釈してそちらに歩み寄った。

「佐久間さんですか」

横森はチェックのシャツにジーンズを着けていた。立ちあがった椅子の背に革のブルゾンがかかっている。

「お忙しい中を申しわけありません」

私はいって名刺をさしだした。名刺には携帯電話と「セイル・オフ」の住所電話番号が入っている。

横森は受けとった名刺に目を落とし、私の顔を見やると、何かを合点したように微笑んだ。

その名刺には「主任」という肩書きが入っていた。近くに立つと、実際は三十をいくつか越えているようだ。

「どうぞ」

横森は、〝島〟と〝島〟のすきまにある応接セットを示した。私は礼をいい、腰をおろした。

「静かですね。マンガの編集部というのは、もっとにぎやかだと思ってました」

「今日はまだほとんどでてきてないんです。マンガ家さんには夜型が多いし、昼型の人だったら、そろそろ詰める時期なんで」

横森はほがらかな口調でいった。

「夜ですか、やはり」

「こっちは待つ側ですからね。先生方の原稿があがんなきゃ何もできない。僕も今日はたまたま別の用事があったんで早出したんです。ふだんなら、今頃ですよ」

「じゃあ私は幸運だったわけだ」

「でしょうね。電話をとったのがバイト君なら、マンガ家に関する問いあわせには一切お答えできないというマニュアルに従っていたと思いますよ」

いわくありげな口調だった。私は横森を見つめた。

「では、なぜ——」

横森はマイルドセブンに火をつけ、威勢よく煙を吐いた。

「佐久間さんのことを存じあげてたんですよ、僕。以前週刊誌にいましてね。奥さんの追悼集会も取材にいきました」

私はそっと息を吐いた。

「思ったよりお年を召されているようですね」

私が妻を亡くしたのは十一年前だ。その時点で週刊誌の記者をしていたのなら、三十の半ばを越えていることになる。

「佐久間さんのことを記事にした女性週刊誌もありましたね」

横森はいい、私は頷いた。私の妻はシンガーソングライターだった。私たちが結婚して半年後、コンサート会場へ向かうために乗ったヘリコプターが事故を起こし、私は妻を失った。その死は逆に、彼女と彼女の曲の人気を上昇させた。

多くの人が彼女の死を悼み、イベントが開かれ、本が出版された。私は夫として否応なく騒ぎに巻きこまれた。その過程で、私の探偵という経歴に興味を抱いたジャーナリズムもあった。当時私はすでに、二十代の間ずっと勤めていた法律事務所を辞めていた。だがいずれにせよ、探偵業を再開することは不可能だった。テレビや雑誌などに、私の顔が流れすぎていたし、私自身も自分の痛みを消化しきれていなかったのだ。

「女性誌の記事では、その後、静岡の施設のようなところにお勤めになっている、とありましたが、この名刺にある『セイル・オフ』というところがそうなのですか」

横森の問いに私は頷いた。

チノパンをはいた若者が発泡スチロールのカップに入ったコーヒーをふたつ運んできた。応接セットのテーブルの上には、スティックシュガーとクリームのカップがケースに積まれている。灰皿に吸い殻もたまっていた。

「薬物依存者の相互更生補助施設です」

「するとまのまるさんも――？」

横森に首をふって見せた。

「『セイル・オフ』とまのまる氏の件とは無関係です。『セイル・オフ』の相談役のかたわら、調査の仕事を再開しました」

「そうですか」

「セイル・オフ」の理事長であり、出資者の沢辺は、私にとって二十年来の友人であるとともに義理の兄でもあった。私は沢辺を通して妻と知り合った。

沢辺は、もう亡くなった関西の大物のひとり息子だった。大物といっても、その影響力の範囲は裏社会にあった人物だ。私の妻羊子は、沢辺の腹ちがいの妹だった。妻が死んだとき、夫としての私はジャーナリズムの目にさらされたが、兄である沢辺や父親はそうはならなかった。表社会のその辺りにまで影響力は及んでいたというわけだ。

影響力を相続することはできない。沢辺は父親が遺した、目に見える財産を管理する人生を送っている。ただし、父親とはまったくちがう形で、芸能界や水商売の世界への影響力をもちつつある。だからこそ、私のもとに彼を通じた依頼がもちこまれるのだ。

その沢辺も、羊子の死後、妻を亡くしていた。原因は覚せい剤だった。それが彼に「セイル・オフ」を作らせるきっかけになった。

「あの頃、佐久間さんに偏見を抱いていた週刊誌も多かったでしょう」

「私が妻の死でひと儲けを企んでいるヒモのような男だと？」

横森は躊躇なく頷いた。

「私立探偵とシンガーソングライターという組み合わせは珍しいですからね。おそらく奥さんの人気と佐久間さんの正体の両方がマスコミの気を惹いたのだと思います」

「でしょうね」

「傷つかれたことも多かったのではないですか」

私は横森に微笑んで見せた。

「あなたもそういう記事を書かれたのですか?」

横森は首をふった。

「うちは若者向けの雑誌ですから、探偵という前職にひっぱられたんですよ。格好いいじゃないですか。で、少し調べてみたら、佐久間さんのことは、警察でもやくざ屋さんのあいだでも有名だった。『人捜しのコウ』っていや、どこの盛り場でも通っていたって。腕っぷしも半端じゃなくて、警視庁の公安や外国人マフィアともやりあったって話がでてきました」

「尾鰭ですね、まったくの」

「正直なところ、僕もそう思いました。そんな奴、この日本にいるわけないって」

横森は煙草をチェーンスモークしながらいった。

「若者の心がわかる探偵? 冗談じゃねえやってね。おおかた暴走族あがりのチンピラが、今までの喧嘩歴をフカしちゃ、盛り場で映画のヒーローを気取ってるんだろうって」

「そういう記事を書いたところもありましたよ」

「うちじゃありません」

あっさりと首をふった。

「面を拝んでやろうと追悼集会にいきました。自慢じゃありませんが、根っから文科系でしてね。腕っぷしや喧嘩歴で世の中を渡ろうとする奴は大嫌いなんです。芸能人なんかでもときどきいるじゃないですか。『自分は』なんていって、昔の不良を売り物にする奴が。もしそんなだったら、ぶっ叩いてやろうかな、とは思ってました。でもぜんぜんちがってた。佐久間さんを見たら拍子抜けしました。すごくまともで」

「ふつうの人間です。たまたま父が死んで、その友人からあの仕事にひっぱられた」

「ベースJ」「国際監視委員会」という固有名詞を私は思いだしていた。父は小さな貿易会社を経営しながら、ある民間の国際機関に属していた。父の乗っていた旅客機は戦闘機に撃墜され、他の乗客とともに命を失った。その葬儀の席で、私は早川法律事務所の調査二課長と会った。元警官で地味な中年男。私が彼についてそのとき知ったのは、それだけだった。

課長が私を誘った。

——君には才能がある

——どんな才能です？

——人に会いつづけ、それを苦痛と感じない

そんな才能なら、優秀なセールスマンは誰でももっている。

だが早川法律事務所での、私の最後の仕事、沢辺の失踪調査依頼を羊子からうけ、進める過程で、その言葉の本当の意味を、私は課長から聞かされた。

――真実を追うことが最大公約数の人々にとっての幸福につながるとは、決していいきれない。だがそうと知っていても、やめることのできない人間はいるものだ。そんな人間にとって、嘘やまやかしは、我慢のならないものなのだ
　そして人を傷つける。真実を得る、という満足のために。

「――とにかく、あっさりイメージがひっくりかえって、それからもっと佐久間さんのことを調べたくなった。奥さんの記事とは別で、佐久間さん本人を記事にしたくなったんです。でもいきなり、奥さん抜きの話をインタビューさせてくれじゃ難しいだろうから、周りを攻めることにしました」

「周り？」

「法律事務所ですよ、佐久間さんがいらした。それから仕事ぶりをいろいろ調べていこうと思いました。噂じゃなくて、本物の仕事ぶりを――」

　初耳だった。私個人に対する詮索はもちろんあったが、いずれも羊子の〝夫〟としての私がどうであったか、ということが中心だった。私の過去の仕事に対して、そこまで動いたマスコミがあったとは知らなかった。

「知りませんでした」

　私はいった。

「記事にできなかったんですよ」

「価値がなくて？」

横森は首をふった。

「そうじゃありません。お上におどかされたんです」

私には意味がわからなかった。

「ご存知ないんですか」

「ええ」

「そうか」

横森はいって中空をにらみ、白い歯を見せた。

「佐久間さんの早川法律事務所での最後のお仕事について調べていたときでした――」

私は沈黙した。沢辺の件だ。何人もの人間が死に、その中には外国人も含まれていた。警察庁から出向した内閣調査室の人間が私に接触を求め、警告し、そして最後は行動を共にした。殺人や失踪などの事件の背景は、決してマスコミには流れなかった。アメリカや当時のソ連の情報機関が関係していたのだ。

「やはり、ね」

私の沈黙をどうとったか、横森はつぶやいた。

「若者向けの雑誌だから、ヌードとかも載せているじゃないですか。編集長と担当役員が桜田門に呼びだされましてね。妙なことを調べ回ってるようだがって、暗にやられたんですよ。表向きは、写真に対する警告って形をとって」

「そんなことがあったんですか」

　横森は頷いた。

「たぶん向こうが気にしたのは、佐久間さん個人の情報じゃなくて、そのときの事件にひっかかった別の、公安か何かの工作が洩れることじゃなかったかと思うんですよね。ちがいますか？」

　私はあいまいに頷いた。

「あのときは現役の警官や退職した警官などがかかわっていましたから……」

「やっぱりそうか。結局、担当重役がぶるっちゃいましてね。やめとこうってことになったんです。ちょうどよその雑誌も猥褻物とかでやられた時期だったんですよ」

　横森の話し方は直截的だが、不快ではなかった。

「まったく知らなかった。ご迷惑をおかけしてしまったんですね」

「いやいや」

　横森は手をふった。

「佐久間さんに対してどうこうってことじゃないんです。ただその件があったんで、ずっと頭の中に残ってましてね。先ほどお電話をいただいて、調査の仕事をしている佐久間と申す者ですといわれたとき、すぐにもしかしたら、と思ったんです。やっぱりそうだとわかって、これも何かの縁だなって……」

「マンガの方に移られてどのくらいになられるのですか」

「四年です。ですから、まのまるさんとは僕は面識がないんです。ですが、うちの副編がいっとき担当してましたから、何か聞けると思いますよ」

横森は答えた。

「編集部では、マンガ家の住所などは管理していないんですか」

「いや。もちろん作家さんの住所とか連絡先、口座番号などはコンピュータに入れてあります。今おつきあいがなくても、前の作品の印税などをふりこんだりすることがありますからね」

「するとこちらにまのまるさんの住所があるわけですね」

横森は考えるように下唇をつきだした。

「移転通知をいただいていればそうなります。通知がなければ名簿は更新されませんから——」

「連絡がしばらくない、ということですか」

「担当じゃないので何ともいえませんが、僕がこっちに移ってからは、まのまるさんのお名前を聞くことはなかったですね」

「まのさんといえば、『ホワイトボーイ』の作者ですよね。大ヒットした」

横森は頷いた。

「『ホワイトボーイ』の終了で、うちは十五万くらい部数を落とした筈ですよ」

「それでもまったく連絡がない？」

「ええ。少年マンガ誌というのは、いつも前しかないメディアなんです」

「厳しいのですね」

「はっきりしてますから。アンケートと部数がすべてです」

「そちらにある、まのまるさんの住所を教えていただくわけにはいきませんか」

横森はわずかのあいだ考えていた。

「佐久間さんは、どなたかの依頼で、まのさんを捜していらっしゃるのですか」

「そうです」

「依頼人の素性は秘密ですか」

「まのさんの熱心なファンです。まのさんが最近作品を発表していないことを不思議に思い、どうしてらっしゃるかを知りたがっている」

「それは何か、雑誌などの企画ですか。『あの人は今……』のような」

「いいえ」

私は首をふった。

「まったく個人的な興味心からです。御本人はまのさんとは一面識もない」

「信じられないな」

横森は笑いだした。

「お金は払うのでしょう、佐久間さんに」

「経費も、です」

「それなのに調査を頼んだのですか」

「ええ」

「お金持なんだ」

「かなりの」

横森はそれが癖なのか、下唇を再びつきだした。やがていった。

「とりあえず、私から一度連絡をとってみるというのはどうですか」

「いつです？」

「今、やってみます。それでまのさんがオーケーをだされたら、電話で話されるなり、直接会ってみるといい」

「けっこうです」

「じゃあ、ちょっと待って下さい」

いって煙草をつかみ、横森は立ちあがった。少し離れたデスクのひとつにおかれているコンピュータに歩みよった。二脚に一台の割合でコンピュータが配備されている。

コンピュータのスイッチを入れ、マウスに手をのばす横森の背中を眺めながら、煙草に火をつけた。

梶本は今も同じ職場にいるだろうか。銀縁の眼鏡をかけていた官僚の顔を思いだしていた。黒塗りのメルセデスの後部席で話をするのを好んだ男。

おそらくはいまい。五十代の後半にさしかかっている筈だ。今はどこかの県警本部長か、警察庁の最高幹部に近い位置にいるだろう。

梶本とは三度会った。すべてちがう調査のためだった。最後に会ったときはＣＩＡの工作員もいっしょで、銃ももっていた。

横森の取材を潰させたのは、梶本の指し金にちがいなかった。私は彼に三度とも〝利用〟され、そのせいで梶本は私に対し、好意と呼ぶには辛すぎ、借りと思うには軽すぎる感情を抱いていた。

梶本が私を傷つけまいと圧力をかけたのだろうか。

ありえない。梶本はただ秘密を守ろうとしただけだ。崩壊した国家の解体されてしまった情報機関が、この国でおこなっていた違法行為とそれを妨害しようとした男たちの行動の秘密を。

あの事件は、内閣調査室のファイルにおさめられ、今は極秘扱いとなっているだろう。真相を知る民間人で生き残っているのは、私と沢辺しかいない。課長も羊子も死んでしまった。課長の死因は癌だった。事故でも殺されたわけでもない。

横森が戻ってきた。プリントアウトされた紙片をつかんでいる。私に近いデスクに尻をのせ、電話機に手をのばした。

受話器を耳と肩のあいだにはさみ、ボタンを押した。

横森は私の視線に気づくと、手にした紙をふってみせた。そしてすぐに口が動いた。

「あ、もしもし、私、大成社『少年ユニバース』編集部の横森と申しますが、そちら、マンガ家のまのまま先生のお宅でしょうか」

相手の返事はそっけないもののようだった。

「ちがいますか。それは失礼いたしました。あの、ぶしつけなことをお訊ねするのですが、お宅様が、その番号をお使いになられて、どのくらいになるでしょう。ええと――」

紙片に目をやり、電話番号を口にした。

週刊誌にいただけのことはある。ちがいます、そうですか、では終わらず、番号の持ち主がかわってどのていどかを訊ねている。

「二年。ああそうですか。わかりました。どうも失礼いたしました」

受話器をおろした。

「どうやら電話番号はかわっていますね」

「住所も移転しているとみていいでしょうね」

私が告げると、横森は紙片を見直した。

「そうか……。番号だけかえる、ということもありますよね。実際いってみなけりゃわからないけど」

「その副編集長の方は、今日は出社されるのですか」

「ええ」

いって壁にかけられた時計をふり返った。

「担当の作家さんを回っても、三時までにはでてくると思います」

二時少し前だ。私は横森の手もとの紙に目をやった。

「住所はどの辺りですか」

「これですか？　高田馬場です」

時間を無駄にしないのなら、まずそこにいき、転居を確かめてから、再び編集部に戻ってくる手がある。

私の考えを読んだように、横森は頷いた。

「おそらくこの住所、電話番号は、今は無効でしょう。無効なものなら、社外の方にお知らせしても問題はない」

自分にいい聞かせるようにつぶやくと、私にさしだした。

「これがいつ頃、更新されたものかわかりますか」

横森は手をふった。

「たぶんわかると思いますよ」

コンピュータに向き直った。キィボードを叩く。しごく扱い慣れているようだ。

「あ、こりゃ古いわ」

私をふり返った。

「八年たってます」

「すると、『ホワイトボーイ』の連載が終了した頃ですね」

「そうなるのかな……」

「八年前に『ホワイトボーイ』が終了し、その後二年間の休筆期間があって、それから何本か読み切りを発表されたと聞いています」

「だとしたら……そうですね」

私は話題をかえた。

「副編集長のお名前は何といわれます？」

「手塚です」

「ほう」

「マンガ編集者としてはいい名でしょうね。どんなマンガ家さんにも、一発で名前を覚えてもらえる」

「手塚さんは、何時頃までこちらにいらっしゃいますか」

「十時くらいまではいますよ。たぶん途中で食事をとりにでるでしょうから、そのとき何もなければ時間をとってくれるように、僕から頼んでおきます」

「申しわけありません」

「いえ」

首をふって、横森は私を見た。

「興味があるんです」

「まのさんの現在に？」

「佐久間さんにです」

私はあいまいに首を動かした。

「マンガのネタにはなりませんよ」

横森は煙草を吹かした。

「充分なりますよ。少年誌では難しいだろうけど、青年誌でなら」

「でしたら、お話しできることはしましょう。いずれ」

「お電話をお待ちしています。食事にでるのは、だいたい八時前後です」

礼をいい、私は立ちあがった。

3

横森から受けとったまのまるの住所は、新宿区高田馬場の三丁目だった。ＪＲと交差するように流れている神田川に沿って、住宅密集地区を歩いていくと見つかった。「戸塚第一コーポラス」という名の低層構造のマンションだった。五階建てでエレベータはない。築後二十年は経過していそうだ。

意外な気がした。住所記録が更新されたのが八年前とすると、少なくとも八年前、まのまるはここに住んでいたことになる。十一年間、「少年ユニバース」誌上でトップ街道を走り、一億部のコミックスを売り上げたマンガ家が住むには、あまりにも質素だ。デビューしたてのマンガ家が住むというのなら、まだ理解できる。

「戸塚第一コーポラス」に住んでいるのは、学生か、学生に近いような独身生活者ばかりのようだった。部屋番号は「二〇二」で、階段を登って呼び鈴を押すと、ジャージの上下を着けた若者がドアを開いた。ペンキの塗りかえが必要なスティールドアには「ＳＯＮＯＤＡ」とシールが貼られている。

髪が乱れ、度の強い眼鏡をかけていた。二十三、四に見える。

「突然、お邪魔して申しわけありません。調査の仕事をしている者です。こちらに、まのさんという方はお住まいですか」

「え？　ああ……」

若者はにやついた。

「まのまある？　住んでたんだってね。大家さんから聞いたよ。でも大昔だろ」

「園田さん――？」

「そう」

髪の脂が匂った。

「実はまのまあるさんの行方を捜しています。お心あたりはありますか」

「ないない。俺ここ住んで、じき六年だもの。まのまあるはその前でしょう。最初の頃、郵便とかまちがってきてたけど、今は全然だよ」

「そうですか。どなたか訪ねてこられたりとかもありませんでしたか」

「前にあったよ。ピンポーンてさ、開けたら、スーツ着たおじさんが立っててさ、『まの先生ですか』とか、いきなり名刺さしだされちゃって。ちがいますっていったら、呆然て顔してた。ありゃどっかの編集者かな……」

「大家さんの連絡先を、お手数ですが教えていただけますか」

「ここでてさ、左に百メートルくらいいったところのコンビニ」

「コンビニ？」

「昔は酒屋で、ここ倉庫だったんだってさ。コンビニの社長が大家さん」

「お名前は？」

「佐藤」

「ありがとうございます」

「ううん。ねえ」

「はい」

「出版社に頼まれたの？」

「いえ」

「本当？　捜してるんじゃないの？　まのままるのこと。出版社が」

「出版社でしたら、調査員に頼まなくてもルートがあるでしょう」

「そっか」

思いつき、訊いた。

「失礼ですが、こちらの家賃はおいくらくらいですか」

「今？　今、十二万六千円かな。ずっと上がってないよ。ボロいからね。住んでんのも、学生か、俺みたいなフリーターばっかりだし……」

「まのさんはここにずっと住んでいたのですかね」

「さあ。だけど大金持だろ。別にこんなとこ住まなくてもいいと思うんだけどな。案外、他に大邸宅、もってたりしてさ」

「かもしれませんね」

「大家さんなら、何か知ってるんじゃない？」

「訊いてみます。部屋はきれいでした？」

「きれいだったよ。まあ、大家さんもきれいにしてくれたのだろうけど……」

もう一度礼をいい、踵を返した。階段を降りかけたとき、園田がいった。

「ねえ、本当に出版社じゃないの？」

コンビニエンスストアは、すぐに見つかった。アルバイトと思しき店員に、佐藤さんに会いたいと告げると、奥の倉庫から現われた。ごま塩の髪を短く刈り、でっぷりと太った体に赤と白のストライプが入った上っぱりを着けている。

仕事の邪魔をしたことを詫び、用件を告げた。

「ああ……」

佐藤はいって、唸り声をたてた。

「ほとんど住んでたかどうか、わかんないような感じだったねえ。二年間だけだし……」

「二年、ですか」

「うーん」

目は店内を見渡していた。万引客に手を焼いているらしい。

「万引を発見した場合、いかなる事情があろうとその金額の大小に関わりなく、直ちに警察、学校に通報します」

そう記した紙があちこちに貼られている。

「契約書とか、残っていますか」

「あるよ」

いって、私を見た。

「でも見ず知らずの人にはちょっとね……」

「ご迷惑をかける気はありません。次の住所か、連絡先がわかればそれだけで――」

佐藤は考えていた。

「親戚の方の住所でもけっこうです」

「家賃はちゃんと払ってくれた人だしね」

「おひとりでお住まいになっていたのですか」

「たぶんね。何回かここにもきたけど、まあどっちかというと、暗そうな人だったね。声も小っちゃくてぼそぼそ話すって感じで」

「誰か、お友だちなり、恋人のような人ときたことは――？」

「なかったんじゃないのかな……」

私が沈黙していると、佐藤はいった。

「なんかすごい売れっ子だったんだってねえ。昔は」

「そんな雰囲気はありませんでした？」

「ないよ。本当に家賃払えるかなって思ったもの。法人契約なんで、まあ大丈夫かって」

「法人契約？　家賃はまのさんが払っていたのではないのですか」

「同じようなものだろうけどね。『マルプロ』とかいったかな。マンガ家とかってほら、税金対策で会社作るんだろ」

「その『マルプロ』の住所でしたら教えていただけますか」

佐藤はごま塩頭をなでた。ざらっと音がした。

「事務所にあると思うけどなあ」

「今すぐでなくてけっこうです」

私は名刺をさしだした。

「プロダクションならば、私がうかがってもそれほど迷惑はおかけしませんし――」

佐藤は名刺を受けとった。さほど気に留めるようすもなく、上っぱりの胸ポケットにしまいこんだ。

「あとで見てみる」

「お願いします」

頭を下げ、いった。

「ところで、まのさんが住んでいらっしゃるあいだ、何かトラブルとかはありませんでした」

「何もなかったね。苦情とかもなかったし、第一、幽霊みたいだったから、住んでるかどうかすらもわからなかった」

「あのマンションにはよくいかれるのですか?」

「不動産屋とかが、内見のお客さんをここによこすのよ。だからあたしが鍵もって連れてったりするからね。そんときは、どんな感じかなと思って見るね。よごしてそうだな、とか、仲間集めてどんちゃん騒ぎやってんな、こりゃあ、とか」

顔をしかめた。

「まあ、うちは若い人が多いから、たいていのことは大目に見てる。ただ、あとから入る人が住めない、みたいなのは困るけど……」

「まのさんが転居されるときですが、その『マルプロ』から連絡がきたのですか」

「いや。本人が直接きたよ。引っ越すことになりましたって。家賃払えなくなったのかな、とも思ったけど、まあそれはないだろうと……」

「引っ越されたあと、部屋の中はどうでした？」

「よごしちゃいなかった。何か家財道具も少なかったのじゃないの。料理とかしたようすなかったし――」

「するとたいていは外食か、こういう場所で弁当とかを？」

佐藤は顎をかいた。

「うちで弁当買ったことあったかなあ。覚えてねえな。何せ、影が薄かったからね」

「あまり見かけることもなかったということですね」

「うん。そうなる、かな」

「ひとりで住んでいたようですか？」

「だと思うよ。女っ気はなかったね。あれじゃあんまりもてないだろうし」

私は頷いた。佐藤の話に登場するまのまるると、コミックスを一億部売り上げた超人気マンガ家とは、まるで結びつかない。

「あれだね。マンガ家ってのもシビアだね。出版社に結局は全部とられちまうのかね。うちのバイト学生なんかも、まのまるってみんな知ってたけど、ここに買い物にきて、今のがそうだっつったら、ええって驚いてたもんな。まるでそうは見えないって――」

「お金に困っていたという印象があったのですか」

「それはないよ。だけど、わかるだろ。うちは億ションてわけじゃないし。それにいくら独り者でも、もうちょっとマシな格好したりするだろ。まあ、そういうところが、この辺は住みやすいってこともあるけど。定食屋とかもあるし……」

まのままるの写真を手に入れなくてはならない。

「まのさんは、決してお金には困っていなかったと思うのですが、好んで質素にしているという雰囲気ではなかったのですか」

「うーん、そいつは難しいな。好んでっつうか、別に塞いでいるとかそういう感じじゃなかっただけで……。とにかく何度も会ったわけじゃないし、うちにきて、あたしがレジ立ってても、こんにちはもいわないしさ。人間づきあいがうまくないっての。マンガ家だからそういうこともあるだろう、とは思ったよ」

「特に印象に残ってることは何かありますか」

佐藤は考えこんだ。やがて首をふった。

「ないな。有名なマンガ家だっていわれなきゃ、フリーターだろうなって思ったろうし」

「そうですか」

私は頷いた。

「あんた、誰かに頼まれたの」

「そうです」

「身内の人かい。自殺とかするのじゃないかって心配してるとか」

「いえ。まったくそういうことはありません」

「そう。ならいいけどね」

「転居先については何もいっておられなかったですか」

佐藤は首をふった。足元を見つめる。

「何かいったっけな。国に帰る、ちがうな。田舎に帰る、そうじゃないな。田舎に越すっていったのかな……」

「田舎、ですか。郷里という意味で？」

「どっちかはわかんないな。田舎が、ただの田舎なのか、実家って意味なのか。なんか実家っぽくはなかったような気がするな」

商売の邪魔をつづけるのも気がひけてきて、きりあげることにした。

「ありがとうございます。連絡をお待ちしています」

「しかたないな」

胸ポケットに触れ、佐藤は頭をかいた。

「あとで契約書見とくよ」

「恐れ入ります。携帯電話の方がつながると思いますので」

佐藤は頷いた。

缶入りの茶を買い、コンビニエンスストアをでた。喉が渇いていたのだ。

ＪＲの駅までの道を歩きながら、それを飲んだ。いくつか奇妙な点がある。

まず、まのままるの家賃を払った「マルプロ」が本人のプロダクションならば、なぜ大成社には、その連絡先が残されていなかったのだろうか。

次に、まのままるの生活があまりに質素すぎた点だ。コミックスの印税がどれくらいかはわからないが、一億部の売り上げがあったとすれば、数十億の金は手にしている筈だ。

それが月額十二万円のマンションではいくらなんでも、質素すぎはしないか。

園田がいったように、別の場所に本宅をもち、ある種の別荘として「戸塚第一コーポラス」を使っていたのだろうか。

それらの点は、まのままるの担当編集者であった人間に会えばいくらかは明らかになるだろう。

ＪＲ高田馬場駅についたのは、五時少し前だった。横森に電話をかけた。

「高田馬場のマンションにいってみました。やはり六年前に転居していますね」

「そうですか。ちょっと待って下さいね」

受話器を手で塞ぐ気配があり、かすかに手塚さーん、と叫ぶ声が聞こえた。そのあとのやりとりまでは聞きとれなかった。

「うちの副編、会うそうです。七時半くらいに、こちらにまたいらっしゃれますか？」

「大丈夫です」

「じゃあ、そんときに――」

電話を切った。

時間がある。少し考え、私は渋谷にいってみることにした。

4

ＪＲで渋谷にでた。目的地は、宇田川町にある「シェ・ルー」という店だ。「シェ・ルー」の名を、私は雅宗から何度も聞いていた。「シェ・ルー」は、雅宗の〝チーム〟のたまり場だった。

交番に近い雑居ビルの二階に、看板を見つけた。ガラス張りの壁から雑踏を見おろせる位置にある。

らせん階段を登り、店内に入った。明るい、ありきたりの喫茶店に見えた。夕食時のせいか、飲物の他にハンバーグやスパゲティ、ピザなどを盆に載せたウェイトレスがいきかっている。二階ワンフロアを占めた店内は広く、客のほぼすべてが、十代から二十代初めの若者ばかりだった。ひっきりなしに携帯電話の着信音が聞こえ、嬌声や笑い声があがっている。

「おひとりですか」

黒い服に白のシャツというお仕着せを着た男が、空の盆をわきにかかえて訊ねた。背はあまり高くない。まだ二十代の半ばなのだろうが、この店にいるとひどく老けて見えた。表情にも疲れがにじんでいる。

私は頷いてみせた。

黒服は、

「こちらへどうぞ」

といって歩きだした。窓とは反対側の奥まった席へ案内しようとする。

「あの」

私がいうと立ち止まった。不思議なことに、窓ぎわのテーブルにはいくつも空きがあった。

「窓ぎわの席がいい。駄目かな」

黒服は私を見つめた。目に、あきらめとも憐れみともつかぬ、奇妙な表情が浮かんでいた。

　少し間をおき、黒服は頷いた。向きをかえ、ひきずるように足を運ぶと、窓ぎわの、奥から三番目のテーブルに私をすわらせた。

　分厚いメニューを受けとった。あたたかなクラブハウスサンドとコーヒーを注文した。黒服は頷き、

「移るときはおっしゃって下さい」

　と答えて遠ざかった。

　私は煙草をとりだした。すぐ内側のテーブルに、制服を着た女子高生の一団がいた。彼女たちのお喋りが止んでいた。テーブルに四台の携帯電話と煙草が並んでいる。四人の視線が私に向けられていた。珍しい動物を見るような目をしている。

「嘘ぉ」

　ひとりがつぶやくのが聞こえた。

「ちょっと、信じらんない」

「何考えてんの……」

　小声だが、明らかに彼女らの顰蹙（ひんしゅく）を買っていると知れた。私は素知らぬ顔で煙草に火をつけた。

　私に無視されたと気づいた少女たちは、再びお喋りに戻った。が、ときおり悪戯（いたずら）を楽

しむような視線を私に向けるのを止めなかった。加えて、何かを期待するように、入口の方角に顔を向ける。

どうやら私は、誰かの〝聖域〟をおかしているらしかった。私のすわるテーブルから奥の、二つの卓は両方とも空席だ。「予約席」という札がおかれているわけではないが、必然の結果であるかのように空席となっている。

窓ぎわを選んだのには理由があった。雅宗のグループが、いつも「シェ・ルー」の窓ぎわを縄張りにしていると聞いていたからだ。

私のすぐ内側のテーブルで携帯電話が鳴った。

「はい……。いるよ。うん。エイミやマイコもいっしょ」

少女のひとりが答えた。コーヒーが運ばれてくる。その先のやりとりの声が低くなった。私はコーヒーに砂糖とミルクを加えた。

コーヒーをもってきたのは、席に案内したウェイターとは別のウェイトレスだった。

自分の〝チーム〟が、今どうなっているかを、雅宗はひどく気にしていた。「セイル・オフ」から電話をしつづけている相手は、〝女王〟だけでなく、〝チーム〟のメンバーたちでもあった。雅宗は〝チーム〟に対する影響力が衰えることをひどく恐れている。それは雅宗の〝伝説〟が歪められたり、さらには風化していくことへの怯えでもある。

その気持は、私にも理解ができた。「セイル・オフ」をでていくとき、雅宗を〝チーム〟が再び迎え入れるかどうかは、雅宗にとって重要な問題である。

雅宗の〝チーム〟は、薬物乱用者のグループではない。薬物を使用するときもあるが、それは日常的とはいえない、と聞いていた。ならば「セイル・オフ」を卒業した雅宗が、元の〝チーム〟に戻ることを、さほど危惧する必要はない。

雅宗は、さまざまな不安を抱えていた。最大のものは〝女王〟に関するものだったが、次に大きいのは、〝チーム〟の状態についてだった。

――チームがばらばらなんすよ
そういうこともあるだろう、と私は告げた。リーダーであるお前がいなくなり、別の人間がリーダーになったとしても、そいつじゃ嫌だと思う者がいるかもしれない。リーダーがかわれば、チームもかわらざるをえない。

――そんなのじゃないんです。なんか、壊けちまったみたいで。みんな会ってないっていうし……

渋谷に戻るか、と私は訊ねた。戻ればまたチームを束ねられるかもしれない。

――できっこないです。あの人がいるから。戻ったら俺は、またあの人に溶かされるだったらどちらかを選ぶしかないな。

「すんません」

気の抜けた声がかけられた。制服と思しい、グレイのスラックスに白いシャツ、紺のブレザーを着た長髪の若者が立っていた。背後に同じようないでたちの若者が二人と、私服の若者が二人いる。

「すんません」

若者はもう一度いって、頭をひょこひょこ動かした。頭を下げているというよりは、わざと滑稽な仕草をしているように見えた。テーブルにすわる少女たちがくすくすと笑っている。

「そこ俺たちの席なんすけど」

若者の目は妙に無表情だった。威(おど)しているようにも、警戒しているようにも思えない。もちろん、恐縮しているようには、まったく思えなかった。

「予約席とは書いてなかったな」

「だけどそうなんす」

若者は瞬きし、いった。表情は依然としてかわらない。少女たちの笑い声はますます大きくなっていた。

「どいてくれ、というのかい」

「はい。どいて下さい」

若者がわざと間抜けなやりとりをしていることは明らかだった。

私は立ちあがった。隣りあう、窓ぎわの席に移動した。少女たちの笑いが止まった。

期待のこもった目が、私に声をかけた若者に向けられた。

「すんません。そこもなんです」

若者はくり返した。私は一番奥の席も指さした。

「あそこもか」

若者は頷いた。立っている若者たちと離れた位置で、私のサンドイッチの皿をもったウェイトレスが困惑していた。

「動いてもいいけど、君と話がしたい」

私はいった。若者は驚かなかった。

「いいすよ。おじさん、ホモっすか」

少女たちが爆笑した。若者の顔には、受けをとったという喜びはなかった。にやつきもしない。

「ホモかもしれんが、君を口説く気はない。二人でちょっと話がしたい」

初めて表情がかわった。

「刑事さんすか」

「いいや」

「じゃ、いいすけど、俺、仲間多いすよ。十人、二十人は、すぐ集まるっすよ」

「話をするのに仲間はいらない。そうだろ」

若者の目を見つめた。警戒の表情が浮かんでいた。私は店の内側の、空いたテーブルを示した。今では、店の大半の客が私たちに注目していた。

「あそこで喋ろう」

「ヨージよう」

若者のうしろに立つ、別の高校生がいった。若者は首をふった。

「すわってろや」

私は先に立って、自分が示したテーブルについた。サンドイッチをもったウェイトレスが、飲みかけの私のコーヒーも運んできた。

「ありがとう」

私は礼をいった。ヨージと呼ばれた若者がウェイトレスにいった。

「俺、アイスオーレ。それから伊藤にいっとけよ、ちゃんとしろって」

ウェイトレスは無言で頷き、逃げるようにテーブルを離れた。

「伊藤ってのは？」

私は向かいにすわるよう若者に椅子を勧め、訊ねた。

「え？」

若者はわざとらしく訊ね返した。

「彼か？」

入口のあたりから不安げに見守っている黒服を指した。

若者は答えなかった。

「ここは君らの縄張りか」

若者は顔をしかめた。

「何すか、それ」

私は首をふった。

「まあいい。私があそこにすわったのは、雅宗から聞いてたからだ」

若者の顔から再び表情が抜け落ちた。驚きや怒りはない。さっと仮面をつけたように、表情を消したのだ。

「誰？」

若者は訊ねた。

「君らの仲間の雅宗さ。知ってるだろ」

「知らないっす」

「そうかい。雅宗は君らに毎日のように電話してる筈だが」

若者は黙った。やがていった。

「俺ら、クスリはもってないよ。雅宗があぁなったのは、あいつが勝手になっただけ」

「知ってるよ」

私は頷き、雅宗の通っていた高校の名を口にした。

「同じか」

若者は頷いた。

「でもあいつ、退学になったから。今はフリー」

「なるほど」

「終わり？　話」

若者はいった。

「雅宗がいつ帰ってくるか、興味ないのか」

私は訊ねた。

「別に」

若者は肩をすくめた。

「終わってるっつうじゃん。クスリ漬けで。病院でクスリ漬けにされてるって」

私は笑った。

「まるでそういうことはない。鉄格子の中に閉じこめられてもいないし。雅宗から聞いてないのか」

「シカトすることになってっから」

「誰を？　雅宗を」

答えない。

「リーダーだったろ、奴は」

「関係ねえよ」

「誰がシカトするって決めたんだ？」

「別に。みんなで何となく」

「なぜ」

「いいだろ。うっせえな。あんた雅宗の親父かよ」

初めて感情のこもった声をだした。

「ちゃんと話せよ」

私は促した。

「話してんじゃんかよ」

「誰が雅宗をシカトしようって決めたんだ？」

「だから何となくみんなで決めたんだよ。もういいだろ」

目に怯えのような表情がある。

「何を恐がってる」

「何いってんの、おっさん」

「何か、嫌なことがあったのか」

若者は舌打ちした。

「わけ、わかんねえよ」

「何かがあってシカトすることにしたんだろ、雅宗を」

若者は目をそらせた。

「学校やめたからじゃん」

私は窓ぎわのテーブルにいる彼の連れを示した。

「学校のちがう仲間もいるじゃないか」

「いいじゃねえか。関係ないだろ」

「雅宗のつきあってた女、知ってるか」

若者は明らかに動揺した。立ちあがろうとする。その腕をつかんだ。

「すわれよ。話してくれるっていうから、俺は席を移ったんだぜ」

「かかわりたくねえんだよ」

「誰に？　雅宗の女にか」

無言が肯定だった。

「ヤバい子らしいな」

「知らない」

「渋谷にいるんだろ、この辺に」

「知らない」

「君は会ったことあるのか」

「知らない。ツレが待ってっからさ」

私は息を吸い、いった。

「最後にひとつだけ訊く。鼻と口、耳に全部ピアスをはめてる男を知らないか。サングラスをかけてて、毛糸の帽子をかぶってる」

若者は荒々しく息を吸い、吐いた。

「知ら――」

「知ってるな」

かぶせるようにいった。

「そいつの名前は？」

若者は仲間をふり返った。救いを求めている。

「いったら戻っていいぜ」

「――小倉さん」

低い声で若者はいった。

「小倉。何者だ。学生か」

若者は頷いた。

「どっかの美大だって。危えんだ。いつもきいちゃってて……」

「この辺にいるのか」

「いるときもあるし、いないときもある。小倉さんが、うちの人間、ナイフで威かして、それで雅宗ヤバいってことになったんだ」

「小倉はなぜ威したんだ」

「雅宗がいつ帰ってくるか、教えろって。雅宗、狙われてんじゃねえの」

「誰に」

「知らないよ」

「女か？」

「だからわかんねえって。ただ誰かが狙ってんじゃねえかって。ヤバいからさ、しばらくシカトしようぜって話になったんだよ」

「つまり小倉が、雅宗のことでチームの仲間を威した。それで君らはびびって、雅宗をシカトすることに決めたってわけか」

若者は唇をなめた。

「それだけじゃねえけどさ。小倉って、本当にヤバいんだよ。しょっちゅうきいちゃってるし……」

「他にどんな理由がある。仲間を見捨てる理由が」

若者はきっとなって私を見た。

「知らねえくせにいうなよ。まだ病院入ってる奴もいるんだぜ」

「病院？　なぜ病院に入ってる」

「シメられてだよ」

「誰に」

「知らねえよ」

「知ってるだろ」

低い声でいった。

「勘弁してくれよ。さっき最後つったじゃねえかよ」

「じゃあこれが本当の最後だ。小倉とはどこで会える？」

若者は考えていた。やがていった。

「１０９の角だよ。そこに夜いきゃ、いるよ」

立ちあがった。歩きかけ、ふり返った。

「二度とくんなよ」

店中に響き渡る大声で叫んだ。虚勢だった。何かにひどく怯えていた。

私の方をふり返りもせず、〝聖域〟に戻った若者は、早口で仲間に語りかけだした。

仲間の視線が私に注がれる。本人だけが私を見ようとはしない。

次に彼らがしたのは、いっせいに携帯電話を手にすることだった。一瞬不安になった。仲間を呼び寄せ、うるさいオヤジをシメようというのか。

だがその気になれば、そこにいる人数だけで私を袋叩きにできる。どうやら彼らがしたいのは、情報を集めることのようだ。

十代のネットワークでは、情報が何にも増して価値になることがある。人気のある店、仲間の噂話、尾鰭のついた伝説。生きていくにはまるで必要のない情報が、〝知っている〟者と〝知らない〟者のあいだに線を引き、グループを形成する材料になり、区別や差別を作る。すべてが遊びなのだが、当人にとっては大きな意味をもつ。

私が法律事務所で若者の失踪調査を専門に扱っていた頃も、それは同じだった。携帯電話やポケットベルの出現は、情報の流通量を飛躍的に増やし、さらにその価値を高める結果になった。たとえばある人物や場所の電話番号を知っているかどうかが、その人間の価値を判断する基準になったりする。

携帯電話には、番号の記憶機能がある。その記憶機能に蓄積された情報量が、仲間うちにおける、持ち主の地位を決定したりもするのだろう。

私の出現は、情報として駆けめぐり、彼らの身内では、それを知っているかどうかが、仲間を見きわめるための〝合言葉〟となり、さらにそれに付加しうる情報をもつ者が一目おかれることになる。

だからこそ彼らは、突然の侵入者について何かを知ろうとするのをやめられない。そして知ろうとする行為は、結果、知らせようとする行為とかわらず、私のことは、小倉や〝飼い主様〟の耳にも届く。

私が得たいのは、雅宗のチームに関する情報だ。雅宗がリーダーを降ろされているらしいことはわかった。雅宗は危険人物扱いをされ、それが本来なら身内の尊敬を呼ぶ筈が、逆の効果、しごくあたり前の、大人の社会における疎外化のような現象を生んでいる。

その場合、私に考えられる理由はふたつだ。ひとつ目は、チームが、新しい遊びとして、雅宗を〝村八分〟にする方針をとった。おそらくは、新しいリーダーがそれを決め、追従する仲間が多かった。もしそうなら、雅宗の〝喧嘩伝説〟が、伝説にすぎなかったことを暴露した人間がいて、当然それはチーム内の者ではありえない。雅宗の〝喧嘩伝説〟が作られたものであると知っている人間がチーム内にいなかったからこそ、雅宗はリーダーを張ってこられたのだ。その意味では、雅宗は罠にかけられた。

一方、それがもし遊びとしての〝村八分〟なら、対象者である雅宗が地元に存在しないことは、著しく楽しみを損なう。〝村八分〟は、当人を前にしてこそおこなうべきだし、傷つけられた当人の焦りや不安を観察してこそ、楽しみになるのだ。

ふたつ目の理由は、雅宗とかかわることが本当に危険だとチームの人間に思わせる情報の存在だ。この危険とは、文字通りの危険で、彼らの勢力がたちうちできないような存在が雅宗を標的にしている可能性を示す。

若者は、常にクスリに溺れている美大生、小倉の名をだしたが、小倉がそうであるとは私には思えなかった。

小倉が真に危険な存在なら、彼は決してその名を口にしなかったろうし、まして居場所を話す筈はない。

もちろんナイフをもち、クスリの切れている時間の少ない小倉も危険な存在ではあるだろうが、それがたったひとりなら、数による排除が可能だからだ。いざとなれば、仲間を集め小倉を袋叩きにすることをためらうほど、雅宗のチームは、ヤワではない。そのことは、雅宗の口から聞いてわかっている。雅宗のチームは、過去、数度の乱闘事件やリンチ騒ぎを渋谷で起こし、いずれも勝ち組におさまっていた。

したがって彼らが恐れるのは、小倉よりさらに凶悪な存在、たとえば暴力団であるとか、それに近い職業犯罪者ということになる。だが私は、雅宗が、そうした連中とトラブルを抱えているとは聞いていなかった。

プロである暴力団は、チームとちがい、遊びでカタギの高校生を標的にしたりはしない。彼らが動くときは、そこに大きな金銭がからんだり、著しい利益侵害が発生した場合に通常は限られる。

雅宗のチームが、渋谷で特に巨大な集団であったわけではなく、薬物や売春などとも深くかかわっていなかったことを考えあわせれば、このふたつ目の理由は、ガセネタをもとにしたものでない限り、考えにくかった。

いずれにせよ、雅宗にかわってリーダーとなった人物なら、真相を知っているにちがいなかった。問題は、リーダーの名も、その所在も、簡単には知りようがないことだった。

かつての暴走族のように明確な縦割り構造をもつ集団とちがって、チームと呼ばれるグループには、厳格なルールはさほどなく、またリーダーの名も、外部には容易に伝わらない。それは、リーダーという存在が、対立グループや警察から目をつけられやすいという経験から生まれた、盛り場の知恵なのだ。

暴走族にはリーダーがいて、そのリーダーには親衛隊やガードがつく。しかしチームはちがう。盛り場で集合するときのみ、漠然とした形での指揮者が決定するだけだ。盛り場を一歩でれば、チームのメンバーは、ばらばらな居住地に帰っていく。暴走族が、同一地域を縄張りとし、居住地を支配圏として、集団名にすらこだわったのとは、まったくちがうのだ。

チームのリーダーは、盛り場にあってこそリーダーだが、自宅に帰れば、ありきたりの若者にすぎない。家族ですら、我が子が盛り場でチームを率いているとは知らないのだ。

チームの新リーダーと会うのはしたがって容易ではない。また会うことが、雅宗の今後にとって、どんな結果をもたらすかは予測できない。

雅宗がチームと縁を切るのは、両親にとっては歓迎すべき事態だろうが、雅宗個人にとっては、本人の意志で判断すべきものだと、私は考えていた。チームを抜け、いき場を失った雅宗が、さらに問題ある状況に身をおいていく可能性も否定できない。

私の仕事は、薬物依存からぬけだそうとする雅宗を、情報面で援助することであって、物理的な干渉ではないのだ。第三者が、いかに物理的な干渉をおこなおうと、世の中に薬物が存在する限り、依存者はそこから脱却はできない。

依存者を檻に閉じこめ、薬物との接触を断つことはできる。しかし一生そうしていたからといって、それが依存からの脱却といえるだろうか。単に機会をもたせなかっただけで、機会があれば、依存者が手をだすという状態では、脱却にならないのだ。

「セイル・オフ」を卒業したあと、メンバーはさまざまな障害に直面する。自業自得としかいいようのない、差別や疎外、さらにはかつての依存者仲間からの中傷、そして薬物そのものの誘惑。それらに立ち向かえるのは、自分のプライドだけであるといってよい。かつてのような自己嫌悪におちいりたくない、暗闇の日常に戻りたくない、そしてそのために「セイル・オフ」を卒業したのだという、達成感だ。自分をおとしめたくないというプライドが、踏みとどまらせる。プライドも勇気も、すべては本人の内側にある。物理的な干渉は、何らその役には立たない。

私はサンドイッチを平らげ、立ちあがった。若者たちの視線が注がれている。彼らは私の正体に半ば気づきながらも、その意図を判断できずにいる。

そしてそれが私の狙いでもあった。

レジに立ち、金を払った。伊藤という黒服が、私と目をあわせないようにして受けとった。

「この店は何時までだ」

私は訊ねた。

「午前二時までです」

伊藤はいった。

「あんたも？」

伊藤は初めて顔を上げた。

「警察の方ですか」

怯えと安堵、双方の混じりあった表情だった。

「いや。薬物に関連して調べたいことがあるだけだ」

「うちは、ただの喫茶店ですから。お客さんもそんな――」

早口になりかけた伊藤を制した。

「わかってる。そんなことは。ただあんたの話が聞きたい。二人だけで――」

伊藤は瞬きし、私を見つめた。

「本当に警察の方じゃないんで？」

小声になった。

「そう。彼らをどうこうしようという気もない」

店にとってどうかは知らないが、伊藤にとってチームは、離れたくない存在であるような気が、私にはしていた。歳下の少年少女に、まるで使い走りのように扱われながらも、妙なシンパシーを寄せている気がする。仲間でありたい、というような。

伊藤の目が、窓ぎわの席に向けられた。

「二人だけで、ちょっとの間、話ができればいいんだ」

私はいった。

「いっときますけど、俺は、売るようなことはできませんよ」

「わかってる」

私と話せば、伊藤には、私という人間に関する情報が入る。そしてその情報の提供は、チームの伊藤に対する評価を高めることになる。伊藤はそう計算する筈だ。

伊藤は大人であり、チームのメンバーではない。メンバーになれないと知りながらも、仲間でありたいのだ。

伊藤の目は素早く、窓ぎわの席と私の間を往復した。私と伊藤が、支払いに関する以外の会話を交していることをチームの連中が気づいているのを意識していた。頰がかすかに赤らんでいる。

「いいすよ」

低い声でいった。

「一時間したら休憩とります。この先のビルの二階にあるゲーセンにきて下さい。二階です」

「ゲームセンターの二階だな」

伊藤は頷いた。

私は頷きかえし、「シェ・ルー」のガラス扉を押した。

雑踏に立ち、頭上を見あげた。ガラス越しに、いくつもの目が注がれていた。私はその場を遠ざかることにした。私が伊藤と交した会話の内容は、すぐにも彼らに伝わることだろう。

伊藤本人の口から。

携帯電話から「セイル・オフ」にかけた。電話に応えたのは堀だった。

「みんなどうしてる」

「まだゴルフ場です。今日は風呂を借りられることになってるんで、もう少ししないと帰ってきません」

堀はいった。

「聞いたか、呉野から」

私は訊ねた。

「ええ。何かあったんですか」

「雅宗をひき戻したがってる人間がいる」

「チームに?」

「いや。雅宗がミーティングのときにいっていた、例の女らしい」

「惚れ狂ってますよね。たぶん、よほどセックスがよかったんですよ。俺も覚えがあります。あれくらいんときに、クスリ使うセックスの良さを覚えちまうと、他に何にも考えられなくなっちまうんです」

堀は暴走族の特攻隊長だった。傷害と暴行の常習犯で、殺人以外の大半の犯罪をおかしてきたと語ったことがある。死ぬのを恐れず、またカッコよく死んで、伝説になりたいとすら、願っていた。

人けのない埠頭のコンテナ集積所で事故を起こし、潰れたバイクの下敷きになって指一本動かせぬまま一夜を明かしたことが、更生のきっかけとなった。折れた両脚の下をガソリンが伝ってきて、背中を浸していったときの恐怖を今でもはっきりと覚えているという。

「それだけじゃない。どうやら問題の女は、他にも奴隷を飼っているらしい。ひとりが、昨夜東京駅で俺を待ちかまえていた」

「ちょっかいをだしてきたんですか、公さんに」

堀の声がいくぶん低くなった。

「いや。雅宗がいつ戻ってくるかをひどく知りたがった。女は、雅宗が治ったら、またクスリ漬けにして遊びたがってるというんだ」

「どういうことです。いたぶってるみたいじゃないですか」

「どうやらそういうことらしい。それと雅宗のチームだが、雰囲気がかわっている」

「かわってるって、どうかわってるんです？」

堀は口が固いが、雅宗が〝村八分〟にされていることは、今はまだいわない方がいいだろうと思った。

「どうも、別のグループとトラブルを抱えているらしい。今夜のミーティングのときでも、やくざともつれたことはなかったか、さりげなく訊きだしてくれ」

「わかりました」

「頼む」

堀はつかのま、黙った。

「公さん。雅宗、チームに帰れない感じなんですか」

「どうしてそう思う？」

「電話がつながんないみたいで、奴、必死になってあちこちにかけてるんです」

「そうか」

「もしチームに戻れないようだと、卒業してもいき場ありませんよ。結局、いきつくのはその女のとこだけでしょう」

「そうだな」

一瞬、女が外圧を使って、雅宗を孤立させているのだろうかと考えた。

だがそこまでのことをする必要があるのだろうか。確かに小倉は、〝飼い主様〟は雅宗の〝ふくらんだり、縮んだり〟する姿をおもしろがっている、といった。

しかしそのために、雅宗をチームから孤立させ、自分の元へ向かわざるをえなくさせるような、そんなもってまわったことをするだろうか。

「憎しみだな」

私はつぶやいていた。

「え？」

堀が訊き返した。

思えない。

もし実際にそんな行為がおこなわれているとすれば、雅宗に対し〝飼い主様〟は深い憎しみを抱いているとしか考えられない。雅宗をとことん〝壊し〟たがっているとしか思えない。

「とにかく、やくざ関係のことを訊いてみてくれ。チームがトラブルを抱えているという話はなしで」

「そうします」

「また連絡する」

「何でもない」

いって、私は電話を切った。

雅宗を「セイル・オフ」に連れてきたのは両親だった。父親は国立大学をでて一部上場企業に勤めており、雅宗の上に、大学生の兄がいる。

雅宗が薬物依存に陥っていることを、両親はしばらくのあいだ気づかずにいた。母親も有名女子大を卒業した才媛で、近所の英語塾で講師をしており、息子の家庭外での行動について不安を抱いていなかったからだ。

最初に雅宗の異常に気づいたのは兄だったが、それを両親には告げなかった。家庭内における兄弟の立場は、少し前から逆転しており、雅宗の恫喝に対し黙していたからだ。

雅宗はそれについて、

「あいつは俺が駄目になってくのを喜んで見てたんですよ。心配どころかね。だから今、俺がこうしてここにいるのを、せいせいしたと思ってるんじゃないっすか」

といったことがある。

兄に対して秘かに暴力をふるい、もしそれを両親に告げれば、「ぶっ殺す」と威していたのだ。

依存の度合が激しくなり、病的な原因があると考えた両親が医師の診断を受けさせたことで、薬物依存が明らかになった。外聞をはばかり、雅宗を秘かに入院させようとした両親に、暴力で逆らった。父を殴り、母を蹴り、兄にナイフをちらつかせた。

雅宗はだが「セイル・オフ」にやってきた。自ら望んで。それは女の言葉を信じたからだ。女が「セイル・オフ」の存在を雅宗に教え、そこでクスリを抜くことを勧めたからだ。

雅宗は女の言葉に逆らえない。「セイル・オフ」を志望した動機を知らない両親は、涙して喜んだ。

だが実際の女の目的が別にあったとしたら。雅宗が「セイル・オフ」にいる間に、雅宗の旧世界はことごとく壊れようとしている。

雅宗を地獄につきおとそうとするなら、別れを告げれば一番簡単だ。

女に執着する雅宗は、女を失ったと知った瞬間に、腑抜けになるだろう。

しかし女はそうしていない。それどころか、小倉を使って、雅宗の戻る日を知ろうとすらしている。

ひどく邪悪なものを感じた。すべて私の空想でなければ、雅宗は手のこんだ方法で心身を壊されようとしている。

いったいそこまでするのに、どのような理由が必要なのだ。おもしろい、という動機だけで、すべてが説明のつくことなのか。

ゲームセンターに足を運んだ。伊藤の指定した二階は、麻雀や格闘ゲームなどのテレビゲーム機が並んでいる。

伊藤はすでに到着していて、くわえ煙草でゲーム機に向かっていた。

背後に立った私に気づくと、あわてて煙草をもみ消した。

「すんません、今終わりますから」

「急がなくてもいい。やりながら話を聞かせてくれればいいから」

私はいって、空いている隣の麻雀ゲーム機の椅子に腰をおろした。

「いや、いいんです。本当、すぐ終わりますから……」

「長いのかい、あの店は」

「二年ぐらいですよ。店長が前の店の先輩で、フロア任せられる奴、捜してて……」

「前の店とは？」

「潰れちまったディスコです。高校中退して、入ったんです」

「あの連中は、いつ頃からたまり場にしてるんだ」

「俺が入る前から、あの学校の生徒は多かったみたいですよ。チームが固まったのは、ちょうど俺が入ったくらいかな」

「雅宗って知ってるか」

私が訊ねると、伊藤は急に不安げな表情になった。

「ええ……、まあ」

「店にもよくきてたろ」

「そりゃいっときは。毎日……」

「最近はこない？」

「もう、ひと月近く、見てないですね。あれじゃないですか。クスリがひどかったんで、どっかの病院に入ってんでしょ」

探るような視線を私に向けてきた。

「他の連中はやってないのか」

「クスリですか。見たことないですよ。てんぱってたのは、雅宗くらいで」

雅宗、と呼び捨てにした。

「さっき俺が話してた高校生、名前何ていうんだ？」

「知りませんよ」

急いで伊藤はいった。

「向こうはあんたの名を呼んでたな。伊藤って――」

「訊かれたから教えたんです。前に」

「雅宗の名は知ってても、別の人間の名は知らないのか」

「雅宗は有名でしたから」

「何で？」

伊藤は口ごもった。

「そりゃ、女とかにもてたからですよ。すごい二枚目だし」

「でも今はチームのメンバーじゃない？」

伊藤はうっかり頷き、しまったという表情になった。

「なあ」

私はいって、伊藤に体を近づけた。化繊のワイシャツは何日も洗っていないらしく、脂じみていて体臭が匂った。

「あんたは連中と仲がいい。メンバーじゃないかもしれないが、チームの身内みたいなものだ。そうだろ？」

「そんな。ただほとんど毎日顔をあわせてますからね。みんな、学校いかない日はあっても、うちにこない日はないくらいで」

「だったら仲間だな。遊びに混じることもあるんだろ」

「遊び？」

「女の子とかさ」

「たまにですけどね。カラオケいったり、たまに盛りあがると、他のこともしましたけど」

「みんな若い子か」

「そりゃ……。ほとんど高校生か中学生ですよ」

伊藤は嬉しそうな表情になった。伊藤がチームの人間と仲よくしたい理由を悟った。女だ。チームの周辺にいれば、おこぼれに与（あず）かるように、若い女とセックスできるチャンスを得られる。

「若い子はいいか？」

「そりゃいいですよ。肌もきれいだし、俺らだったら、そんなに金のこともいいませんし……」

「金？」

伊藤は私を見直した。

「だって、ふつうだったら、二万か三万はとられるでしょ。本物の女子高生としようと思ったら――」

優越感を感じているような口調だった。

「あの連中、みんなやるのか」

援交を、とはいわなかった。伊藤は我に返った。

「やるって何を、です」

「いや、いい」

私はいって、にやっと笑ってみせた。伊藤は一転して再び不安そうに身じろぎした。

「俺、何にもいってないっすよ」

「わかってる、わかってる。別にあんたに迷惑かけないから心配するなって」

「雅宗、今どこにいるんすか」

伊藤は訊ねてきた。

「知らないのか」

「病院でしょ。なんか当分でられないようにクスリ漬けになってるって……」

「噂か？」

伊藤は頷いた。

「しょうがないっすよね。ひどいときは、朝っぱらから、きいてる目してたもんな。どこの病院ですか」

「みんな知らないのか」

わざと驚いたように私はいってみせた。

「いや……。知ってる人もいるみたいだけど、俺は知らないんです。教えて下さいよ」

伊藤は甘えるようにいった。

「内緒にしときますから」

嘘をつけ、といいたいのをこらえ、答えた。

「静岡の方さ」

「静岡。じゃ、やっぱり相当悪いんすね――」

「皆、そういってるのか」

伊藤は頷いた。

「雅宗、もう戻ってこられないだろう。終わったって」

「じゃあリーダーは交代だ」

「しょうがないすよ」

「新しいリーダーは、さっきのあいつか」

「いえ、ちがいます」

警戒するようすもなく、伊藤はいった。

「今度のリーダーは、ふつうっぽい人ですよ。雅宗とちがって、クスリもあんまりやんないし」

「リーダーてのは、選挙で選ばれるのか」

おかしくなって、私はいった。

「いや、何となく、じゃないですか。お前やれよ、みたいな感じで」

「新しいリーダーもよくくるのか、店に」

「もちろんきてますよ。だいたいうちで会議やってますから」

「会議」

私は笑いだした。伊藤はきょとんとし、それからむっとしたような表情になった。

「何を会議することがあるんだ」

「連中は連中で、一所懸命なんすよ。自分の身は自分で守らなけりゃならない。狩りがあってからは特に」

「狩り？」

「先週、チームの幹部が、パルコの裏で襲われたんですよ。えらい騒ぎだったですよ。それでひとり入院して」

「別のチームと喧嘩か」

伊藤はそんなことも知らないのか、というように息を吐いた。

「ちがいますよ。イラン人です」

「イラン人？」

「イラン人に襲われたんですよ。なんでかなんて、俺は知らないすよ。ただイラン人の四人組が、ここをでてからあとを尾けてきて、パルコの裏んとこで襲いかかってきたってだけで」

「イラン人ともめたことはないのか」

「あるわけないでしょう。ただの高校生なんだから」

私は伊藤を見つめた。チームの人間も、伊藤と同じ程度の認識しかないのだろうか。身分はただの高校生でも、売春をやれば売春をシノギとするやくざが、クスリを売れば売人を商売にしているイラン人が、自分たちの領域を侵害されたと感じる。

イラン人がチームのメンバーを標的にしたということは、どこかでクスリの売買がかかわっているのだ。

今や高校生だからといって、万引すら発覚すれば泣き落としは通じない。危険をおかしているという自覚なしに危険をおかすのは、確かに若い世代の特権だ。だが玄人の領域に入りこみすぎれば、怪我人は必ずでる。

「――ただの高校生ね」

「みんないい奴っすよ」

調子にのって伊藤はいった。

「だがイラン人にヤキを入れられた」

「だから、なんじゃないすか。雅宗」

「雅宗が理由で、イラン人がチームを狙ったというのか」

伊藤は小さく頷いた。

「雅宗はクスリをチームのメンバーに売っていたのか」

「知らないすよ、そんなこと」

「あんたに売ろうとしたことはないか」

「ないですよ。本当に警察の人じゃないんですか」

ちがう、と証明するために、折り畳んでポケットに入れておいた五千円札をさしだした。

「これは？」

伊藤はぽかんとした顔をして訊ねた。

「お茶代だ。とっておいてくれ」

迷っていた。受けとることで、チームを裏切る結果にならないかを考えていたようだ。だが単純な欲望が勝った。五千円札はセブンスターのパッケージを包むビニール袋にはさみこまれた。

「今日、新しいリーダーはきていたかい。『シェ・ルー』に」

伊藤は首をふった。腕時計をのぞく。

「七時ごろくるんじゃないすか。だいたい会議をそれくらいに始めるんで」

それまで待っていては、横森との約束に間にあわない。

「会議の長さはどれくらいだ？」

「三十分か、一時間くらいですね。そのあとはバラバラで、みんな街を流しにいったり、帰ったりしてるみたいです」

「遅くまでいることは？」

「シェ・ルー」が午前二時までやっていることを思いだし、訊ねた。

「オールで遊んだりしている連中は、たまに戻ってきますね」

「オール？」

「オールナイト。徹夜ですよ」

「チームのメンバーは何人くらいいるんだ」

「二十か三十てとこじゃないですか。最近は減ってるみたいすね」

「なぜ」

「あれですよ。雅宗がいなくなったから。雅宗に惚れてた女とかがやめたんです」

口調に嫌味がこもった。

「ああいう連中は、雅宗と寝るのが目的だったんすよ。だから雅宗がいなくなったら、チームに残る理由がないすからね」

「雅宗がどこにいるか、捜したりしないのか」

「そういうのはしないでしょう。別の美形見つけてくっつくだけで――」

「特に雅宗に惚れてたのはいないのか」

もしチームの現状について訊くなら、そういう少女がいい、と思った。雅宗への同情から、何かを聞きだせるかもしれない。

「聖良のミチルってのがいました。今でも追っかけてるみたいで、ときどき連れと店ん中のぞきにきます。うざいですよ」

伊藤は顔をしかめた。目的が雅宗ひとりで、自分には身体を開かないとわかってる女は許せないようだ。

「今のリーダーの名前は何という？」

伊藤は頭をかいた。いいたくないようだ。

「あんたから聞いたことは誰にもいわない」

「――ムノっす」

「ムノ？」

「武士の武に野原の野って書いて、武野っていうんです。雅宗と同じ学年ですよ」

伊藤は腕時計を見た。

「そろそろ戻んないと」

「最後にひとつだけ。チームがやくざともめたことはあったか、今まで」

伊藤は首をふった。

「ないす。うちはああいうふうだから、やくざ屋さんはきませんし」

「女に関してはどうだ。売りをやってる子が、ホテトルのけつもちなんかにひっかかったことはないのか」

「みんなそんな馬鹿じゃありませんよ。知らないでやくざとやっちゃっても、絶対に携帯の番号とか教えないっていってるし。やくざとかかわったらろくなことにならないって知ってますからね」

「お利口なんだな」

皮肉をこめていったつもりの言葉に、伊藤は頷いた。

「本当、頭いいっすね。まともに受験する子もいるんですよ。学校の勉強もできるし、援交で稼いでもバレないし、だますのがうまいんすよ。客も親もいっしょだっていってますからね。同じ人間だと思ってないっすよ」

私は頷いた。

「じゃ」

伊藤はいって、立ちあがった。私をふり返りもせず、ゲームセンターの一階に降りる階段を下っていった。

煙草に火をつけた。

嘘は、迷いからほころびる。嘘をつく相手に対する罪悪感、いいかえれば信頼関係が小さくとも存在する相手には、嘘はつきにくくまたバレやすくなる。

援助交際の対象として売春をする客を、人間だと思っていない。何ひとつ信用せず、汚されたとも感じず、おこなった行為を慚愧もしない。だからこそ、嘘に抵抗感はなく、抵抗感がないから相手も信じやすい。それと同じ関係が、親ともある――。

かつて高級売春婦をしている友人が何人もいた。彼女らも客を人間として見ていなかっただろうか。

ちがう。恋愛の対象とはしていなかっただけで、人間としては認知していた。その仕事を理解しようとし、疲れをいやすことをたとえ口先でも望んでいた。恋愛には決して発展しなくても、客との長い関係を作ろうと試みた。客は自分たちにとって必要な存在で、客にとっても自分たちが必要とされることを、どこかで願っていた。

それがプロだ。大人であるからプロになれる。プロは、仕事が持続することを願う。客を怒らせたり、客に嫌われたりするのを望まない。

まるで違う。

客は好きな相手を選ぶ権利がある。だから援助交際が成立する。たとえ自分を、人間だと思わず、セックスがセックスの意味をもたないと蔑んでいるような少女であっても、大人の女とするよりはいいと思うのか。

嘘が嘘として機能するための断絶。

それは、チームと行動を共にするときのみに表われるものでないからこそ深い。仲間という背後を得て、大人を蔑んだり、親に心を許さないのとはちがう。ひとりで、ラブホテルで客と相対し、帰宅して家族と向かいあい、しかし心の中に決して外さない仮面をまとっているのだ。

時間が解決するのか。少女が大人の女になり、やがて自分自身がかつて蛇蝎のごとく忌み嫌っていた存在へと変化していけば、それは変化するのか。

仮面は消えるのだろうか。消えるのだろう。そうでなければ、この社会をまったく別種の生き物が支配することになる。

いつだって、大人はそう、若者を感じていたのではなかったか。かつては私もそう感じられていなかったとは、決して断言できない。

私の心の中にも仮面があり、それが年齢とともに消えていったにちがいないのだ。

私は深々と息を吸いこんだ。仮面を消せなかった人間は、どこかで道に迷う。迷った人間が居場所を見つけられないほど、この世の中は狭くはない。

援助交際という名の売春をためらわない少女たちも同じだろう。おそらくは器用に仮面を外し、大人になっていく。上の学校にあがり、社会人となり、恋愛し結婚し、子供をもうけ親になる。

心の中に仮面をかぶっていたことを忘れ、その時代に自分が何をしたかも忘れる。

それでいいのだ。それこそを、人は健全な成長と呼ぶ。

私の不安は杞憂にすぎない。わかっている。なぜなら、大人にもまた別の種類の仮面が生まれてくるからだ。

大人の仮面は、彼らの仮面よりも精巧で、ときにはかぶっていることすら相手に気づかせない。それどころか、仮面の種類もひとつではなく、相手の立場によってかぶる種類をかえていく。雇い主、上司、金持、有名人、同性、異性、性欲の対象者。大人の仮面は、若者の仮面よりもはるかに複雑にできている。

にもかかわらず、私の不安は消えない。

私は、大人の仮面を脱がせることに慣れている。探偵という職業の経験から、相手が仮面をかぶっていれば、隠そうとしてもその存在には気づくし、脱がすことが必要なら、どのような手段が有効なのかも、あるていど判断できる。

だが子供の仮面を脱がせることは難しい。「セイル・オフ」で、心に傷を負い、それがために仮面を外すことができなくなった若者に何度も出会った。だが「セイル・オフ」に彼ら自身が足を踏み入れたとき、仮面には手がかかっているも同然なのだ。傷がいやされるかどうかはともかく、彼らは変化を望んだからこそ、「セイル・オフ」に足を向けた。

すでに手がかかっている仮面を外しやすくしてやるのが私の役目だ。

その意味で、私は雅宗の「セイル・オフ」における言葉を疑わない。雅宗は、クスリを断ち切ろうと「セイル・オフ」にきた。あるいは、心の痛みから逃れるために。だから「セイル・オフ」で、嘘を口にしなければならない理由はない。仮面は外れている。

これから私が、雅宗に関する情報を得ようと会う子供たちはちがう。

傷は負っているかもしれないが、傷口は深さにかかわりなく傍目からも気づくほどは大きくない。そして傷を負っている事実を少なくとも大人には知られたくはないと思っている連中。彼らが仮面をかぶる理由は、大人のそれほど明確ではない。だから外させる方法も見つけにくい。

おそらくは、ごく少数をのぞけば、私は彼らから、その名前すら訊きだすのも難しいだろう。

理由のない断絶、理由のない憎悪、理由のない蔑みと、私は向かいあう。それらを突き破り、真実をいくつか手に入れてようやく、私は雅宗を今の立場に追いこんだ人物と向きあうことになる。

奇妙なものだ。

私は苦笑していた。私はかつての私をアシスタントとして欲している。若者でいながら大人で、若者の言葉を通訳の必要なく、情報に還元できた人間。

私がかつて優秀な探偵であったとすれば、理由はその一点のみだった。

若者であり、探偵であったという、ただそれだけにすぎない。

若者でなくなった今、私は優秀でも何でもない、ただ経験を積んだだけの探偵だ。それでいて、探偵をやめることはできない。いつやめるかも知りようがない。

探偵という職業のために、神保町に戻ることにした。

5

地下鉄神保町駅から地上にあがり、「少年ユニバース」の編集部に電話を入れた。大成社の玄関で待っていれば、すぐに降りてくる、ということだった。

横森とともに現われたのは、さして年齢に差を感じない印象の男だった。トレーナーの上にコーデュロイのジャケットを着け、額の一部が後退している。さしだされた名刺には、「第六編集部　副編集長　手塚弘二」とあった。

私は彼らの案内で、通りを隔てたビルの地下にある、小さな割烹店に入った。板前と手伝いの女性ふたりがいるだけの、カウンター料理屋だ。

手塚は入るなり、女性のひとりに、

「握り飯十個」

と注文した。深味のあるバリトンの声だった。

「お土産ですね」

慣れているらしく、女性は答えた。

「ここは編集部で契約してる店なんです。作家さんとの簡単な打ち合わせに使ったり、残業のときに飯を食いにくる。もっとも副編以上じゃないとしょっちゅうはこれない」

横森が説明した。

「よくいうぜ。かわりに焼肉いってるだろうが」

手塚がいった。

「ありゃ、アシさんたちに食わしてるんですよ。若いアシさんじゃ、和食はものたりないでしょう」

「領収書見て驚きますよ。上カルビ二十人前とタン塩十五人前とかあるんだから。プロレスラーと飯食いにいったのかって」

手塚が私をふり返り、笑った。

「まあみんな、二十代から三十そこそこで、めったに焼肉なんか食えませんから。わかるんですけど」

店の奥には小さな座敷があり、そこに一組の客がいたが、カウンターは無人だった。

我々は並んで腰をおろした。

「横森から少しうかがいました。ほとんどあなたのファンですからね、横森は」

「とんでもない。そんな人間ではありません」

私は首をふった。

「で、どんな感じでした？　高田馬場は」

横森が訊ねた。

「今の住人の方と大家さんに会いました。まのさんは二年間だけ住んでいたようです。ただし大家さんの印象では、他にも住居をもっていたのではないかということでした」

「女の子でも囲ってたのかな」

「それはないね」

横森の言葉を手塚はあっさり否定した。あらかじめ注文してあったらしく、ビールとともにあら煮の小鉢がでた。

「まの先生は独身だった。わざわざ女の子のために部屋を借りる必要はない」

私は手塚を見やった。

「担当でらしたそうですね。まのさんの」

手塚は頷いた。

「『ホワイトボーイ』のまん中頃、二年間ほどです。僕が外れて三年ちょっとで、連載は終わりました」

「時間的な計算をすると、まのさんは、『ホワイトボーイ』の連載を終えられた頃に、あのアパートを借りています」

「アパート？　そんな部屋なんですか」

横森が訊ねた。酒はいける口なのか、早いピッチでビールを干している。私と手塚はほとんど口をつけていなかった。

「大家さんは酒屋をやってらして、以前、倉庫があった場所に、今の『戸塚第一コーポラス』を建てたんです。入居しているのはほとんどが学生か若いフリーターで、家賃も十二万円ちょっとです」

「そんな部屋だったんですか。まの先生なら、マンションごと買えちゃうじゃないですか。ねえ、手塚さん」

手塚は小さく頷き、私を見つめた。

「横森から少し聞いたのですが、まの先生を捜しているのは、熱心なファンの方だそうですね」

私は頷いた。

「まのさんが最近ほとんど作品を発表されていないことを残念に思われていて、近況を知りたがっているのです」

「失礼なことをお訊きしますが、本当にファンの方ですか。たとえば金融関係とか危い筋ではなしに」

「いいえ。なぜそう思われるのです」

「一ファンが、わざわざお金をつかって、自分が愛読していたマンガ家を捜すというのは、ちょっと考えられないからです。たとえば雑誌やテレビの企画で、というのならわかりますが」

私は苦笑した。

「まのさんのあとの代の住人にも、しつこく念を押されました。本当に出版社の依頼ではないのか、と」

「でしょうね」

「実はその方は、横森さんにもお話ししましたが、経済的には裕福な生活を送っていらっしゃいます。そしてまのさんのサインを欲しいと考えているんです」

「サイン……」

手塚は横森と顔を見合わせた。

「ええ。かつてマンガ家をめざされていたことがあって、あるときまのさんの持ちこみ原稿を読み、断念されたのです」

「生(なま)の?」

「いえ。刷りだし、とかいっていました」

「かなり前ですね。まの先生の持ちこみなんて」

横森は手塚をふり返った。

「手塚さんがユニバースに配属になった頃じゃないですか」

「いや、俺が入社する前の年なんだ。『ホワイトボーイ』の連載が始まったのは。初代の担当は岡田さんだよ」

「へええ。岡田さんか、そりゃ古いわ」

「持ちこみを読んだのも岡田さんで、あと二本描けるかと訊いたら、一週間ほどでその二本をもってきて、それで連載を決めたそうだ」

「岡田さんというのは?」

私は訊ねた。

「昔のうちの編集長で、今は系列の成交社という出版社の社長をやっている人です。役員になって、社長の目もあるかっていわれたらしいんですが、結局、子会社に移って……」

「癖はあるんですが、マンガについてはひとかどの人です」

横森の説明に手塚がつけ加えた。

「佐久間さんの依頼人は、岡田さんに持ちこんでいたのですか」

「いえ。別の編集者だったようです。自分のところにまのさんがこなかったことを残念がっていたそうですから」

「まあ、あんなケースはめったにありませんよ」

手塚はいった。

「マンガ誌ってのは、いつでも新人を募集してますし、持ちこみを積極的に見てます。でも持ちこみできて、すぐ連載が決まりしかも十年以上も人気が一位ってのは、まずないですね」

「才能があってもデビューは難しい？」

「デビューそのものは、それほど難しくはないと思います。もちろん最低限の才能とかはないと無理ですが、ただ、うちなんかでも、いきなり本誌、つまり週刊少年ユニバースに連載ということにはなりませんね。まずは単発の読み切りを描かせてみて、それで読者の反応をうかがったり、月刊の少年ユニバースや隔週刊のマグナムユニバースといった兄弟誌に描かせてみて、ようすを探るんです。月刊やマグナムであるていどいけるようなら、週刊にシフトする、というのがふつうですね。やはり部数もちがいますし、月刊やマグナムで商売になっても、週刊にくるとまるで通じない、ということもあります」

「読者層のちがいですか」

「週刊はやはり部数が多いぶん、子供から大人まで幅が広いんです。月刊やマグナムは、なんていうか、本当のマンガ好きの人が読んでいるので、厳しい反面、マニアックな支持なんかもありますからね」

「それと雑誌の人気投票が、そのままコミックスの売り上げにつながるかといえば、そうでもないんです」

横森が口を添えた。

「たとえば、かなりマニアックな支持者のいる先生だと、連載中の人気は下から数えた方が早いのに、単行本が三十万とかでたりするわけです。また人気はすごくあるのに、単行本がたいしたことないギャグマンガとかありますしね」

「週刊では、できれば人気とコミックスの両方が計算できる人を使おうという方針なんです。いくら単行本が売れても、マニアックな読者は雑誌じゃ追っかけてくれなかったりしますから」

「まのさんは両方だったのですね」

「お化けです。十年一位というのは、ユニバース史上前人未到です。コミックスの売り上げだって半端じゃなかった。大成社の今のビルのワンフロアぶんは軽く、まの先生のおかげでしょう」

手塚はいった。

「それだけ人気のあった人が、ほんの数年でこんなにどこにも描かなくなる、ということはあるのですか」

手塚はぬるくなったビールに手をのばした。ひと口飲み、苦い表情になった。

「まの先生の最後の頃も少し知っています」

それだけいって、沈黙した。

私は待った。やがて気をとり直したように、手塚は口を開いた。

「そういう人気のあった人がまるで描かなくなるのは、ふたつの理由のどちらかです」

横森が無言で手塚を見つめている。

「ひとつは、才能をすべて使い切ってしまったとき。少年誌の週刊連載というのは、あたれば確かに巨大ですが、精神的にも肉体的にも本当に過酷です。毎週あがってくるデータにストーリーや登場人物も左右されます。そのため一度殺した人間を生き返らせたり、かつてやったのと同じようなヤマ場を何度もこしらえたり。しかも一週間のうち、二日は最低、徹夜になる。人気があればあるだけ、巻頭カラーなどにもなりますから、描く方はさらにエネルギーを費します。正直いって、作家さんの方が、描くことがもうないよと音（ね）をあげるのはしょっちゅうです。それをなだめすかして、人気のある間は連載をつづけてもらうのですから」

「つまり連載が終わるときは、人気も落ちるほど中身のない状態になっている？」

手塚は煙草をとりだした。

「本来なら、そうなる前に連載を終了すべきかもしれません。作家さんの側に、次にどんなものを描きたいという欲が残っているうちに。しかし、無理な連載をつづければ、作家さんの中身はどんどん減っていきます。次の作品で使おうと思っていたアイデアもぶちこむ。しかも時間に追われている状態ですから、チャージができない。デビューまでに貯えてきた、マンガや小説、映画などの素養は、根こそぎ吐きださせることになります。バッテリーと同じで、いったんとことん吐きださせてしまったら、ちょっとやそっと充電しても、保たないんです」

「その手前でやめることはできないのですか」

「理想ですね。最近はそういうマンガ家さんが多くなって、編集部がどれほど頼もうが、人気がどれだけあろうが、もう描きたいことがないから、とやめてしまう人もいます。自分の作家性をそれだけ大切にしている、ともいえます」

横森がいった。

「佐久間さん、日本の少年マンガ誌のように莫大な数の読者をもつ雑誌はないんです。

毎週、何百万という子供が、マンガのつづきを読みたくて待っている。何百万です。初めてユニバースにきて、その数のことを感じたのは、返ってくる人気投票のハガキを集計したときでした。吐き気がしました。とんでもない数です。目の前で見せてくれといっても見られない。東京ドームの何十杯分。どこの県庁所在地の市の全人口より多い。やめられなくなるんです。儲け主義だとかいわれますが、それだけじゃありません。何百万人て子供たちが、この連載の先を読みたがってるんだと思ったら、腰が抜けますよ」

私は沈黙した。確かにそうだろう。スイッチを入れれば映しだされるテレビとはちがうのだ。汗ばんだ掌に硬貨を握りしめ、発売日に本屋へと走る子供たちが何百万人という、というのは、途方もないプレッシャーにちがいない。

「少年誌の読者ははっきりしてます。子供はある意味、容赦がありません。つまらなかったら読まない。先に期待もしない。たとえ前の作品がどれほど人気のあった先生だろうと、今の連載がつまらなければ、ページを飛ばすんです。小説家とちがって、マンガ家は名前では商売ができないといわれる所以（ゆえん）です」

「人気がある作品を今描いているからといって、次の作品も人気がでるとは限らない？」

二人は同時に頷いた。

「ですから使い切ってしまいたくなる。しかも少年誌は、いつも激しい競争をライバル誌としていますから、相手に有力な連載陣が揃っていると、駒を落とすわけにはいかない」

「実際の話、人気が高い作品が作家さんの理由で連載終了になると、売り上げが一気に何万と落ちるんです。その落ちた部数だけで、前に私のいた週刊誌の総部数を上回ってしまったりするんです」

横森はいった。

「結果、才能を使い切ってしまった人は、浮かびあがれないということですか」

私は訊ねた。

「それだけ有力な連載を畳むときは、こちらも抜けた穴をカバーすべく、たてつづけに新連載を打ちます。そこから、離れる読者をひとりでも減らしたいんです。そして新しい人の人気がでれば、絞りカスになってしまった前の人の新作はなかなか浮かべません」

「人間の才能は有限なんです、佐久間さん。それを最もはっきりと見せつけられるのが少年マンガの世界です」

横森はいった。

「だからこそ、これだけの部数が売れるのかもしれません。常に最も尖ったものだけを揃えようとしているんです」

「ふたつ目の理由は何ですか」

私も煙草に火をつけ、訊ねた。

手塚はつかのま沈黙し、口を開いた。

「目的の喪失です」

「目的の喪失？」

「少し大げさないい方だったかもしれません。やることがなくなってしまう、といった方がわかりやすいかな」

「マンガを描かなくなることが、ですか」

「そうです。何百万という読者がいるというのは、即ち、売れれば莫大なお金が入ってくるチャンスがあることを意味しています。たとえばの話、地方に住み投稿をくり返していたひとりのマンガ家の卵がいるとします。投稿が編集部に認められ、執筆を打診されます。そうなれば、当然地方に住んでいるというわけにはいかない。彼はスーツケースひとつで上京してきます。右も左もわからない東京では、どこに住んだものかも判断できない。編集者がアパート探しにつきあってやり、それこそ前の道路をトラックが通ったら部屋が揺れるような安アパートの部屋を見つけて、そこに住む。

もちろん収入は食うのがやっとです。連載は、さっきもお話しした通り、簡単に決まるものではありません。東京にでてきても、投稿時代とさしてかわらないような、持ちこみの原稿を描いては、編集部にストックされる生活です。マンガ誌の編集者は、何十人という担当作家を抱えていますが、そのうちの九割は、食うや食わずの若い人です。家賃が払えないといわれればお金を貸してあげることもあるし、毎日カップラーメンのようなものばかりを食べているようなら、それこそ焼肉屋にもたまには連れていく。もちろん絵も見てやって、しばらく掲載が決まらないようなら、アシスタントとして、他のマンガ家さんのところでの仕事も世話をしたりします。

それがあるとき連載が決まってブレイクしたとします。一年足らずで、

『ポルシェ買っちゃいました』

アニメ化でもされようものなら、

『今度、家を建てます』

なんて話になる。何千分の一、何万分の一、という確率ですが、そういうシンデレラストーリーは存在します。毎年毎年、長者番付が発表されますが、それを見ても、ブレイクしたマンガ家がいかに稼ぐかがわかる筈です。途方もない税金を彼らは払っている。それでも、手もとには、ふつうの人が一生かかって稼ぐのと同じくらいの金が残ります」

「だから目的がなくなると？」

「お金だけじゃありません。それだけの大ヒットを生むというのは、本当にたいへんなことです。運と努力と才能と、すべてが必要です。連載が終わったとき、抜け殻のようになってしまったとしても、誰もそれを責められない。そして本人も思う筈です。『果して自分には、また大ヒットを生みだせる力が残っているのだろうか』と」

私は無言だった。

「作家である限り、いつだってスポットライトを浴びたい、ヒット作をだしていたい、という気持はあるでしょう。しかし一方で、それがどれほど過酷なことかは、本人が知り尽している。またあの地獄をくり返すのか、と思う。次はもう少しのんびりやりたい、と」

「でしょうね」

「ところが少年マンガの世界には、『のんびり』なんて言葉はないんです。それほどの作家さんだったら、兄弟誌なんかで描いてもらうわけにはいかない。のんびりのつもりで描いたものがよかったら、もちろん本誌連載に復帰です」

「悪かったら？」

「新人を待ちます。ヒットをだした作家さんなら当然、画料も高い。画料というのは原稿料ですが、通常マンガ誌の画料というのは、ページいくらという単位で払われます。毎週二十ページの連載なら、二十掛ける一ページいくらの単価です。作家さんによって、その画料には倍以上のひらきがあります。いくらヒットを過去だした人でも、今のものが悪ければ、編集者は抱えている何十人という新人の誰かの作品をかわりに載せたいと思います。その方が画料も安いし、何より夢がある」

「つまり、のんびりできるのは売れなくなったとき、ということですか」

「それか、本人に本気で戦線に復帰する意志がないときですね。戦線に復帰するなら、またアシスタントを集めなければならない。週刊連載なんて、アシスタントなしではほぼ不可能ですからね。アシスタントを集めれば、彼らを食わしてやらなけりゃならない。アシスタントの人数は人によってちがいます。二人くらい、という人もいれば、十人近い人数を抱える方もいる。そうなれば一種の工房のようなものです。食事の世話を専門にするような人間まで必要になる。それぞれに給料を払っていくわけですから、先生が飽きたからやめる、ということもできない。そういうもろもろのことを考えると、いったん切ったエンジンを再始動するというのは、勇気がいるのです」

「当然、お金は残っているし――」

　手塚は頷いた。

「先ほど、ポルシェとか家とかいいましたが、週刊連載をもっているマンガ家さんは、ものでしかお金を使いようがないんです。海外旅行なんていく暇はありませんし、お洒落（しゃれ）しようにも、していく場所もない。ほとんど朝から晩までジャージですよ。飲み食いにだってかけている時間がないくらいですから。ある意味で子供っぽくなってしまう。お金はある、けれど使う暇がない。だったら、とにかくいいもの、高いものを買おう、というわけです」

「マンガ家というのは、基本的には子供ですよ。大きな子供です。そうでなけりゃまた、子供たちを喜ばすようなものは描けない」

横森が横でいった。手塚が苦笑した。

「こいつはときどき、そういうのが嫌になるみたいです。僕はずっとユニバースですから慣れています。けれどこいつは週刊誌にいた人間ですから――」

「そうじゃないですよ。そうじゃないけど、何ていうか、見てていいのかな、と思っちゃったりするんです。成り金、ていうのとはちょっとちがうんですけど、こんなメチャメチャな使い方して、もうちょっと別の使い途があるだろう、とか」

横森は口を尖らせた。酔っているというほどではないが、わずかに興奮しているように見えた。

「――とにかく、お金はあるわけです。ある意味では、横森が望んでいるような〝大人〟になるチャンスを、連載が終わって初めて、マンガ家さんは手に入れられるといってもいい。そうなると、かわってしまう、ということはありますね」

「かわってしまう、というのは？」

「毎週あがってくる数字を気にしたり、金はあるのに、旅行ひとついけない暮らしをする、といったようなものから足を洗いたい、と考えるわけです。僕ら、〝悟る〟っていい方をすることがあります。

『あの先生、悟っちゃったね』、というように」

「悟ると、マンガ家としてはどうなんです？」

「少年誌では難しいでしょうね。結局、子供じゃなくなる、ということだから、興味の対象や描きたい世界がかわってくるわけです。少年誌には不向きになる」

「別の雑誌にいくわけですか」

「そうですね。青年誌や一般誌、つまり横森がいたような週刊誌に描くようになります。そこではもう、少年誌ほどには数字を気にしないでいい」

「まったく気にしないでいいのですか」

「そうはいきません。マンガ誌に人気投票というのはつきものですから、人気投票で、ビリから三分の一あたりまでは、いつも連載打ち切りの候補作です。ただ作家性というか、内容に関してはあるていど、少年誌よりは幅をもった作品を受け入れてくれますからね」

「そういう作品がヒットすることはありえないのですか」

「そんなことはありません。ただ同じヒットでも、分母がちがいます。少年誌は何百万という読者が対象ですが、青年誌になると何十万です」

どうしてそれほどちがうのだろう。そう感じた私の疑問を、横森が察した。

「分化ですよ、佐久間さん。少年誌というのは、そう何誌もあるわけじゃありません。子供の趣味はそれほど多彩じゃありませんからね。でも大人はちがいます。二十歳と二十五歳とでは、もう世界がまるで別でしょう？　大学生とサラリーマンとでは、まったく興味の対象がかわってくるじゃないですか。青年誌というのは、それは読者の住み分けが進んでいるんです。だから少年誌のような厖大な読者は存在しない」

私は頷いた。

「本当の大ヒットというのは、少年誌からしか生まれないんです。誰もが知っているマンガ、日本人のスタンダードとなるようなマンガは、すべて少年誌から生まれたんです」

「その通りですね」

私はいった。気づくと三人の前には、手のつけられないまま、刺し身や揚げものの皿が並んでいた。

「食いましょう」

手塚がいい、私も箸を手にした。

「語りましたね、今日は。手塚さんも」

横森が半ば真顔でいった。

「マンガの生産現場って知られてないからさ。たとえば小説だったら、よくテレビなんかでも、編集者が、

『先生、締め切りなんですけど』

なんて泣きベソかいてみせたり、ドラマや映画の製作現場だったら、芸能ネタだからなおさらニュースになる。でもマンガって、これだけ多くの読者がいるのに、それが子供だからっていう理由で、誰も実情を書かない。またマンガ家さんは、マンガは描けても、エッセイとか書けない人多いし。最近ようやく、文章も書く人や、マンガの世界を題材にしたマンガもでてきたけど、やっぱり知られてないって思うな」

「それは知らせたくないと思う部分もあるのじゃないですか」

私はいった。

「多くの子供たちをこれだけ熱中させているマンガの現場が、実は夢を見る暇もないような過酷な状況である、という事実を」

手塚も横森もあっけにとられたような表情になった。

「そんなことはないでしょう」

先に口を開いたのは横森だった。

「そんなことを考えているマンガ家や編集者はいないと思いますよ。たまたま、ですよ。

やはり対象が子供だから、報道してもあまり興味をもたれない、ということじゃないですか」

「しかし子供がいつまでも子供でいるわけではありません。大人になって、自分が子供時代、熱狂したマンガがどのように作られていたか知りたい人間もいるのじゃないですか」

「確かに。でもマンガっていうのは、さっきの話でもいったように、前しかない世界なんです。文学ならば、過去の作家や作品について、そういう研究のされ方もあるでしょうけれど、マンガに求められるのは、いつだって今です。実際に、大マンガ家でも、死んでしまったら、作品は生き残るけど、マンガ家そのものに対する研究はほとんどおこなわれないじゃないですか」

横森はいった。

「正直、僕も、やっていてそれを不満に思うことはあります。よくも悪くも、マンガは巨大な文化です。なのに、マニアックな研究や楽屋ネタは、オタクのものだといわれ、きちんとした研究が一般レベルまで広がっていない」

「いや、佐久間さんのいっていることは、当たっている部分もある」

手塚がいった。私を見た。

「見せないようにしているのは、確かにあります。それも出版社の側から。大ヒットした作品に対して、リアルタイムで研究書やそれに類するものをだせば、マニアやオタクといわれるような人たちばかりでない、読者や読者の親が手にとってくれる可能性だってある。なのにマンガ誌をだしている出版社というのは、そういうことをしない」

「なぜです？」

手塚の表情がこわばった。

「それは……」

答はある。答はあるのだが、なぜか口にはしたくないようだった。

私は話題をかえた。

「さきほどのふたつの理由ですが、まのさんはどちらだったのでしょう」

手塚は私に目を戻した。

「わかりません」

嘘ではないようだ。

「僕の知っている限り、まのさんは非常に純粋な人でした。ある意味で、マンガ家になるまでの苦労というのを、それほど味わっていない人です。才能に恵まれ、しかも努力を惜しまなかった。子供たちからもらう手紙や主人公の似顔絵をとても喜んでいました。子供たちの期待に応えようというエネルギーを、本当に長い時間、維持できた人です。ですから僕自身、あの人がこんなふうに消えてしまうとは思いもよらなかった」

「才能をだし尽した、というのは？」

手塚は苦しげな表情になった。

「確かに連載の終わり頃は、はたから見ていても絵が荒れていました。苦しいのだろうなとつくづく思いました。そこへ追いこんだ責任はこちらにあることを棚にあげてね。しかし、まのさんほどの人なら、チャージをすれば必ず復活する、そんな気もしていました」

「読み切りはどうだったのです？　『ホワイトボーイ』の連載終了後に発表した」

手塚は首をふった。

「きつかったですね。絵はともかく、観念的というか、描きたいものがストレートではない、という印象でした。何かいいたいことはあるのだけれど、自分でもそれをとらえきってない、というような。ある意味では、まるでアマチュアの典型のような作品でした」

「編集部でそれについて何かフォローしなかったのですか」

手塚は息を吐いた。

「遠慮があったのだと思います。前人未到の功績をあげた人ですから。やはり注文はつけにくかった……」

「それがつづいて結局縁遠くなってしまった、ということですか」

手塚は考えていた。

「現場ではそうかもしれません」

「現場では？」

「岡田さんが会いにいった、という話を聞きました」

「岡田さんというのは、先ほどの話にでた、最初の担当者の方ですね」

手塚は頷いた。

「岡田さんはやはり自分が初めて原稿を見た人間であり、ユニバースの黄金時代を築いた人間として、まのさんには特に強い思い入れをもっていたのだと思います。『ホワイトボーイ』の連載終了間際の頃、当時のユニバースの編集長に、『なんであんなもの描せてるんだ！』と、激しく怒った、という話があります」

「あんなものというのは――」

「まのまるを駄目にする気か、という意味だったと思います。でもそれが……」

手塚は言葉を濁した。私は続きを待った。

「まあ、何というか。会社をとるか、個人をとるか、という問題に発展して、会社は、当時の編集長の方針を支持した、というわけです」

「それが先ほどの、社長の目もあったのに、ということですか」

手塚はあいまいに頷いた。

「岡田さんに会ってみたらどうです？」

　黙っていた横森がいった。

「暇をもてあましているでしょうから、まのさんのことだったら、何時間も話してくれると思いますよ。もしかすると、今の連絡先だって知っているかもしれない」

　私は手塚を見やった。手塚も頷いた。

「あるいはそうかもしれません」

「成交社は、ここからすぐ近くです。もしいかれるのなら、明日でも岡田さんに僕、電話をしてみます」

　横森はいった。

「ありがとうございます。お願いできますか」

「お安い御用です。しかしねえ、佐久間さんがこなければ、まのさんについてこんなことも話さなかった、というのは恐いな」

「それをいうなら、私ではなく依頼人の方ですね」

「サインでしょ。それで欲しいのが。『ホワイトボーイ』の初版本かな」

「いえ、どうやら直筆の原画のようです。『ホワイトボーイ』の。まのさんの意志とは別のところで手に入れられた、といっていました」

「色紙ではなく、原画ですか」

「ええ、原画と聞きました」

二人の表情が硬くなった。手塚が訊ねた。

「それはどういうルートで手に入れたものなのでしょうか」

「聞いてません。あるところ、といいました。正規なルートではなく、マニアショップやオークションではない、ということでしたが……」

手塚と横森は顔を見合わせた。

「マズいすね」

横森がつぶやいた。手塚は無言だった。

「何か？」

私は二人の顔を交互に見つめた。今まで好意的に、ある種の情熱をもってマンガ家の世界について話してくれていた二人に変化が生じていた。私は気づかぬうちに、タブーをおかしていたような気分になった。

「原画を入手するというのは、それほど異例のことですか」

手塚は硬い表情のまま、私を見た。

「原画というのは肉筆です。小説の世界ではワープロが普及し、作家の手書きの原稿というのは、ほとんど存在しなくなっています。でもマンガはコンピュータグラフィックスを使ったような作品を除けば、すべてが手描きのものばかりです。同じものはふたつと存在しないし、貴重な財産といえます」

「そうですね」

「原画の管理について、出版社は非常に気をつかっています。作品の掲載後は、当然作家に返却しなければならない。文字原稿と違ってファックス入稿は不可能ですからね。その保存と返却には慎重を期します。作家さんに返却されたあとはもちろん、作家さんの自由です。処分するのも、売却するのも、作家さんの勝手です。しかしマンガの、それも商業的に成功した作品の原画が、売りにだされるということはそうはありません。マンガ家さんが亡くなり、遺族の方が経済的な事情から手放す、というのがたまにあるくらいです。したがってたまにそういうものがでれば、マニアショップでは高い値段がつく」

「高い、というのは？」

横森が口を開いた。

「そのマンガ家さんの格にもよりますが、ページあたり数万円から十万円の値がつきます。当然原画というのは、一枚のみが流出するわけではありません。一回の連載ぶんすべてが流出していれば、百万単位の値がつきます」

「重要なのは、それが描いた作家さんの意志とは関係なく、商品として売られている、という問題です。たとえば古本であるなら、それはしかたがない。マンガに限らず、出版物というのは複製文化です。複製物が大量に作られ、大量に消費される。その消費物が、別の価値をもつ、ということもあるでしょう。しかし原画は違います。それ自体を商品にするために原画を描く、というマンガ家はいないでしょう。もしもそんなことをすれば、マニアショップで値崩れを起こしてしまいますからね」

手塚がいった。

「では、何がまずいのですか」

「原画の入手経路です」

私は手塚を見つめた。

「ここ数年、マニアショップとは別の、アンダーグラウンドで、著名なマンガ家の原画が商品としてやりとりされている、という噂があるのです」

「アンダーグラウンド……」

手塚は頷いた。

「もちろん限られた一部の好事家(こうずか)を対象にしたものです。もともと原画、色紙、セル画といったものにお金を払うというのは、限られたマニアの世界の話だったのですが、さらにそれより閉じられた世界で、原画が売り買いされているという情報があるのです」

「どのように売り買いされているのですか」

「まさに一話ぶんそのものの原画がそっくりすべてです。こうしたものにお金を払うのは、かなり金銭に余裕のあるマニアックな人々です。したがって商品の値も高額になります。何十万、場合によっては何百万という値がつくこともあるようです」

私は押野の言葉を思いだそうとした。押野はそれが一話ぶんの原画だとはいわなかった。いくらであったかも。

ただもし一話ぶんの原画で、それに高額の対価を支払ったとしても、押野はわざわざそれを私に告げることはしなかったろう。

「そして、アンダーグラウンドの市場である以上、売りにだされる商品の性質にも問題があるのです」

「商品の性質とは？」

「本来はありえない入手経路を経たものです」

「盗品、ということですか」

「簡単にいってしまえばそうなります。出版社での保管は厳重ですが、作家さんのもとに返却されれば、その管理は作家さんに任されます。中には無頓着な人もいますし、すべてを人任せにする人もいます。先ほどからお話ししているように、実際に連載作業に入っている作家さんは、仕事に忙殺されていますから、たいていはマネージャーやアシスタントの管理下におかれます。その中に不心得な人がいれば――」

私は頷いた。何百回という連載マンガの原画は、それだけでも厖大な量になる。一回ぶんくらいをこっそり処分してもバレない、と考えることはあるかもしれない。

「一般のマニア向けのショップならば、売りにだされればすぐに、当の作家にも情報が伝わります。しかしアンダーグラウンドの市場ではそうはいきません。作家の知らない間に、盗まれた原画が商品として取引されてしまうのです」

「そのアンダーグラウンドの市場というのは、どんなものなのですか」

私は訊ねた。手塚は首をふった。

「それはむしろこちらの方が知りたいくらいです。もし佐久間さんの依頼人がそういうところから『ホワイトボーイ』の原画を手に入れたのだとすれば……」

私は黙った。横森がいった。

「ただ、マニアへの告知や取引される金額の多寡を考えると、決して小規模なものではないと思います。一種のブラックマーケットであり、運営しているのも、かなり悪質で組織的な連中じゃないかな」

「今はインターネットなどで、正体を明さずに取引が可能ですからね」

「なるほど……」

「出版社側も、そうした情報がでてきてからは、さらに管理に神経を尖らせているんです。出版社というところは、不特定多数の人間が出入りしますから、原画が紛失するような事故が起きてからでは遅いですしね」

「まのまる氏本人が売りにだした、ということは考えられませんか」

「経済的に逼迫すれば、もちろんその可能性はあります」

「今日うかがった大家さんの印象では、裕福そうには見えなかったということです」

「マンガ家さんというのは、えてしてそういう印象を与えがちです。確かに服装などには気をつかいませんから」

「では家賃十二万円のマンションに暮らしていたという事実はどうです？」

「それはやはり、まの先生にとっての〝隠れ家〟と考えるのが妥当でしょう。ざっと考えても、印税だけで数十億円のお金がまの先生には入っています。それにマーチャンダイジング、つまりアニメ化に伴うようなキャラクターグッズの売り上げを足せば、百億近い筈です。もちろんそれがすべてまの先生個人の懐ろに入ったわけではなく、まの先生のプロダクションに流れたのですが、そのプロダクションにしたって、まの先生の会社のようなものですから」

「『マルプロ』ですね。確かに家賃は『マルプロ』から支払われていたようです」

横森は手塚を見た。

「『マルプロ』は解散したって噂を聞きましたが……」

手塚は頷いた。

「そこに勤めていたアシスタントは全員解雇された。今、本多先生のところにいるクボさん、あの人もそうさ」

「ああ、そういや、そんな話聞いたな……」

「だとしても会社には相当な財産がある、ということですね」

私はいった。

「本来ならそうなります。たかだか、といっちゃまずいかもしれませんが、数百万の現金のために原画を売りにだす、ということは考えられないでしょう。もちろん、バブルの時代に株や不動産の投機で大失敗した、というのなら別ですが」

「そうなのでしょうか」

「そういう先生も確かにいます。マネージャーなんかが会社の金を投機につぎこんでしまって、という。でもまの先生に関しては聞いていません」

「まのさんのマネージャーというのは、どんな方でした?」

「水飼(みずかい)さんという人です。まの先生の昔からの友だちで」

「『マルプロ』が解散したとすると、その方はどうしているのでしょう」

「さあ……」

手塚は首を傾(かし)げた。

「アシさんとちがって、マネージャーは、簡単には仕事が見つかりませんからね……」

横森もいった。

「水飼さんも、まの先生と似たタイプでした。わりあい純粋で、まの先生といっしょになって、手紙や似顔絵を喜んでいたな」

「年齢もまのさんと同じくらいですか？」

「ええ。確か、中学だか高校の同級生だった筈です」

「写真は手に入りますか。まのさんや、そのマネージャーの方などの」

「どうかな。編集部にあるか……」

「一応、データとしてはとっておくかもしれないけれど、小説家とちがってマンガ家は本に写真を載せない人がほとんどですから。あったとしても、本当にデビュー直後の古いものになってしまう可能性があります。むしろ担当者だった人間の方がもっているかもしれません」

　横森は手塚を見た。手塚は首をふった。

「俺はもってないな。まの先生は、パーティとかもあまりこなかったし、プロダクションで旅行会はあったけど、撮った写真は全部あげちゃったからな……。まあアシスタントだった人とかなら、きっともっているとは思うけどな」

「まのさんは、『ホワイトボーイ』の連載が終了してから、高田馬場のマンションを借りられた可能性が高いと思います。大家さんの話では、確かに身なりは質素で、誰かといっしょにいる姿も見た記憶がない、ということでした。そしてマンションを引き払うとき、田舎に帰る、あるいは田舎に引っ越す、という言葉を口にしたようです」

「田舎に帰る、はないな。あの人は東京の出身です」

手塚がいった。

「東京のどこです？」

「確か江東区の深川だか、その辺りだったと思います。僕が担当していたときは、お母さんはお元気だった。お父さんを早くに亡くしたという話は聞きました」

「兄弟はどうです？」

手塚を首を傾げた。

「どうだったかな。ふつうあれだけの売れっ子になると、家族全員がプロダクションの社員となって、それをすべて食わせていくというケースが多いのですがね……。そうだ、弟さんがいたかもしれない。デビューしたときにはまだ中学生だか高校生だったという弟さんがいた筈です」

「その弟さんというのは、『マルプロ』には出入りされていなかったのですか？」

手塚は考えていたが、やがて、

「そうか……」

とつぶやいた。

「ときおり出入りしていました。そしてその弟さんが、まのさんにはアキレス腱だった」

「アキレス腱？」

「忘れていたんですが、今の話で少し思いだしてきました。弟さんは、地元のかなり荒れた中学に通っていて、その後高校を中退してしまったんです。まの先生はしばらく、プロダクションで雑用係のようなことをさせていたんですが、あるときトラブルを起こして……」

「トラブルとは？」

手塚は息を吐いた。

「何だか喋ってはいけないことまでぺらぺら喋っているような気がするな……」

私は黙った。知りたい気持はある。だがそれを喋らせることで手塚を不快にさせたくはなかった。そのトラブルの話がまのまるを捜しだす仕事に役立つかどうかはわからないのだ。

黙っている私を手塚は見やった。

「しかたないですね。佐久間さんは根掘り葉掘り訊いているわけじゃなくて、俺が勝手に喋っているのだもの」

「そんなことはありません。私がそう仕向けているんです」

手塚は苦笑した。

「やさしいな、佐久間さんは。いつもこんなに会う人にやさしいのですか」

「嫌な思いをしていただきたくないのです。私の仕事は、人に訊ね歩くことです。御本人のことばかりでなく、親しかった人やそれほど親しくなかった人のことも訊ねます。中には本人にとっては、思いだしたくないことも含まれているかもしれない。そのこと自体はさして嫌な話ではなくても、話の周辺や関係する何かが、話した人を不快にさせてしまうこともあるかもしれない。もちろん私と話さえしなければそういう事態は起きない。すると私は、いったい何の権利があって無関係な人々の心の平穏を壊しているのだろう、と考えてしまうのです」

横森があきれたようにいった。

「そんなことを考えていたら探偵なんてできやしないじゃないですか。第一、人に訊ねて歩くのが探偵の仕事でしょう」

私は頷いた。

「確かにその通りです。私はそれで報酬を得ている。ですが迷うときがあります。もちろん昔からそうだったわけではない」

「ひとつだけいえるのは、佐久間さんがそういうやさしさを内側にもとうともつまいと、結果は同じだということですよね」

手塚がいった。

「ええ。不快にさせたくないからといって、かんじんなことを何も訊かなければ、仕事にはなりません。こちらがどれほど申しわけないと思っても、訊いてしまった以上は、相手を不快にしてしまうこともある」

手塚は頷いた。

「いつからそんな考え方になったのです？」

「わりに最近です。おそらくは、人から恨まれるのを恐れるようになったからでしょう」

「だったら探偵をやめようとは思わない？」

横森がいった。横森は私の考え方に納得していないようだった。

「思いません」

「妙な話だな。佐久間さんを取材したときは、そんな人だとはまるで思わなかった……」

「若いときには考えていませんでしたから」

「探偵って仕事はそういうものかもしれませんね。たとえばこの件だってそうだ。まの先生を捜しだしたとしても、依頼人は喜ぶだろうが、本人はどう思うか」

私は頷いた。

「ええ。むしろご迷惑かもしれない」

「そう感じながらやっている仕事というのは、楽じゃありませんね」

「ですがやめられない」

「なぜです？」

横森がつっこんだ。私は首をふった。

「たぶん他の仕事より私に向いているからでしょう」

手塚は私を見つめていたが、口を開いた。

「トラブルのことですが……」

箸をもてあそぶように掌の中で回転させた。

「ある社の編集者を殴ってしまったんです」

「ある社……」

「うちです、正直にいえば。詳しくは知らないのですが、入稿日をめぐるトラブルが原因だったと聞いています」

「大きな問題になったのですか」

手塚は首をふった。

「聞いた話ですから、どのていど怪我を負わせたとか、そういうことも知りません。ただそのことでうちが連載を考えるとか、そういう話にもならなかったくらいなので、大きな問題にはならなかったのだと思います」

「弟さんはその後どうされたんです？」

「『マルプロ』を解雇されたようです。まの先生のお宅をでていって……。あとは知りません」

「それはいつ頃の話です？」

「私が担当になる前ですから、十四、五年前の話です。弟さんはまのさんの二つか三つ下だったと思います」

年齢を逆算した。当時まのまるは、二十三、四。弟は二十、二十二というところだ。

「その後音信不通になったということですか」

「いや、まったくの音信不通ではなかったと思います。実は兄弟は仲がよくて、弟さんも自分がいたんでは兄貴に迷惑がかかるから、という理由で、でていったのだと聞きました。だからまの先生は、こっそり弟さんを援助していたと思います」

現在もまのまるとその弟のあいだに交流はあるのだろうか。

私は煙草に火をつけた。

「手塚さんは長くマンガの編集者をしてらっしゃるし、まのさん本人もよく知っておられる。まのさんが今、どんな状態でおられると思いますか」

手塚は大きく息を吐いた。私にあわせるかのように煙草を手にした。

「ずっと考えてました。あれほどの人が音信不通になるなんて、確かに考えられないことですからね。うちとのつきあいはなくなっても、他社から注文があることだってありますし。でも、想像もつかない……」

「契約は切れてますよ」

横森がいい添えた。

「契約？」

「ええ、専属契約です。少年マンガ誌は、描けるマンガ家さんの奪いあいが激しいために、マンガ家さんと専属契約を結ぶことが多いんです。それによって、他誌に描かれるのを防ぐという目的がある。もちろんすべてのマンガ家さんと、ということではありません。ベテランの方とは結ばないし、だいたいは自分のところでデビューさせた新人を他誌から守るというのが目的です」

「契約金が発生するのですか」

「もちろんです。たいした額ではありませんが、それによって縛りをかけておくことで、競合誌への移籍を防ぐわけです」

「それはたとえば少年ユニバースに描いても描かなくても支払われるものなのですか」

手塚は頷いた。

「少年ユニバースというよりは、大成社のだす雑誌すべて、ということですが」

「『ホワイトボーイ』の連載中は契約は発効していたのですね」

「ええ。終わってからも一、二年はつづいていた筈です」

「契約はいつ頃切れたのでしょう」

「調べました。六年はたってます」

横森が答えた。戸塚第一コーポラスをでていった頃だ。

「契約が切れれば、当然他誌に描くことも可能なわけです。まの先生ほどのビッグネームなら、少年誌に限らず、青年誌だってアプローチしたと思います」

「そういえば、まのさんのあとに戸塚のマンションに引っ越してきた住人が、出版社の人間が訪ねてきたことがある、といっていました」

手塚は頷いた。

「でもまの先生は、どこにも描いていませんね。うちに描いた読み切りが最後です」

「『マルプロ』というのは、どこにあったのですか」

「中目黒です。東横線の中目黒駅から歩いて五分くらいのマンションでした。マンガ家さんというのは、中央線か西武線の沿線が多いので、珍しいなと思いましたね」

「連載当時は、まのさんもそこに？」

「ええ。同じマンションの別の部屋に住んでいました。独身だったせいで、家を買いたいとか、そういう願望はありませんでしたね。車は好きで、何台かもってたけど……」

「どんな車です？」

「ポルシェとレンジローバー、フェラーリはもってたけど、すぐ売っちゃったのかな。まの先生は免許がなくて、弟さんが運転手みたいなことをしてたけど、辞めてからは、水飼さんがハンドルを握ってたな」

「二人は同級生だということでしたけど、まのさんがいかれた学校がどこかご存知ですか」

「公立ですよ。地元の区立中学をでて都立高にいき、確か持ちこんだときは、都内の製本会社で働いていた筈です。といってもデビューが十九か二十だから、一年かそこいらしか勤めていなかったと思いますが……」

「岡田さんなら知ってるでしょう」

横森は、私を、その岡田という元編集長に会わせたいようだった。

「わかりました。岡田さんにお会いさせて下さい」

「明日にでも連絡をとります。そのかわり、というわけではありませんが――」

「原画の件ですね」

横森と手塚の両方が頷いた。

「依頼人に訊いてみます」

私はいった。

「――お握り、できてます」

板前が声をかけた。それを機に、私たちは席を立った。

6

大成社の玄関前で、手塚、横森の二人と別れた直後、携帯電話が鳴った。

「――佐久間さんですか。佐藤です」

戸塚第一コーポラスの大家だった。

「どうも、先ほどはご迷惑をおかけして」

「いや。忙しくて、愛想がなくてすいませんでしたね。あれからようやく暇ができたんで、事務所の方に戻ってみたんですわ」

「契約書をご覧になりましたか」

「ああ。えっとね、まず契約先の『マルプロ』だけど、目黒区中目黒一の×の×、サンホーム中目黒マンション二〇一。電話番号が――」

私は歩道に立ったままメモをとった。

「法人契約だから、それ以外は何にも書いてないな。個人なら、本籍とか書いてもらうんだけどね」

「わかりました」

「そう、それといっこ思いだしたことがある」

「何でしょう」

「一回、やくざ者みたいなのとうちの店にきたことがある。酒なんて買ってってたことないのに、そのときはビールとかを買っていった。目つきの悪いあんちゃんで、入ってきたときにすぐ、やくざ者じゃないかって思ったんだ」

「どんなところがやくざっぽかったのです？」

「どんなって、やくざは見りゃわかるよ。格好とかも、若いのにダブルのスーツとか着ちゃって、妙に崩れていたからな。髪もオールバックだか何かにしてたし。ただ、そいつがさ、『兄ちゃん』て呼んでたんで、おやっと思ったんだ」

「まのさんのことを、ですか」

「そうそう。とり合わせが妙だけど、兄弟じゃしょうがないかって……」

「わかりました。また何か、お心当たりがでてきたらご連絡下さい」

「もうないと思うけどね」

「ありがとうございました」

切った携帯電話を手に、腕時計を見た。午後十時に近かった。

押野に電話をかけた。銀座のビルの最上階の部屋だ。五回を越える呼びだしの後に、押野がでた。

「はい」

「押野さんですか、佐久間です」

「どうも」

「実はちょっとおうかがいしたいことができました」

「何でしょう」

「電話では少し話しにくいことなのですが」

「かまいません。おっしゃって下さい」

最上階で過す時間を邪魔されたくないようだ。電話でことをすませたがっているようすが感じられた。

「押野さんが手に入れられたという、まのさんの原画のことです」

「それが何か？」

動揺は感じられない声だった。

「それは一ページだけですか、それとも――」

「一話ぶん、十八ページすべてです」

押野は答えた。

「買われたのですね、それを」

「はい」

「どういうルートでお買いになったのでしょうか」

押野はつかのま黙った。

「そのことが調査と何か？」

「マンガの原画を取引する、闇ルートがあるという話を編集者から聞きました」

「そうです。そういうところから手に入れました。競売にかかっていたんです」

「いくらで買われました？」

押野は再び黙った。私は待った。

やがて答えた。

「一千万です」

「かなりの金額ですね」

一瞬の間をおいて、私はいった。

「それはその人しだいでしょう。一千万円の車を買う人の心理が私には理解できない。車は乗っていれば傷むし、永久に乗っていられるわけではない。それにどんな車でも大量生産品にかわりはない。ひきかえ、まのままるの原画はこれひとつしか存在しない。同じものを複製した『少年ユニバース』や、単行本のコミックスは何百万部とでましたが、この回のこの話は、この原画がなければ生まれなかった。まのままるの汗や苦しみ、何を考えて描いていたかは、この原画からしか伝わってこない。複製には決して表わされることがないんだ」

抑揚のない早口で、押野は喋った。

「だから、高いなんて少しも思いません」

「わかりました。ではそれを手に入れたいきさつについてお訊きしたいのですが」

押野は黙った。

「残念ですがそれはできません」

「口止めされているのですか」

「それは基本的なルールですが、もし私が話さなければ、調査の障害になりますか」

今度は私が沈黙する番だった。

「障害になるとは思いませんが、押野さんはなぜその原画がアンダーグラウンドの市場に流れたと思われますか」

「さあ……。考えてもみませんでした」

「まのさん本人が売りにだしたと思いますか」

大成社の裏口をでてきた編集者風の男が足早に私の前をいきすぎながら、チラッと視線を向けてきた。ノーネクタイでジャケットを着け、洒落たショルダーバッグをかけている。

私は少し歩くことにした。神保町にとって午後十時というのは、かなりの深夜のようだった。飲食店をのぞけば、開いている店はほとんどない。

「それは、ないと思います」

押野が答えた。

「まのまるが金に困っている筈がありません。処分したものが何らかの形で流出したとしか思えない」

「簡単に流出してしまうほど安易な処分だったとすれば、他の原画も市場にでている筈です。そういうようすはありましたか」

「いえ。まのまるは、この一点だけです」

「だとすると奇妙ですね」

「……わかりました」

根負けしたように押野はいった。

「お会いして話します。ただ今は、ちょっと……。できれば午前二時以降がありがたいのですが」

それまでは何があるというのだろうか。考え、気づいた。午後十時から午前二時、彼が楽しみにしている地上のドラマが銀座の街でくり広げられている時間だ。

「わかりました。二時になったら、おうかがいします」

私はいって電話を切った。

初めて会い、依頼について話しあったとき、押野は守勢に回っていた。だがわずか一日で、自分の態勢をとり戻している。それはとりも直さず、彼が一日の大半を自分のペースで過している人物であることを示していた。他人に干渉する機会はあっても、される機会はほとんどない生活なのだろう。それはいいかえれば、押野の口から、こちらが得たいと考えている情報がすべて手に入るとは限らないことを意味していた。

たとえ依頼する側にあっても、自分が話したくない事実は決して口にしない。探偵に仕事の遂行を希望することと、探偵を全人格的に信頼するということは、別の問題なのだ。こういう事態に、私は慣れていた。

私のような探偵を雇う人間は、経済的にも社会的にも、成功したと他人から思われる生活を送っている。そしてそういう人物は、自分が口にしたくないと感じた言葉は、決して口にしない。そこに秘密があっても、秘密の存在を前提に、調査を進めるよう、探偵には望む。

私は通りかかったタクシーに手をあげた。

「渋谷の１０９まで」

運転手に告げ、シートに背中を預けた。

今日一日、ひどく慌しく動き回っているような気がしていた。だが実際の調査に関していえば、大成社に赴いたのと、高田馬場のマンションを訪ねたくらいで、成果らしい成果は何も得ていない。まのままるが、どこでどのような暮らしをしているかはもとより、なぜ現在のような音信不通状態にたちいたったかについての手がかりがまるで得られていないのだ。

私は岡田という、元編集長に期待することにした。

編集者というのは奇妙な仕事だ。作品が生みだされる現場にありながら、直接の手助けができない。人間として、さまざまな希望や疑問を抱いていても、創作者でない以上、必ずしも作品に反映されるとは限らない。

それは苦痛ではないのだろうか。

仕事だと割り切り、原稿を運ぶ伝書鳩だと自分を思えば、さほどの苦痛にはならないだろう。だがそんな人間が決して選ばないのも、編集者という職業ではないか。

１０９の前で車を降りた。

神保町では感じなかった風を感じた。生温く、とげとげしさを含んでいる。

週末の晩かと見まがうほどの若者が街路に満ちていた。ひっきりなしに携帯電話の着信音が鳴っている。

無機質な電子音、間の抜けたメロディ、始まった瞬間に、周囲の世界からの孤絶を余儀なくさせる会話。

　立ち止まり、たたずむ私は、明らかにここでは異質だった。この街でこの時刻、私のような年代の男は、立ち止まっているべき人間ではなかった。

　労働の匂いをひきずり足早に歩いているか、いるべきでない場所にいることすら気づかないほど酔っているかの、どちらかなのだ。

　とはいえ、あからさまに私が浮きあがり、目立っているとは感じなかった。誰かが私をじっと見たり、指さし、首をふっているわけではない。

　だが感じないことそのものが、すでに私を異質化しているのだ。存在に対して否定的な空気を感じとれないほど、私の皮膚感覚は鈍化している。

　それでもそこに立ち、私は周囲を見渡した。目的があるとも思えず、ここに集う者たち。路上にしゃがみ、階段にすわって、ある者は喋り、ある者は笑う。グループを形成していながら、なぜかグループどうしの会話はせず、ここにはいない誰かとのみ、電話でつながっている少女たち。

　私はここに目的があった。小倉という美大生を見つけだす目的が。だからこそ異質なのだ。

　そして時間がたつうちに、私の他にも目的をもつ者たちがそこに存在することに気づいた。

まずは何かのスカウトだろう。長髪に一張羅めいたスーツを着け、しかし傷んだ靴がそのお洒落を台なしにしている男たち。路上にたたずみ、流れゆく女たちにけんめいに目を配っては、足早に歩みより話しかけている。宗教やマルチめいた事業の勧誘には見えない。手慣れていて、気負いや逡巡を感じさせない物腰だ。なぜか自分には男性的魅力があると信じている動作が鼻につく。それは私にのみなのか、彼らに話しかけられても、一顧だにせず遠ざかる少女たちにとってもなのか、訊ねてみたい気持にかられる。

そして一見、無目的にたたずむように見えながら、少し前から私の動向を妙に気にし始めた男たちがいる。

年齢は二十代前半。服装は特に凝ったものではなく、ありきたりの、若者の制服のようなファッション。

だが彼らには、不特定の人間がさっきから接触している。明らかに高校生とわかる少女の二人組。コートのボタンを襟もとまでぴったりとかけた、顔色の悪い青年。あたり一帯にヒップホップサウンドをまき散らしながら、相模ナンバーの改造アメ車を乗りつけた少年の四人組。

会話はほんのひと言ふた言で、すわりこんでいるひとりが目で示す、ガードレールに腰かけた別のひとりと、素早く路地の裏に消えていく。

私がその場に到着してすぐ、すわりこんでいる男の目が私に釘づけになった。そしてガードレールの相棒と、最初の〝女子高校生〟が路地裏に消えるとき、その視線は射るような鋭さに変化した。

私が動かないでいるのを、訝(いぶか)るような、恐れるような表情を浮かべている。

アメ車の四人組が路地から戻ってきて、ヒップホップが道玄坂を遠ざかると、私は彼に向け、歩みだした。

私の動きに素早く気づき、身構え、そして視線をそらす。そうした視線の先は、路地からまだ戻らない相棒をけんめいに捜している。

距離が二メートルにまで縮まったとき、耐えきれなくなったのか、若者は階段から腰を浮かした。携帯電話を握りしめた左手に、白くなるほど力が入っている。

「小倉はまだか」

立ち去ろうとする一瞬をとらえて話しかけた。

「誰？」

こわばった顔を私に向けた。毛糸の帽子をかぶり、顎の下にとぼけたヒゲをのばしている。目の中には、私とコミュニケーションをとれる種類の人間である証拠——自分が犯罪をおかしていると知っている、大人の狡猾さが宿っている。

「小倉だよ」

「知らない。わかんない。そのうちくんじゃない」

早口でいい、またも落ちつかない視線をあたりに飛ばした。彼が捜しているものを私は知っている。

隠れている私の仲間。警察手帳をもち、おとぼけもなけなしの人権も相手にせず、彼らを〝消耗品〟と知って締めつけにかかる男たちの存在だ。

「きのうはいたか」

「きのうは俺、渋谷にきてないから」

わずかだが緊張が薄れた。恐れている連中の獲物が、自分ではなく小倉らしいと考えたからだ。

「奴はいつも何時頃くる？」

「さあ。まちまち。今頃いるときもあるし、十二時過ぎてからのこともあるし」

知らねえ、わかんねえよ、とは決していわない。それが通じない相手だと知っているからだ。刑事とやくざに、それは通らない。締めあげられる材料を増やすだけだ。

小刻みに体を揺すり、一刻も早くここを遠ざかりたいと願っている。だがそうはしない。したら最後、何をそんなに急いでいる、とつけこまれるからだ。

「小倉の扱っているものと、お前ら、ちがうのか」

「ちがうよ。俺らＧＨＢとかで、法律に触れてねえもん。地回りにもいわれたけど関係ねえよ」

「地回り、どこにいわれた。遠藤組か」

十五年近く前、遠藤組が道玄坂で覚せい剤を扱っていた。

「遠藤さんとこ、平出さんとこ。最近は皆んなおとなしいんじゃない」

「そうか。イラン人ともめたって話を聞いたがな」

「イラン人はイラン人でしょ」

イラン人を背後で暴力団が動かしているのは周知の事実だ。だがそれを面と向かっては認められない立場にこの男はいる、というわけだ。

「イラン人に会いたきゃ、パルコの裏。もういい？」

さも重大な情報を教えたのだから、という口調で男はいった。

「小倉をかわいがってる女、知ってるか」

男はふっと笑った。

「小倉がかわいがってる女じゃねえの。一回ここにきて、あいつのこと見てたけど。ありゃどう見たって高校生だもの」

「高校生の女か」

「見かけはね。えらくきつい目してたけど」

「きつい目？」

「見りゃわかるって。半端じゃなくきつい目。美形だけど、ちょっとおっかねえ」

「名前は？」

「知らない。小倉に訊いて。ね、もういい？　当分こないから」

私は小さく頷いた。男は再びあたりを見回し、大またで歩きだした。路地裏から戻ってきた相棒が、通りの反対側に移ってこちらを見守っていた。携帯電話を耳にあてがっている。

男が私から離れていくのを認め、ほっとしたように何かをいって、電話をおろした。

私は男がすわっていた場所に立った。いつのまにか、すわりこんでいた少女たちの姿も消えていた。残っているのは、明らかに待ちあわせとわかる、ＯＬ風の女性たちだけだ。こちら側に近い世界で生きている。

煙草をくわえた。灰皿がわりに使われた空き缶が残っていた。店先をよごすまいというのは、いい心がけだ。

十分ほどたったとき、彼らがきた。道玄坂の上と下、両方から近づいてくる。相棒の電話をうけて、確かめにきたようだ。地回りは、所轄署の生活安全担当の刑事の顔は全員知っている。私の風貌がそれに合致しないので、調べにきたのだろう。

二組とも、私から十メートルほど離れた地点で立ち止まった。それ以上は近づこうとせず、こちらをうかがっている。人数は六名。半数以上は、チンピラとわかる連中だった。

すぐに立ち去らなければこうなることも予期していた。

だが彼らは私の正体がわからない以上、ちょっかいをだしてこない。顔を知らないからといって、必ずしも司法関係者ではないとは限らないからだ。本庁の刑事、あるいは麻薬取締官ということもありうる。

やがて１０９の前に黒のシーマが止まった。窓をスモークシールでおおっている。乗っていたのはひとりだけ、長い髪をうなじで束ねたスーツの男だった。年齢は三十代半ばだろう。

降りたつと、長い脚を誇示するようにガードレールをまたぎこえた。まっすぐ私に近づいてくる。

チンピラたちが居ずまいを正す気配があった。それなりの立場にある人間のようだ。

私は立ったまま、男が歩みよってくるのを待った。

「どうも」

男は一メートルほどに近づくと、明るい口調でいって立ち止まった。およそやくざには見えなかった。趣味がよく、金のかかったなりをしている。獲物を物色していたスカウトマンたちが夢見る、究極の伊達男(だておとこ)といったところだ。

長髪にもいやみがない。靴はテストーニだった。

「どうも」

私はいって目礼した。

「うちの下働きの子たちに話しかけてたってんできてみました。どちらからお見えですか」

白い歯を見せ、いった。

私が司法関係者ではないと知ったら豹変するだろうか。想像もつかなかった。どこかラテン系の俳優を思わせるような、きめ細かな浅黒い肌と、整った顔立ちをしている。

「あ、申し遅れました。遠藤といいます」

男を見直した。遠藤組の組長を見知っていた。でっぷりと太り、猪首で、鼻と唇の分厚い容貌だった。二代目だとすれば、よほど母親に恵まれたにちがいない。

「佐久間です」

「佐久間さん。どなたかお捜しですか」

小さく頷いた。

「うちの身内で？」

「さあ。夜になるとここにいるという美大生です」

「ああ……」

合点したというように遠藤は頷いた。

「あいつですね。うちの人間じゃありませんね。いや、よかった」

煙草をとりだし、火をつけた。チタン製のジッポだった。フランス製のライターが幅をきかせた時代は終わったのだろうか。重いライターは喧嘩の道具にもなる、といわれていた。

「仕事の邪魔をしましたか」

「仕事なんて、そんな……」

煙草を口から離し、目尻に笑い皺をよせて道玄坂をふり返った。

「今どきあんなシノギじゃ、いくらにもなりゃしませんよ。既得権てやつですか。もともってたもんを、なくさないようにしているだけで」

「なるほど」

「イラン人の話がでたそうですが、うちじゃなくて、平出さんとこの下請けでね。うちはやってません。もともとややこしいのは好きじゃないんで」

「あなたが今、代表ですか」

「いやいや。まだ見習いみたいなものです。ただね、親の時代とはずいぶんかわっちまったんで、何かと引っぱりだされるんですよ。私はずっとこの街で育ちましたから」

「確かにかわりましたね。昔はどちらかというと、垢ぬけない若い人が多かった」

「そりゃあ、大学生が遊んでいた頃でしょう。今は、中学か高校生だ。でもそんな子供がいっぱしに玄人の商売に首つっこみますからね。たまりませんよ。現役の高校生が制服着て二万で商売されたら、うちあたりあがったりだ。いくら若いの揃えたって、『ババアはいらねえ』って、いわれちまいます。とはいえ、子供の上前ハネるほど、落ちぶれたくはないですから」

いって私を見直した。

「若く見えますが、もう四十は越えてらっしゃるんで？」

私は頷いた。

「もう、何年も前に、ね」

「そうですか。そいつは失礼しました。ですがお見受けしたところ、桜の方のお仕事じゃなさそうですね」

「私立探偵です」

一瞬、間があいた。開いた唇から煙が洩れでていった。やがて目を閉じ、あきれたように首をふった。

「よかった。よかったっていうのは、私どもの方針で、地元の方の顔はきちんと覚えておけ、というのがありましてね。佐久間さんが知らない顔だからといって、誰も叱らないですみます」

「叱らないで下さい」

「叱りませんよ。アルバイトみたいなものですから、叱ればすぐにやめちまう。ま、そんなふうになったのも、時代の流れですがね」

「景気はあまりよくない？」

「うまくやってるところもあるでしょう。キツいシノギを承知でいくなら。私はあまりそういうのが好きじゃない」

「お父さんの代の頃を少し知っています。キツいのもしていた」

遠藤は私の顔をのぞきこみ、にやりと笑った。

「参ったな。佐久間さん、ベテランなんですね。あれはもうやってません。ちょっと前、麻取にやられましてね。現場だけじゃなく、若い者頭までもってかれちゃいました。もう六十近い身で長のツトめは厳しいですよ。あれで、うちの親父はすっかりめげちまいました。なんせ糖尿に癌ときてるから……」

「それはどうも……」

「うちみたいな地場者は、よそに手を広げるということもありませんし。じわじわ滅びていくんでしょうね。佐久間さんがご存知の頃の方が、生きやすかったと思いますよ」

「小倉はイラン人ともめていたんですか」

「どうですか」

いって煙草を落とし、踏みにじった。それを拾いあげ、煙草のパッケージにはさんだ。

私は空き缶をさしだした。

「どうも」

「いえ。お宅の若い衆が使っていたものです。辺りをよごさないように気をつかってい
たみたいだ」

「そうでもしないと痛めつけられますからね。桜の方は最近、皆さん強気で」

空き缶を受けとり、遠藤はいった。

「平出さんとこは、直接、例の美大生にちょっかいだしづらい状況にあったみたいです
よ。だからイラン人が動いたってことじゃないですか」

「つまり小倉が縄張りを荒していても、正面からは威せなかった？」

「どうなんですか。よそさまのことはあまりわからないんで」

「小倉といっしょにいる女について何か知っていますか。お宅の若い方は、ひどくきつ
い目をした女子高生だといっていましたが」

遠藤は笑顔になった。奇妙なことに、笑うと気弱そうな表情になる。

「このあたりをちょろちょろしている女をひっかけりゃ、たいてい高校生でしょうが。

学校もろくすっぽいかねえくせに、世渡りの計算だけはうまいガキばかりです」

「だったら締めようとは思わない？」

「ガキはたちが悪い。ガキだってことは、カタギだってことの、さらに上ですからね。

私らが何かすりゃ、速攻、警察がとびかかってくる。ガキは、カタギの親の陰に隠れて知らん顔だ。もっとも、中にはとんでもない親もいる」

「親もだまされているということですか」

「さあ……」

遠藤はつぶやいた。

「今どきの子供は妙です。私たちの頃はまだ、自分と友だち、自分と集団、というつきあいがあった。集団てのは、学校だったり、族だったり、いろいろですが、とにかく組織みたいなものです。でも今の子はそれがない。チームみたいなグループ作ってても、自分と誰か、自分と個人のつきあいでしかない。グループと自分という関係がないんです。だからルールもない。個人対個人のルールはわかっても、組織のルールとなると、なんでそんなものを守んなきゃいけないのかがわからない。もっといや、組織とのつきあい方ってのがまるでない。グループ作ってるくせに、グループの一員だって意識がまるでないんです。そんなの相手に、締めようったって、締めようがありませんよ。メンバーの誰かを潰しても、自分たちへの警告だなんて、思っちゃいないのだから。それでいて、親だの警察だのを利用するときは利用する。まるで宇宙人ですよ。自分とそれ以外の人間をはっきり差別してやがる」

「昔もきっと、そういわれていたような気がします」

遠藤は私をふり返った。悪意のない目で見つめたあと、訊ねた。

「佐久間さん、何年、探偵のお仕事を？」

「途中ブランクはありましたが、始めたのは二十そこその頃でした」

「そいつは長い。他の仕事はされなかったので？」

「仕事らしい仕事は他に何も」

「警察でお勤めの経験は？」

私は首をふった。

「ありません」

「珍しいですね。私も何人か知ってますが、探偵てのは、やめ刑事(でか)が多い。これがまたタチの悪い連中だ」

顔をしかめた。が、気をとり直したようにいった。

「二十年以上、私立探偵をされていたのですか」

「初めは法律事務所で失踪人専門の調査をしていました」

遠藤の顔の中で何かが動いた。

「早川先生のところですか」

「そうです。よくご存知ですね」

「弁護士さんの事務所で探偵さんもいるといったら、あそこくらいでしょう」

「そうですね」

「今でもそちらに？」

私は首をふった。

「もう十年以上も前に退職しました」

「なるほど。で、今はフリーと」

「ええ」

遠藤は息を吐いた。

「それで例の学生を捜しているということですか」

私は無言で頷いた。遠藤は私を見つめていたが、やがて口を開いた。

「忠告、させてもらっていいですか」

「どうぞ」

「あの野郎のことは、うちも前から少し気にしてました。もっと気にしてたのが、平出さんとこだ。扱ってるモノが重なってたんでね。素人です。そいつはまちがいない。うちでもないし、平出さんとこでもない、ということなら、素人でしかない」

「バックに組織が存在しないということですか」

遠藤は頷いた。

「たぶん、そうです。本来だったら、追っぱらいます。素人が玄人の商売を邪魔するってのは、我々一番、頭にくることですから」

　私は微笑んだ。

「よく知っています」

　遠藤もつられたように苦笑した。

「ね。だがこの街は、素人と玄人の境い目があいまいになってる。新宿じゃ、こうはいきません。池袋でも。強いていや、六本木が近いかもしれないが、あそこはここほどでかいシノギはできない。街じたいが小さいですからね。

　あの野郎を、どっか裏の方連れてって、腕の一本も折ってやれば、とも思いました。けれどそんなことで、桜田門ともめてもつまらねえ。放っときゃ、そのうち平出さんとこで同じことをしてくれんじゃねえかって甘えもありました。セコいっていわないで下さい。それなりに知恵使わなけりゃならない時勢なんです」

　遠藤のような、今風の伊達男の口から「時勢」などという言葉を聞くのはおかしかった。

「で、平出さんとこです。やるかと思ったら、イラン人が動いた。それもあの野郎じゃなく、別のガキを痛めつけた。痛めつけた理由は、同じです。要は、店じゃなく客の方にいっちまったということです。わかりますか。『商売畳め』といやあ簡単なのに、『あの店で買うな』と、こういったわけだ。それがあって、私、ちょっと注意するようになったんです。うちだったら、威すにしたって、そんな回りくどいことはしない。直接、店の方にいきますよ。だが平出さんとこはそうはしなかった。こりゃあ、ワケありだと思いますよ」

「問題の学生は、その前に、同じ高校生のグループをナイフで威している」

遠藤は驚いたようすは見せなかった。

「ありゃあ、ただのジャンキーです。かなり薬が頭に回ってる。何をしたって驚きゃしません。正直、くたばって見つかったって、渋谷署も驚きませんよ。あいつは既に、一度か二度はパクられてる。そのたびに、客をうたって、だしてもらってるような野郎だ。うたわれた客に刺されたって不思議はない。ゴミですよ。なのにそんなゴミに、なんで平出組は遠慮したのですかね」

それを知りたかったのだ。だから私が刑事ではないとわかっても、豹変することをせず話をしてきた。痛めつけるのはいつでもできる。それより、情報を得ようと考えたのだろう。

「ゴミの向こうに何かが見えたのでしょう」

遠藤は当たりというように頷いた。

「私も同じ考えです。で、佐久間さん、相談です」

「何が見えたかわかったら、知らせてほしい？」

遠藤はにっこりと笑った。いい笑顔だった。

「お礼はします。シマうちのことですから、するのが筋です」

「必ずつきとめられるとは約束できません。私が調べているのは、その学生個人のことではありませんから」

「かまやしません。世間話みたいなものです。こっちにあんのは、好奇心、それだけだ。わからなくたって、何ひとつ困りゃしない」

私は遠藤の目を見つめた。その言葉だけは額面通りには受けとれなかった。遠藤組にとって、薬物の売買は決してケチなシノギではないのではないか。あるいは今はケチなシノギだとしても、将来的には大きなシノギにする気なのではないか。だからこそ、慎重に、小倉に関する事態に対応している。

私がそう考えたことを、遠藤も気づいた。一瞬だが、屈託のないその笑顔の中に影がさした。背筋が冷やりとした。

大昔、それこそ失踪人調査を始めて日の浅い頃、名古屋でこんなやくざに出会った。粋でお洒落で屈託がなく、そして一度決心したら、男でも女でも、平気で殺せる男だった。

「連絡先を教えて下さい」

私はいった。遠藤は名刺入れをスーツのポケットからとりだした。代紋も入っていない、和紙でもない、ありきたりの名刺だった。

「遠藤暢彦（のぶひこ）」

事務所と記された住所電話番号の他に、携帯電話の番号が入っているきりだ。

「夜遊び用の名刺です。今度つきあって下さい」

「機会があったら」

遠藤は頷き、

「じゃ」

とだけいった。左右に顔を向け、小さく手をふって見せた。チンピラたちが元きた道を戻っていった。

「私の番号は必要ない？」

私は訊ねた。

「どうせまた渋谷にいらっしゃるでしょう。話したいと思ったら、そのとき顔だしますよ。地場ってのは、そういうことができますから」

唇に笑みを浮かべ、目にはそれがみじんもない表情で遠藤はいった。

「なるほど」

遠藤は大またで歩くと、ガードレールを再びまたぎこえた。シーマのドアを開き、軽く手をふって乗りこんだ。

シーマが走り去って気づいた。１０９の前に立っているのは、今や私ひとりだった。

7

銀座まで地下鉄で移動し、時間を潰した。

銀座は、新宿や六本木、渋谷などに比べ、人間の潮がひく時間がはっきりしている。多くの飲食店は午前零時、遅くとも一時には閉店するし、利用客もそれを機にひきあげる人間が多い。

つまりは〝明日を気にする〟人間たちの街というわけだ。

私は旧電通通りに面したオープンカフェで時間を過した。その店は午前三時までが営業時間で、零時を過ぎるとホステスどうしや、客とホステスの組み合わせの利用者が多くなった。アルコールやコーヒーの他に、イタリア風の軽食をだしている。

かつては車の中で時間を過すことが多かった。ファーストフードをテイクアウトして、テープの音楽を聞きながら、フロントグラスごしに街を眺めて時間を潰した。

今でも車はもっている。千鳥ヶ淵のホテルの駐車場にあった。だが車を使った張り込みや尾行が必要なとき以外は、ほとんど乗らなくなっていた。

駐車場の出し入れが面倒なのだ。路上駐車は、いつでも格好の位置に空きがあるとは限らないし、レッカー移動される危険もある。そのうえ、駐車場を捜す間に尾行対象者を見失う可能性もあった。

だが次に渋谷に赴くときは、車を使う必要に迫られるだろう。今夜のことで、私は遠藤組に面が割れてしまった。徒歩で動き回れば、行動の逐一が遠藤に伝わってしまいかねない。

遠藤が知りたがっている平出組の情報は、雅宗の抱える問題と関係があるのだろうか。

小倉というあの大学生と雅宗は、小倉のいう飼い主様を通じてつながっている。その飼い主様は、今日得た情報では、高校生の少女だということだった。

今夜まで、私は雅宗の抱える問題を、それほど深刻にはとらえていなかった。雅宗が女に対してもつ、恐怖と愛情の混乱がすべての原因であって、すべては雅宗自身が解決すべき問題だと考えていたからだ。

だが小倉の出現と、その小倉をとり巻く奇妙な状況を知り、少し考えが変化した。

当初、私は渋谷での私の行動を、雅宗に告げる気持はなかった。雅宗の、東京における環境を、秘かに確かめる――そのていどの興味しかもたなかった。私の行動が雅宗の問題解決には役立たないと思っていたし、かえって問題を複雑化する危険すらあったからだ。

私の行動は干渉行為だし、恋愛が絡んだ問題に他人の干渉がよい結果をもたらすことは何もない。

まさに私は、こっそりと〝のぞき見〟て、「セイル・オフ」に帰るつもりだったのだ。

それが変わった。

私は、雅宗に質問したい気持にかられていた。そうさせたのは、まぎれもなく暴力団の動きだった。平出組、遠藤組という、渋谷を縄張りにする二つの組織の、やくざにしては遠巻きの動きに興味を惹かれたのだ。

だがこのことは、雅宗の問題解決に何ら意味をもたないという点では、変化がない。

雅宗は語りたがるだろう。その言葉には真実と妄想が混じるだろうが、私がさらに行動をつづければ、それらを見分ける自信はある。

だが、語るだけでは、雅宗は何ひとつ救われない。語らせる私にも、雅宗に協力できることはほとんどない。

「セイル・オフ」に入ってきたときから、雅宗は怯えていた。だが心に怯えをもたず「セイル・オフ」にやってくる人間はほとんどいない。その怯えの原因は、すべて「セイル・オフ」にある。

一番目は、「セイル・オフ」が、重度の薬物依存者を集めた、地獄のような収容所ではないかというものだ。

次にくるのはその「セイル・オフ」に入ったことにより、自分が社会的な烙印を押されるのではないか、というもの。その社会とは、一般的にいう「世間」を意味している。さらに「セイル・オフ」に滞在している間に、社会と自分との関係がすべて失われてしまうのではないかという恐怖もある。

雅宗の抱いていた怯えは、最初と三番目のものだった。雅宗にとっての社会とは、学校であり、チームであり、そして問題の女だ。

その中でも、女との関係が失われることを雅宗は最も恐れている。

メンバーとなった雅宗の態度は、決して異質なものではない。雅宗自身、薬物依存からぬけだす必然性を強く感じており、そのために必要なミーティングにも積極的に参加していた。

雅宗が抱える問題において、重要だと思われるのは、薬物依存におちいった理由が、自分の外側にある、と信じている点だ。

雅宗は女のせいで薬物依存になったと告げ、その女の存在が消えない限り、「セイル・オフ」をでてもまたすぐ元の生活に戻る、と信じている。そして、女との関係を自ら断ち切る努力を一切していない。

私は呉野や堀と話し合い、雅宗のその気持を変化させるのが、最良の解決法だという点で、意見の一致を見ていた。

問題はすべて雅宗の内部にある。雅宗が生活のあらゆる面で、女との訣別を決心すれば、薬物依存からぬけだせるのではないか。

女が雅宗に対し、どう考えるかは別個の問題だ。

だが小倉の行動が、女の意志であるなら、やや注意を要する。

雅宗を風船のようにふくらませたり、しぼませたりして楽しむ——小倉の口にした言葉が私は気になっている。

雅宗に「セイル・オフ」に向かわせるよう仕向け、薬物依存からぬけださせたあと、もう一度、薬物依存につき落とそうというのだ。

それは雅宗の心に果てしない自己嫌悪を生ませる行為だ。雅宗の人格破壊につながる犯罪的行為だ。

女子高校生に、そこまで邪悪であるべき理由は、私には思いあたらない。

あるいはそこには、いじめやリンチに共通する、単純な優越感の獲得のみが動機としてあるのかもしれない。

しかしそれだけなら、暴力団の奇妙な動きの説明がつかない。

興味を惹かれると同時に、私は何かひどくいやらしいもの、忌わしいものの存在をぼんやりと感じている。それは、私自身の行動を制限しそうな予感もあった。

状況に対するアプローチをあやまると、ひどくとり返しのつかないことになる。そんな気がしているのだ。

まのまるに関する調査が一段落したら、「セイル・オフ」に戻ろう、と私は思った。〝のぞき見〟ではすまなくなる。だが、〝のぞき見〟ではない、何かを、雅宗は必要としているかもしれない。

その何かをする役割の人間が「セイル・オフ」にいるとすれば、それは私しかありえなかった。

午前二時きっかりに、私は押野のビルの扉の前に立った。テレビカメラで押野が私を観察していることには確信があった。押野は街を見下ろしながら、私の来訪も待っていた筈だ。押野にとって、今夜これから交すやりとりは、昨夜とちがい望まぬものになる可能性がある。ならば押野のような人物は、さっさとすませてしまいたいと考えるだろう。ずるずると後延べにしたがる人間であれば、今夜中に会おうとは、決していってこない。

案の定、私に聞こえるタイミングを見はからって、扉の錠前がリモートコントロールで外された。私は扉を開け、通路の奥に進むと、エレベータに乗りこんだ。

「R」を押す。エレベータは上昇を開始した。だが、最上階に到達する前に、ガクンと停止した。

私は再び「R」を押した。「R」のボタンは点灯している。

故障だろうか。エレベータは小さく、不安はなかったが、閉じこめられている事実は不快だった。

私は立ったまま、別のボタンを押した。「1」と「R」の他は、「19」と「20」だ。だが「19」と「20」は点灯せず、「1」は点灯したものの、エレベータには何の変化もなかった。

「申しわけありません」

ひび割れた押野の声が、コントロールパネルの奥から聞こえた。故障ではなかった。押野がエレベータを止めたのだ。

「どういうことです?」

私はいった。押野の声がこちらに伝わるならば、こちらの声も相手に伝わる筈だという確信めいたものがあった。

「やはりお会いして直接お話しする決心がつかないんです」

私は息を吸い、狭い箱の中を見回した。扉とは反対側の壁の天井近くに、黒い円球がとりつけられていた。防犯用のモニターカメラだ。押野はそれで私の姿も見ているような気がした。

「ではここでこのまま話せというのですか」

押野は無言だった。

押野のような人間に対し、行動を子供っぽいと咎めても、意味のないことだった。どれほど咎められようと、彼は行動様式を改める必然性を感じない。

「調査の継続を望まないのなら、エレベータを一階に戻して下さい。私はここをでていき、二度とあなたに連絡はしない」

押野はまだ沈黙していた。

不意にエレベータが動いた。下降ではなく、上昇だった。

R階で停止したエレベータは扉を開いた。私はエレベータを降り立つと、カーペットのしかれた廊下を進んだ。

正面の扉が押し開かれた。押野がうなだれ、立っていた。

「申しわけないことをしました。許して下さい」

うつむいたまま、いった。

「会いたくなければ、会いたくないとおっしゃればよかった」

「そういうことをいうのが苦手なんです。なんだか相手をがっかりさせてしまうのが恐くて」

顔は上げず、押野は言葉をつづけた。

「がっかりする方が閉じこめられるよりはいい」

「すみません」

「中に入りましょう。それともここで話します？」

押野は顔を上げた。

「許してくれるんですか」

「二度としないと約束していただけるなら」

私はいらだちをこらえていった。私にとってはやはり長い一日だった。

押野は頷いた。

「もうしません。どうぞ」

扉を大きく開いた。私は無言で扉をくぐった。

押野は立ったまま、私と向かいあった。

「原画は、インターネットで買いました。こうしたものをオークションする、特殊なサイトがあって、そこで知り、申しこみました。代金はカードで決済し、絵は宅配便で送られてきました」

早口でいった。

「もしそうなら、電話でいえばすんだ筈です」

私はおだやかに聞こえるよう配慮しながら、しかしきっぱりといった。

押野の目が一瞬私の顔をうかがい、そしてそれた。

「駄目ですか」

小さくいった。

「その原画が流れた経路に興味があります。大成社の編集者の話では、盗品が売買されている可能性があるというのです」

押野はさっと私を見た。

「少年ユニバースにいったのですか」

「まのままるを担当していたという人に会いました。もっとも担当者は何代か交替していて、その人には、まのままるの現況に関する心当たりはありませんでした」

押野は大きく息を吸いこんだ。目をみひらき、私を見つめている。幼児のような罪悪感は影をひそめ、好奇心だけが露わになっていた。

「それで――？」

「それで、とは？」

「何がわかったんです」

「その前に原画の話をして下さい」

押野の表情に変化はなかった。

「ＤＭです。手紙が送られてきたんです。私がまのままるのファンであることを知って、原画を買わないか、という内容でした。ワープロで打ってあったんで、たぶん同じような手紙を何人かのところに送っていたのだと思います」

「押野さんがまのまるのファンであることは、知られているのですか」

「マニアショップでは」

押野は頷いた。

「そういうところから、押野さんの住所や名前が流出したということですね」

「はい」

「意外とは思わなかった？」

「聞いたことがありましたから。あるマニアが、六〇年代にでたマイナーな少年マンガのコミックスを、三巻を二百万で買ったという話がありました。でもそのマンガは、現存するものが限られていて、そのうちの一カ所、マンガ家の母校の図書館から盗まれていたことが、あとでわかりました」

「同じ業者なのですか」

押野は首をふった。

「わかりません。手紙には『北村商会』とありました」

私は息を吐いた。まるで裏ビデオの通販業者だ。

「その手紙はとってありますか」

「いえ」

「実際の売買はどういう手順でおこなわれたのですか」

「ワープロで印刷されていた番号に電話をかけました。男がでて、『ホワイトボーイ』の原画の件だ、というと、一千万だが用意できますか、と訊いてきました。喋り方はていねいで事務的な感じでした。正直、怪しげだとは思ったのですが、それが本物ならだしても惜しくはないという気持がありました」

「それで？」

質問はあとにして、私は先を促した。

「男は、値引きには一切応じられないし、原画のでどころについても答えられない。だが興味があるようなら、全ページの写真を送る、といってきました。私は見たい、と答え、翌々日に写真が送られてきました」

「それはとってありますか？」

「あります」

押野はいって、テーブルに積みあげられた本や雑誌をかきわけだした。やがて白い角封筒をとりだし、私に示した。

通常の角封筒で、表には「親展」と印刷されていた。裏に「有限会社　北村商会」とあるが住所や電話番号は一切記されていない。

中身をテーブルにだした。手札判のカラー写真の束だった。黒っぽい台の上に原画を二ページずつ並べて一枚におさめている。カラー写真は全部で十枚あった。

「それでどうされました？」

「すぐに電話をかけました。同じ男がでて、納得したか、と訊ねました。私がした、と答えると、現金とひきかえで現品をもっていくといいました」

「で、もってきたのですか」

「現金を翌日用意しました。受け渡しは下のドアのところでやりました。ヘルメットをかぶったバイク便のような男がきて、封筒に入った原画を私に見せました。現金を渡すとその場で確認し立ち去りました。それからは何の連絡もありません」

私は頷いた。

「一千万という値段は、最初の手紙には書いてなかったのですね」

押野は首を傾げ、

「なかったと思います」

と答えた。

「最初に電話をしたとき、名前を訊かれましたか」

「いいえ。そのかわり封筒に書いてあった番号を訊ねられました。確か『006』番だった」

「相手によって値段をかえていたのでしょう。あなたなら一千万円をだすと計算していたと思います。もし『002』と答えたら、百万円という返事がかえってきたかもしれない」

押野には傷ついたようすはなかった。

「たいした問題じゃありません。私の手に入ればそれでいいんです」

「なるほど。もしまた同じようにまのままるの原画を一千万で売りたい、といってこられたらどうします？」

「次は回を指定します。いくつか私の好きな回があるんです。巻頭カラーになった作品ですから、カラー原稿が含まれている筈です。それだったら払います」

私は頷いた。

「原画の入っていた封筒はどうしました？」

「ただの封筒ですから捨てました。『マルプロ』とか『大成社』と入っていれば別でしたけど……。おそらく入れかえたのだと思いました」

「押野さんは今までにもマニアショップに足を運ばれていますね。印象としてはどうでした、その北村商会というのは」

「怪しかったですね。本当のマニアじゃないと思います。私は今までにまのままるの色紙とか、『ホワイトボーイ』の一巻初版本とかは買っています。マニアショップの人間なら、なぜマニアがこういうものを喜ぶかを知っています。でも北村商会の男は、金になるから売っているだけだ、という印象でした」

「北村商会という名を今までに聞いたことは？　たとえば先ほどの二百万でコミックスを買ったという人とかから」

「ありません。それもインターネットの噂で聞いただけです。マンガ専門の古書店がやっているホームページをのぞいていて、書きこみのコーナーにそういうのが載っていて」

「何という古書店ですか」

「故郷堂です。五反田にあります」

「そこにいかれたことは？」

「何度もあります。うちのテナントで入っていますから」

押野の顔を見た。

「つまり押野さんの会社で貸しているビルの店子ということですか」

「はい」

「店の人間もそれを知っている？」

「知っている人もいます。店長とか」

「他にどんな店にいかれます？」

「マンガ専門の古書店というのはそうはないんです。もちろんただの古本屋は別ですが」

そういって、押野は神田や中野、新宿などの店を挙げた。

「マニア向けに、古い雑誌や色紙、原画などを扱っているところは、多くはありませんから」

「そのホームページでも北村商会の名は見たことはありませんでした？」

押野は首をふった。

「わかっていますよ。たぶん故郷堂の誰かから、私がまのままるのファンであることを聞いて、私ならだすだろうと一千万の値をつけてきた。私はだしました。欲しかったからです。高いとも思わなかった。この原画がどこからでたのかは知りません。『マルプロ』か大成社か。どちらかしかないと思いますが、大事なのは、今ここにあるということです」

後悔も悪びれてもいない口調だった。

「他に何かお訊きになりたいことはありますか」

「原画に関する記事が同じホームページにでたのを見たことは？　たとえば『まのままるの原画を買わないかという手紙がきたけど、誰が買ったのだろう』とか」

「らしいものはあります。でも内容は削除されていました。故郷堂の方で削除したのだと思います。ホームページでブラックマーケットの情報は載せたくないでしょうから」

「その故郷堂にいってみたいと思うのですが、押野さんの話をしてもかまいませんか」

「困ります。特に一千万で原画を買ったというのは――」

「それはしません。ブラックマーケットに故郷堂から顧客リストが流れている、という方向でもっていきます」

押野は大きく頷いた。

「なるほど、そういうやり方をするんですね。ブラックマーケットを調べているふりをする――」

「ふりをするわけではありません。ブラックマーケットについて調べることで、実際にまのさんについての手がかりが得られるかもしれない」

「何もわからなかったのですか、今日」

「まのさんが以前住んでいたマンションを訪ねました。転居して六年がたっています。それ以降の住所についてはまだ何も」

押野は私の顔を見つめた。

「編集者の人は何と？」

「使い潰されたと思っているようです」

「使い潰された？　自分たちが使い潰しておいてよくいうよ」

押野はつぶやいた。

「押野さんもそうお考えですか」

「『ホワイトボーイ』は二年、せめて一年は早く終わらせてやるべきだった。ユニバースが潰したんです」

「そこまでご存知なのに、まのまままるについて知りたいのですか」

「知りたいと思います。まだ描ける。絶対にまのまままるはまだ描けます。なのにどうしてでてこないのか、それを知りたい」

「わかりました」

私はいって腕時計を見た。

「明日、まのさんの初代の担当者だったという人に会ってみようと思っています」

「岡田編集長ですね」

「知っているのですか」

「まのまままるや何人かのスターを育てた功績でユニバースの編集長になり、全盛時代を作った人です。会ったことはもちろんありませんが」

私は押野を見やった。わずかだが興奮しているように思えた。

「押野さんをその頃担当していたのは、何という人でした？」

「忘れました」

表情をかえることなく押野はいった。

「もう何も覚えていないんです。顔も名前も」

自然に忘れたのではなさそうだった。ここまで自分の若い日の思い出にかかわっているのなら忘れる方が不自然だ。

忘れようと決め、忘れた。そんな印象を私は感じた。押野にはそれができる。

私は頷き、失礼しますと告げた。押野はひきとめなかった。

エレベータホールまで私を送るといった。

「さっきのこと、本当に申しわけなく思っています。もうしません」

私は無言で頷いた。エレベータに乗りこみ、地上まで降りた。通りにはタクシーの空車が連なっていた。私は一台に乗りこみ、千鳥ヶ淵のホテルの名を告げた。

8

翌朝はゆっくりと起きだした。ホテルの一階にティラウンジを兼ねた軽食堂がある。そこでホットドッグとコーヒーの朝食をとった。シャツのポケットに入れていた携帯電話が振動した。見ると沢辺の番号が表示されていた。

新聞を読み終えるまでコーヒーを飲み、部屋に戻ってから沢辺に電話をした。神戸の自宅に彼はいた。

「どうだ。押野ってのは奇妙な男だろう」

開口一番、沢辺はいった。

「奇妙ではあるが、興味深くはないな。正直、長時間喋るともたれてくる」

「わかるような気がする。だがあれで気前がいいところもある。難病を抱える子供のための基金にぽんと一千万を寄付したことがある」

まのままるの原画に払った値段と同額だ。押野はそれも安いと感じただろうか。

「お宅の財団か」

「俺はただのお飾りさ。だがそれが縁で知りあった。どんな案配だ」

「さほど難しくはないと思うが――」

私はいって、まのままるの原画を北村商会から一千万で買ったという押野の話をした。

「なんだ、そりゃ。まるで素人じゃねえか。メットをかぶって宅配なんて、今どき裏ビデオでもやらねえ」

「用心深い素人なのだろう」

「か、慣れないシノギに手をだした玄人か」

沢辺はいった。

「玄人だとしても本業にはできないだろう。そうそう図書館の蔵書を盗むわけにはいかないだろうし、マニアの世界にやくざは入りにくい」

「やくざにもマニアはいるぜ。俺の知っていた男は広域の組長だったが、鉄道写真の世界でも有名だった。通称『鉄っちゃん』てやつさ」

「なるほど。しばらく神戸か」

「つまらない会議だのゴルフだのがつまってってな。清水の方はどうなっている」

「今のところかわりはない。ひとり気になっているのがいるが……」

「呉野から聞いた。チーマーの坊やだろう。ありゃ女にはまってるな」

「その女というのが妙なんだ。取り巻きみたいのがいて、ひとり、俺を東京駅で待ち伏せていた」

沢辺は笑い声をたてた。

「そいつは上等だ。オヤジ狩りにあったってわけか」

「溶けていたよ。ナイフをもっちゃいたが、まともに握れもしなかったろう」

「まさか女がクスリの元締めってことはないだろうな」

「それはわからん。ただ高校生なんだ」

「女がか？　それじゃまるで昔懐しの女番長ものじゃないか」

「スカートの丈と硬派精神は比例するんだ。忘れたか」

私はため息を吐き、いった。

「今どきそんな女番長なんかどこにもいやしない」

思いつき、訊ねた。

「遠藤組って覚えてるか。渋谷の」

「大昔、葉っぱやエルを扱ってたな。しゃぶもやってたのじゃないか。ブルドッグみたいな面の組長がいた」

「今は二代目だ。クールなお兄さんだ。ベンツにも乗っちゃいない」

「そりゃクールだ。で、どうした？」

「渋谷の地回りがどうもその女と取り巻きを遠巻きにしている。何か手をだしづらい状況にあるようだ」

「よしてくれ。女番長とやくざの二代目なんて、今どきマンガにもない組み合わせだぞ」

「もうひとつ、同じ渋谷が縄張りの平出組というのが、わけありの気配だ。それで遠藤組の二代目が知りたがっている。頭の切れる男だ」

「切れる男は就職先にやくざを選ばない時代だがな」

「跡継ぎとあっちゃしょうがないだろう」

「ブルドッグの倅か？」

「の、ようだ。母親似だが」

沢辺は大笑いをした。

「こっちの調査が一段落したら、清水に一度戻ろうと思っている。雅宗にもう少し事情を訊いてみたいんだ」

「俺は呉野に注意するよういった。そういうのは下手をすると自爆する」

沢辺はいった。

「惚れている女がいるのにか」

「いいぐさが妙に涙ぐましいのが気になるんだ。人間死ぬことを考えだすと、やけに優しくなるもんだ」

「少し死ぬことを考えた方がいいのじゃないか」

「悪いが遺産はあてにするなよ」

「せめて部屋代くらいは残してくれると思ったのだがな」

私は憐れっぽくいった。

「そりゃ大丈夫だ。今までのお前の探偵料をピンハネしたぶんで充分やっていける」

「そんなことだろうと思ったよ。いくらハネた？」

「恥ずかしくていえないくらいだ」

沢辺は神妙な声をだした。

「お前が戻る頃、俺もスケジュールを合わせられないかやってみる」

「無理はするな。稼げる人間にはせっせと稼いでもらわなけりゃならない」

「わかってた。お前が金めあてだってことは最初から」

わざとらしいため息を聞かせて、沢辺は電話を切った。

私は横森から昨夜教わった電話番号を押した。大成社の子会社で成交社という出版社の代表番号だった。

「成交社です」

「社長の岡田さんをお願いします。佐久間と申します」

「お待ち下さい」

「役員室です」

「社長の岡田さんをお願いします。佐久間と申します」

「佐久間さまでいらっしゃいますね。少しお待ち下さい」

私は煙草に火をつけた。

「はい」

無愛想な声が耳に流れこんだ。

「岡田さんでいらっしゃいますか」

「はい」

「突然のお電話で失礼します。私――」

「聞いてるよ」

岡田は私の言葉をさえぎり、いった。

「今朝、手塚君から電話があった。俺の番号、教えたからって。いつこられる?」

単刀直入だった。

「いつがよろしいでしょうか」

「こっちは暇だ。いつでもいいよ。今日これからこられるか」

「うかがえます」

「じゃ待ってる。受付にいっとくから」

荒っぽく電話が切られた。私はしかたなく、もう一度成交社の代表番号にかけ直し、社の所在地を訊ねた。場所は大成社のある神保町より水道橋の近くだった。

成交社は神保町から水道橋に向かう白山通りを西に一本入った路地に面して建つビルにあった。五階建てで、大成社に比べるとはるかにこぢんまりとしている。一階の玄関脇に小さなショウウインドウがあり、「小社刊行物」として、ムック本やコミックスの類が並べられていた。ムックは鉄道や自動車に関するものが多く、コミックスはやや過激な成人向、あるいは映画やテレビドラマヒット作品のマンガ化作品が主だった。マンガ家の名は馴染みがなく、素人の目から見てもさほど売れているとは思えない。

受付を経て、最上階にある応接室に通された。岡田は小柄で、ごま塩頭を職人のように刈りあげていた。度の強い眼鏡をかけ、早口で、手塚や横森とは対照的な喋り方をする。

「まのまる、捜してんだって。すわんな」

窓のない応接室におかれた古い革ばりのソファを示し、岡田はいった。お茶を運んできた女子社員に、

「あのさ、ここのコーヒーまずいから、隣の喫茶店からとってくれや。俺、モカがいいや。あんた何にする？」

せかせかといい、私に訊ねた。

「アイスコーヒーを」

「よっしゃ。モカとアイスコーヒーな。それとでかい灰皿もってこいよ」

いって紺のダブルの上着から両切りのピースの箱をとりだした。女子社員は心得たようすで頷き、いったんひっこむとガラスの大きな灰皿と缶ピースを運んできた。

「おう、サンキュー」

岡田は鷹揚（おうよう）に頷いた。足を大きく広げ、私の正面にすわり、目をのぞきこむようにし

て喋った。

「名前、何てんだっけ」

「佐久間です」

私は名刺をだした。岡田は受けとり、胸ポケットからだした老眼鏡をかけると、まじまじと見つめた。

「なんだ、清水に住んでるの、遠いなあ」

「仕事のときは千鳥ヶ淵のホテルにいます」

「じゃいつもってわけじゃないの」

「ふだんはそこに書いてある、『セイル・オフ』という施設で働いています」

「そこのことなら前に何かで聞いたことがある。薬物依存者の更生施設だろ。神戸かどこかの金持のぼんぼんが開いたという」

私は頷いた。

「じゃドクターなのかい」

「いえ。私の仕事は単なるアシスタントです」

「アシスタントね」

岡田は首を傾げた。

「まあいいや。何で今頃、まのままるを捜してんの」

「依頼人が、ずっと描いていないまのさんの消息を知りたがっているのです。依頼人は出版社とはまったく関係のない職業で、純粋に個人的な好奇心から、まのさんの現状を知りたがっているのです」

「好奇心ね」

老眼鏡から上目づかいに岡田は私を見やった。どこか崩れた雰囲気があり、出版社の役員というよりは、暴力団の企業舎弟といった匂いがする。

「好奇心で私生活かき回されちゃたまらんだろ、え？」

名刺をテーブルにおき、ソファに背を預けて岡田はいった。

「直接お会いするということは、今は考えていません。どこでどのようにしていらっしゃるか、それさえわかればいいと思っています。もし岡田さんが、今のまのさんのようすをご存知なら、それで私の仕事は終わります」

岡田は無言でピースをくわえた。使いこんだ漆塗りのダンヒルで火をつける。掌にのせ、いった。

「これさ、担当外れるときにまのままるがくれたんだ。今でも使ってる」

「まのさんはなぜ描くのをやめてしまわれたんですか」

岡田は無言で煙を吐きだした。しばらく考えていたが、それはどこか怒りをこらえているような姿にも見えた。

「同じ質問を、現場の連中にもしたか」

「手塚さんや横森さんにですか」

岡田は頷いた。

「しました。それなりの答をいただきましたが、やはり一番よくご存知なのは、岡田さんだろうということでした」

岡田は深々と息を吸いこんだ。

「俺が編集長になったとき、ユニバースは少年誌で二番手だった。一番手は『少年ジャーナル』で、その前の年の一番手は『少年モナーク』だった。ユニバースはいつも二番手。それよりさがることもないが、一番にはなれない。それがユニバースだった。俺はそれを一番にするのが仕事だと思ってた。実際になったがな。まず柱を建て直すために、それまで人気のあった連載を半分は切った。なぜかというと、その作家たちはベテランで、よそでも描ける連中だったし、実際にも描いていたからだ。ユニバースじゃなきゃ読めない、そういう人気作家を育てるのが、俺の夢だった。まのは、その第一号さ」

「まのさんの持ちこみ原稿を最初に見たのが岡田さんだそうですね」

「今じゃ有名な話だ。編集者の夢だろうな。何の手垢もついてない、よその雑誌もまるで知らないズブの素人が、連載即いけの原稿を持ちこんでくる。しかも当たりは見えている。あれは運さ。宝クジみたいなものだ」

「そのときのまのさんのようすを話して下さい」

「別に。外見は特別目立つものじゃなかった。ジーパンはいて、おとなしくて、『見てもらえますか』って、きただけだ。持ちこみの連中が、見た目だけでふるいにかけられるなら、こんな楽なことはないやね。たいてい皆貧乏で、女にもてなくて、マンガ描く以外はやったことないって連中さ」

私は頷いた。

「絵をご覧になってすぐ、いけると思われたのですか」

「どかんときたね。だがどかんときたって顔して図に乗られると困るから、『持ちこみは初めてかい』と訊いた。まのはこくんと頷いた。『プロになりたいんです。ずっとマンガ描いて食べられたらいい』そんなこといったな。俺は、あと二本もってきてくれっていった。こいつは預かっとく。だからあと二本見せてくれって。腹の中で、いつの号につっこめるかを考えてた。そして人気投票が十位以内だったら連載を考える。五位以内だったら即決める、とな」

コーヒーが運ばれてきた。岡田は砂糖もミルクもいれず、カップを手にした。

「翌日、まのはもってきた。またもどかんだ。これどれくらいで描いた、と訊いたら、ひとつは描きかけだったのを、きのうから徹夜であげましたってんだ。まるでそれを感じさせない仕上がりで、強行軍もいけるって俺は確信した。ひと月後、最初の一本を読み切りって格好でのっけた。人気は四位だった。人気投票の結果がでた日、俺は奴を焼肉屋に連れてった。初めて食った焼肉に、奴はこんなうまいもん食うの初めてだ、といった。俺はいってやった。あんたはじき毎日食える身分になる。それどころか、焼肉屋一軒を買えるようになるって。奴は何てったと思う。

『お金はいいんです。マンガを描いて食べられたら、それだけですごい幸せです』」

「実際にそうでしたか。売れてからも」

「かわんなかったね。かわんない奴はだいたいかわんないものだが、あいつくらいかわんない奴はいなかった。船買うわけじゃなし、家建てるわけじゃなし、特に最初の頃は、会社を作ろうって頭もないものだから、目の玉がとびでるほどの税金払ってた。二十ページの連載描いて、十五ページまでが税金だった。それでもまるで平気だった。こっちが泡くって会社作るやり方を教えてやったくらいだ」

「マネージャーは、まのさんの昔からの友人だったそうですね」

「水飼君だろ。中学の同級生かな。あいつも欲がなかった。高校でてサラリーマンやってたのが、まののプロダクションを作るんで誰か仕切る奴がいる、と俺がいったら、まのに声かけられて、給料いくらくれるかも訊かねえで翌日会社やめちまったような奴さ」

「その状態は、『ホワイトボーイ』を連載されているあいだ、ずっとそうだったのですか」

「俺がやめてからは知らんね」

そっけなく岡田はいった。

「『ホワイトボーイ』の連載終わり頃、岡田さんはまのさんに会いにいかれたと聞きましたが」

「いったよ。だが別に、仕事の話をしにいったわけじゃない。こっちにトバされて、長いこと会ってなかったんで、どうしてるかと思っていっただけだ」

私は岡田の顔を見つめた。

「編集部に怒鳴りこまれたと聞きました。絵が荒れているにもかかわらず連載をつづけさせ、まのままるを潰す気か、と」

岡田は首をふった。

「そんなもんは噂話さ。俺がとやかくいえるわけないだろう。雑誌はいつだって現場の編集部のものだ」

無表情になっていた。

「まのさんは、六年前に読み切りを描かれたきり作品を発表されていません。岡田さんはどう思われます」

「さあな。別にやりたいことができたのかもしれん」

「それは何ですか」

「俺は知らんよ。もう何年も奴とは会ってない」

何か壁がある。その壁が岡田の内側にあるものなのか、まのまるを守ろうとする岡田の意識の表れなのか、わからなかった。

「まのまるというのは本名ですか」

「いや。二人で考えたペンネームだ。初めての掲載が決まったときに。奴は『丸のまま』だ、といったのさ。このマンガは、自分の丸のまんまを表わしている、と。丸のまんま、自分の夢、なりたいと思った姿、生きたいと思った世界、こんな場所でこんなふうに暮らしてみたいと思ったんで描いたんだって。俺はその言葉にも痺(しび)れたよ。たいていは、この線ならうけるだろうとか、このキャラは立ってるだろうとか、計算をして描いてくるもんだ。それがまのは、純粋に自分が楽しみたくて、自分の夢を絵にしたくて描いたという。そこに臭みが全然なくて、誰が読んでもすっと入っていける楽しさやおもしろさがあった。それ、ペンネームにしようって、俺がいったんだ。丸のまんまじゃ格好つかねえから、アナグラムして、まのまるにした。まのまるかあって笑ってな、『まのまる、まのまる……』って、呪文みたいにくり返してたな」

岡田は微笑んだ。ふとつりこまれそうになるような笑顔だった。まるで悪戯(いたずら)に成功したガキ大将が仲間に笑いかけている、そんな笑顔だ。

その笑顔を見たい。多くのマンガ家がそう思ったのではないか。

「まのさんの住んでらしたマンションにいきました」

私はいった。岡田はのってこなかった。

「――どこの？」

新たなピースを缶からつまみあげ、訊ねた。

「高田馬場です」

岡田は頷いた。

「学生向けの安アパートに毛が生えたようなところだったな」

「『マルプロ』は中目黒にあったのだそうですね」

「そうだよ。水飼君が見つけてきた。マンションを二部屋買って、ぶち抜きにして使った」

「そこは今でも？」

「知らねえな。『マルプロ』を解散したときに売っちまったのじゃないか」

「なぜ解散したんでしょう」

「先生が描かなくなったら、アシやマネの給料はでないだろ。あたり前のこと訊くなよ。あんた探偵だろうが」

「水飼さんが今どこにおられるかご存知ですか」

岡田の表情が一瞬だけ暗くなった。つかのま沈黙し、

「知らないね」

とだけ答えた。

私は息を吸いこんだ。岡田は身構えるようにして私を見つめた。だが私は無言でアイスコーヒーを飲んだ。

「近頃は探偵も妙な仕事をうけるんだな。おっかねえ時代だよ。何の縁もゆかりもない奴のことを、金さえ払えば調べられるってのは」

岡田がいった。

「私の依頼人は、まのさんと岡田さんが出会われた頃、ユニバースに持ちこみをしていたマンガ家の卵でした。けれども担当者からまのさんの描かれたマンガを見せられ、断念したのだそうです」

「そいつはアホだ」

岡田はあっさりいった。

「どんな世界にでも自分より才能のある奴はいる。だがな、才能ってのは使や減るんだ。そいつを見越して、ちまちまケチ臭く使う奴もいるし、一気に使い切っちまう奴もいる。問題は、あるだけの才能をどう使うかだ。要は頭だ。人ひとりがもっている才能なんて、そう途方もないものじゃないんだ」

「それはマンガ家ひとりが考えるべきことなのでしょうか」

「なに」

岡田は目をむいた。厳しい表情で私を見つめた。私はいった。

「私は手塚さんや横森さんとお会いして話を聞きました。その印象では、おふたりともある種の〝負い目〟をまのさんに対し感じておられるようでした。もちろんそれが事実であるかどうかは私には判断できませんし――」

「待てよ」

岡田は私の言葉をさえぎった。

「それが事実の、事実ってのは何なんだい。ユニバースがまのまるに負い目を感じなきゃいけないのが事実ってことなのか」

私の目を正面からとらえていった。

「まのさんの『ホワイトボーイ』の連載は、もう少し早く終わるべきだったと――」

「誰がそんなことをいった？　あんたの依頼人か？」

「誰がいっているという問題ではない、と思います。『ホワイトボーイ』の長期連載が結果的に、現在のまのまるさんの状態につながっているのでは――」

「現在って、お前、まのの現在を知っているのか」

「いいえ」

私は首をふった。

「だったらいい加減なことをいうな。うんざりだよ、いまだに資本家の搾取がこの業界であるとでもいいたいのか」

「長期連載は、まのさんの意志だったのですか」

岡田は沈黙した。私は待った。やがて岡田は口を開いた。

「マンガ家ってのは、皆んな怠け者だ。そいつをお前はわかってない」

「私にはユニバースの編集部を責める気はありません」

「だがどこかで、まのを被害者だと思っている。ちがうか」

「ではなぜ編集者の皆さんは自分たちが加害者であるかのような態度をとられるのでしょう」

「今からそれを話してやる。だから聞け」

岡田はいらだたしげにいった。

奇妙な成り行きだった。私は岡田と、このようなやりとりを望んでいたわけではなかった。私には岡田を責める意志はなかったし、そのような言葉を使った覚えもなかった。怒りは最初から岡田の中にあった。何に対する怒りなのか。編集者を「悪者扱い」する知ったかぶりのマンガ通に対するものなのか。

岡田の中には、さまざまな怒りがくすぶっているように私には思えた。そしてその怒りを吐きだす場に、岡田は飢えていた。私はそんな岡田にとっては、格好の〝怒りの対象〟となりうる存在だった。マンガ出版のことをろくに知りもせず、作家と編集者のプライバシーに入りこもうとする人間。そして、まのの〝失踪〟の責任を、私がすべて出版社の態度に求めようとしているように見えたにちがいない。

だが、岡田に、誤解であると告げる時期を私は逸していた。私は、彼の思っているような考え方はしていない。しかしもはやそれは、岡田にとっては重要な問題ではなくなっている。

「週刊連載がマンガ家にとってどれだけキツい仕事か、俺はそれを否定する気はない。だからこそ、編集者はマンガ家の尻を叩く。まず第一に締切に間にあわせなけりゃならない。締切がなかったら、食うに困るのでもない限り、一度売れたマンガ家は仕事をしない。第二に、いいものを描かせるのも編集者の仕事だ。だが、いいもの、いいものといって、いつまでも待っているだけでは、いいものはできちゃこない。まず描かせる。駄目でもとにかく描かせる。一話も駄目、二話も駄目、三話も駄目。だが四話目で何か光が見えてくる。その光をよりどころに、おだて、なだめ、すかして描かせるんだ。そしてそれがうまくいってヒットする。人気爆発、コミックスもバカ売れ。マンガ家はお大尽だ。きのうまで、横の線路を電車が通りゃ部屋が揺れるようなアパートに住んでいたのが、豪邸をぶっ建て、ポルシェだフェラーリだといい始めて、ワガママも通しだす。

い、さんづけだった編集者をある日、君づけにしだす奴もいる。それもいい。売れてなんぼの世界なのだから。だが編集者はどうだ？　奴が何億稼ごうと、編集者の給料は一銭もあがるわけじゃない。音をあげて、もうできない、あきらめよう、落とします、というマンガ家の尻を叩き、徹夜にも何度もつきあって、その成功のおこぼれを編集者はもらえるのか？　もらえないよ。サラリーマンだからな。そのかわり、担当作家が売れなくなったからといって、クビになることもない。そうさ、その通りだ。しかし、売れた奴はなぜか忘れる。自分のそばに編集者がいたことを。編集者も眠いし、サボりたい。だが我慢し、歯をくいしばって悪役になり、尻を叩く。売れたとして、分け前はない。それどころかそこまで苦労させられた相手を『先生』と呼んで、気をつかう。なのに、売れなくなった作家を潰したという非難まで浴びなきゃならないのが、編集者なのか」

「私は編集者を非難するためにまのさんを捜しているのではありませんし、依頼人も同様です」

岡田は新たなピースに火をつけた。

「あの人は今、なのだろうが、結局は。手前が金持になり、手前の若い頃の夢を潰したまのが今、行方不明だ。まのが落ちぶれていりゃあいい、そう思ってんじゃないのか」

「それは絶対にないとはいいきれません。しかし一方で依頼人は、まのさんの才能を本当に認め、憧れています」

「だからいったろう。そんな才能の煌(きら)めきを見せる奴は、この世界いくらでもいる。一方で、使い果たして消えていく奴もいくらでもいるんだ。珍しい話でも何でもない」

「しかし特別の存在なのです。岡田さんは、現在はどうあれ、過去自分が大きな感銘をうけた存在にこだわる人間の感情も珍しくはない、価値あるものではない、と思われますか」

「そうは思わない。まのは俺にとっても特別な存在だ。まのと出会ったことが、俺の人生の大きな部分を決めた」

「では依頼人のそうした気持は？」

岡田は私に訊ねた。

「そいつは知りたがっているだけなのか。まのの今を」

真実を話せば火に油を注ぐだけかもしれない。だが告げた。

「本当はサインを望んでいます。ブラックマーケットで手に入れた、『ホワイトボーイ』の原画に」

岡田はだが怒らなかった。深々と息を吐いただけだ。

「いくらだしたんだ、その原画に」

「一千万円だそうです」

「まのはその何百倍稼いだ」

「でしょうね」

岡田は沈黙した。私は口を開いた。

「確かにマンガの世界では、才能の輝きを見せ、そしてその才能を使い果たして消えていく人は多いかもしれません。しかしそこにあっても、まのままるという作家は、ある特殊な存在だったのではないですか」

「なぜそんなことがわかるんだ」

岡田は低い声で訊ねた。

「まのさんは莫大な金額を得ていたにもかかわらず、贅沢な生活には興味がなかった。それは岡田さんや他の編集者も認めておられるし、高田馬場のマンションを訪ねたときの私の印象とも一致します。そこから私が導きだせるのは、マンガを描くことにしか興味のない人のイメージです。にもかかわらず、まのさんには、現在創作活動をしているという情報がありません。才能を使い果たしたということと、描くのをやめてしまうというのは別だと思うのですが」

「プロ野球のエースだった男が草野球で投げているなんて話を聞いたことはあるか」

「では二度とボールもグローブも手にしませんか？」

岡田と私は見つめあった。

やがて岡田はいった。

「妙な男だな」

「私ですか」

「そうだよ。他に誰がいる。お喋りじゃないが、ツボは心得ている。俺のところを叩きだされても、結局は、あちこちを訊ね歩くのだろう」

「そうですね」

私は頷いた。

「そんなに稼げるのか、探偵って商売は」

「いえ。しかし他の仕事を知らないのです」

私は正直にいった。岡田はあきれたように首を傾げ、私を見つめた。

「何だって？」

「私は二十代の初めから失踪調査の仕事をしています。他の仕事を知らないのです。中断していたときはありました。その頃は、仕事としてではなく、やらなければならないことが他にありました」

「好きなのか、人のことを詮索して歩くのが」

「そうかもしれません。もうたくさんだと思うこともありますが、新しい依頼を受ければ、やはり動いています。おそらく必要とされていると思うことで自分を正当化しているのでしょう。必要とされているという考えがたとえ誤解であったとしても」

岡田は黙っていた。私はつけ加えた。

「いずれにせよ、人から好まれる職業ではないでしょうが、必要としている人も現実に存在します」

岡田は真剣な表情だった。私は気づいた。岡田はその外見とは裏腹に、かかわった人間を適当にあしらうという行為を好まない人物なのだ。過去のことをほじくりかえしにくる探偵に対し、さほど手がかりにはならないが嘘でもない情報を与え追い返す、ということもできた筈だ。それをせず、私に怒りを見せ、さらには私の職業に対する考え方までを、理解しようとしている。

岡田は確かにすぐれた編集者にちがいない。彼の中にあるのは旺盛な好奇心と、物ごとを正しく理解したいという強いエネルギーだ。世にでることを願う、若いマンガ家にとり、岡田の存在は心強く頼もしい、父親のような姿にうつったのではないだろうか。

「まのもそうだった」

岡田は息を吐いた。

私は岡田を見直した。

「まのさんの何がそうだったのですか」

「必要とされている、という考え方だ。それに奴は弱かった。多くの子供たちが、自分の作品を待っている、そう思うとたまらない。徹夜つづきで疲れ果て眠っていても、突然夢の中でそのことに思いあたって、とび起きるんだ。締切をクリアし、作品を入れたあとでだ。まだ描かなけりゃいけない。もっといいものを描かなきゃいけない、よくいってたよ。あんな純粋な奴はいなかった」

「他のマンガ家の方はちがうのですか」

「心のどこかでは思っているだろう。だが慣れってやつが、プレッシャーに強くさせる。編集者も同じだ。何百万て読者がいても、それが毎日、行列を作って自分の前に並ぶわけじゃない。金といっしょさ。何万て金には現実感があっても、何十億となると、それはもうものといっしょで、ただの数字になっちまう。目の前に積まれるわけじゃないのだからな」

「まのさんには何百万という読者が見えていたのでしょうか」

岡田は首をふった。

「見えていたわけじゃない。そんなものは見えるわけがないんだ。だが感じようとはしていた。ふつうはそれすらしなくなる。それはそうさ。いちいち何百万人の反応なんて気にしていたら、頭がおかしくなる。プレッシャーに潰されちまうぜ」

「しかしそれほどの事態に慣れるなどということができるのでしょうか」

私には信じられなかった。妻が死んだとき、追悼集会に集まった大勢のファンを前に、私は途方に暮れた。この人々に、何といって、妻の死を説明すればよいのだ。彼らが好み、求めてきた、妻の作る楽曲にもう二度と新たな作品が生まれることはない、とどう納得してもらえばよいのだ。

私には妻のような仕事をした経験はなかった。しかし、立場上はもっとも妻のそばにいた人間として、彼らに何かを告げなければならなかった。

そのとき、自分は決して妻のようにはなれない、と感じた。

多くの人から求められる暮らしは、多大なエネルギーを得ると同時に、多大なエネルギーを消費する。

並みたいていの人間には、耐えられない生活だ。消耗し疲れ果て、いつかどこかへ逃げだすことを考えずにはいられないだろう。

「慣れられる。一番いい方法は、目をつぶることだ。目前の編集者と締切だけを考える。その向こう側の、顔のない何百万てお化けの存在は考えない」

「それだけですか」

「二番めは、そうだな。自分ひとりじゃない、と割り切ることだ。何百万人が欲しがっているのは、自分ひとりではなくて、他のあいつやこいつの作品だって同じだ。だから自分ひとりが消えても、身代わりはいくらでもいる、と思うことだ」

「実際にそうなのですか？」

岡田は皮肉げな表情を浮かべた。

「そりゃそうさ。マンガが読めないからって死ぬ奴がいるか？　しょせんあってもなくてもいいものだろうが」

その言葉にはさすがに無理があった。私は頷かず、岡田の顔を見つめた。本当にあってもなくてもよいものだと思っているのなら、それに人生を費した自分をどう考えているというのだ。

岡田は私の沈黙の意味に気づいた。息をわずかに吸い、いった。

「『ホワイトボーイ』の連載が終わったとき、ユニバースは十五万、部数を落としたそうだ。三百八十万の十五万、たかだか四パーセントにも満たない」

「しかし目前に十五万人という人が並んだら？」

岡田は小さく笑った。

「そうさ。本当は十五万てのはとてつもない数字だ。世の中には発行部数が十五万に届かない雑誌がごまんとある。むしろそっちの方が多いくらいだ。つまり十五万人は、『ホワイトボーイ』を読むためだけにユニバースを買っていたってことだ。

だけどな、そいつを責任にすりかえるのはやっちゃいけないことだ。俺はよく部下にいってきた。あんたには読者への責任があるってのは、編集者が皆、マンガ家にいいたいセリフだが、絶対にいうな、とな」

「なぜいってはいけないのです？」

岡田はため息を吐いた。呻くようにつぶやいた。

「俺は何やってんだ。ど素人に、マンガ出版を一から教えようってのか。それなら本でも書いた方が早いぜ」

「私に限らなくとも、多くの人が興味をもつと思います。なぜなら、マンガにはこれだけ多くの読者がいるのに、実際の現場がどのような仕組で動いているのか、ちっとも見えてこない。手塚さんたちとお話ししたときも感じましたが、出版社はそれを見せたがらないようにも思えるんです」

「あたり前だろう」

意外だった。岡田は素直にそれを認めた。

「なぜあたり前なのです？」

岡田はいらいらしたようにピースをチェーンスモークした。

「まず順番だ。なぜマンガ家に『責任』て言葉を使っちゃいけないかって話からだ。理由は簡単だ。『責任』て言葉に耐えられるくらいなら、マンガ家になろうなんて奴はいないからだ」

私に煙草の火口を向けた。

「いっとくが、マンガ家が無責任だって意味じゃないぞ。人から責任だ何だってのを押しつけられるのが嫌いなだけなんだ。マンガってのは何だ？　嘘っぱちだ。絵なんだ。そこにありもしないものを描いたものなんだ。じゃあなんでそんなものを描く？　楽しいからだ。わかるか？　描いていて楽しいから、毎日描きたいと思う。それが嵩じれば商売にしたいと考える。だが簡単じゃない。どの世界だってプロになるのは大変だが、マンガ家ほど大変な世界はない。いるだろうが、歌が下手なのに歌手だったり、芝居ができないのに役者だったりする奴が。面や雰囲気だけでツジツマが合わせられるからだ。だがな、マンガの世界にはそれがない。層の厚みがちがうんだ。この日本で、最底辺のアマチュアからトッププロのあいだで最も厚みのある世界がマンガなんだ。

何万、何十万て人間が、ただ楽しい、という理由だけでマンガを描いている。その中から、ほんのひと握りの、本物の才能をもつ奴だけがプロとして浮かびあがる。偶然もコネも通用しない。なぜなら相手は子供だからだ。子供には、宣伝だのハクだのは押しつけようがない。ただ単純に、おもしろいか、おもしろくないか、それだけだ。描いたのが、どんな大先生だとか何だいっても、ごたくは通じねえんだ。

他のどんな世界ともちがう。そんな世界で浮かびあがってきた人間に、『責任』なんて言葉が通用するわけがないだろう。プロのマンガ家ってのは、俺にいわせれば、百人が百人、天才だよ。天才に責任は問えない。そのかわり、才能を使い切れば消されるのさ。消す側も責任もへったくれもない。ストーリーが途中だろうが、話が終わってなかろうが、人気がなけりゃ連載は打ち切りだ。『責任』なんて言葉を使おうものなら、それこそ、読者への責任を問われなきゃならないのは、編集者の方なんだ」

その通りかもしれない。私自身、始まったばかりの連載マンガが、何のストーリーの進展も示さないまま、終了するケースをいく度も読んできた。唐突な終わり方に、「人気がなかったからなのだろうな」と漠然と思ったこともあった。その中には、私にとってはおもしろかった作品もあった。しかしそれでは駄目なのだ。十人にひとり、ならまだいい。百人にひとり、二百人にひとり、の支持者しかもたない作品は、連載陣から姿を消す運命にある。

わずかとはいえ、その作品を愛読してきた読者への「責任」は棚上げにして。

「まのは、自分で自分に『責任』を課す奴だった。しんどいだろう、そう思ったが、どうすることもできない。どのみち気楽にやれる仕事じゃない。せいぜいが、あんまり自分を追い詰めなさんな、としかいいようがなかった。『あんたのマンガを読むためだけに、すべての読者が雑誌を買ってるわけじゃない』とは、いえないからな」

「まのさんは、常に自分にプレッシャーをかけていた。しかしそんなことが何年もつづけられるものなのですか」

岡田は沈黙した。やがて、大きく息を吐いた。

「これ以上はあまり話したくねえな。第一、あんたが知ったからって、どうなるものでもない」

私は無言で岡田を見つめた。岡田の意志は固いようだ。

「わかりました。私自身はまだ調査をつづけるつもりですが、お話しになりたくないことならば、無理にうかがおうとは思いません」

岡田は頷いた。だがほっとしているようには見えなかった。

「疲れちまうな」

言葉を吐きだした。

「昔話は楽しいかと思ったけどよ、実際してみると疲れちまうよ」

「今のお仕事は疲れませんか」

「疲れるもんか。こりゃ、島流しだからよ」

島流し。子会社の社長におさまることは島流しなのだろうか。

「そういえば、あと一点だけ、うかがっていない話がありました」

「出版社うんぬんのアレか？」

私は頷いた。

岡田は遠くを見る目になった。

「そいつは簡単な話だ。出版は文化事業だ、そう思ってる奴らの大半が、マンガを文化だと認めたくない」

「どういうことです？」

「だからそういうことだよ。文学は立派だが、マンガは立派じゃねえ。マンガで食わせてもらっているくせに、それを認めたがらない人間が、出版社には大勢いるんだ。そういう連中にとっちゃ、自分とこのドル箱の内幕を本にするのは、已れの恥部を売り物にするみたいで嫌なのさ」

「待って下さい」

岡田の言葉は私には驚きだった。

「マンガの売り上げが巨額であることが、出版社にとっては、歓迎できない事態なのですか」

「売り上げがでかいのは大歓迎だ。だからって、マンガにでかい面をさせたくないって連中もいる」

「大成社のような会社にもですか」

「大成社ばかりじゃない。どこだって同じだ。出版界ってのは、妙なところでな。売れるものは芸術じゃねえ、そう考えたがる奴が多い。特にマンガは、その最たるものさ」

「マンガは芸術ではない、と？」

「いろんな考え方があるんだよ。芸術だといわれるマンガもある。だがそういうマンガは、なぜか売れないマンガばかりだ。もっとも、マンガを芸術だって認め始めたのも、ごく最近のことだがな」

「つまり、マンガは売るためだけの商品であって、どれほど売れようと会社にとっての実績とはなりにくい、という意味ですか」

「認めてたまるかってことじゃないのか。俺にはわからねえよ。たかだか数千の読者を相手に芸術をやるのも結構だ。馬鹿にする気はない。だが、何百万を相手にしてるからって、恥ずかしがることもないだろう、とは思うがね」

岡田の言葉は理解しにくかった。マンガが「芸術」となりにくいがゆえに、出版社内では差別されている、という意味なのだろうか。だがそれをいうならば、マンガに限らず、小説や実用書の類であっても、「芸術」ではない出版物は多くある筈だ。それらもやはり、出版社内では差別されているというのか。

「マンガ以外でも同じなのですか。たとえば、小説や実用書はどうなのです?」

「マンガが特別なんだ。昔とちがって、小説は構造的な境い目がなくなった。文学と娯楽小説は、昔は出版社からしてちがっていたもんだ。だが今は、文学も娯楽小説も、同じ出版社からでるようになった。そりゃ当然だ。今どき、文学だけでやっていける出版社はほとんどない。売れる本もだせば、売れない本もだす。それが出版社だ。売れるもんばかりやろうったって、そうはいかないし、売れないもんばかりじゃ、やがて潰れる。問題はマンガの扱いだ。小説は戦前からあった。ベストセラーもその頃からあった。戦後、マンガがでてきて、小説に対する考え方がかわった。マンガが社会からいじめられたぶん、小説の地位が上がった。マンガは有害だとPTAなんかから叩かれ、マンガばかり読むと叱られる子供はいても、小説ばかり読むと叱られる子供はいなくなった。出版社は、マンガで稼いでも、それを堂々と誇れない、妙な格好になっちまった。他のマスコミも同じだ。少年マンガ誌の売り上げが記録を達成すれば、マンガばかりが売れているといったような騒ぎ方をする。つまりは、マンガはいまだに悪役をあがれずにいるのさ」

「出版社の内部にも、同じような考え方が存在するのですか」

「会社てのは、そんなもんだ。売れ線の商品を扱っているところの人間ばかりがでかい面するのを許さねえって空気があるだろうが。それがあまり強く働くと、妙な逆差別みたいになるのさ」

「つまり、大成社のような総合出版社にとって、マンガが売り上げの大部分を占めていることは、公けには認めたくない。なぜならば、出版を文化事業と考えたい人たちにとって、マンガの売り上げが大きいことは恥ずべきことだからだ――」

岡田はひっそりと笑った。

「マンガを一番馬鹿にし、差別しているのも出版社の人間だというのも、皮肉な話だろう」

「私には理解しにくいのですが、企業にとって、大きな売り上げを達成したセクションの人間は、むしろ優遇されるものではないのですか」

「俺が出世頭だよ、今のところはな」

岡田はいった。

「わかるか。大成社といえば少年ユニバース、これは出版界の人間なら誰でも知っていることだ。だが、だからといって少年ユニバース出身の人間を社長にするわけにはいかないのさ。会社の体面にかかわってくる。あそこはマンガ屋がでかい顔をしている。出版社じゃねえ、マンガ屋だ、そう悪口をいうところが必ずでてくる」

「それは不当ではないのですか」

「俺にはわからん。確かにマンガ屋が社長になっちゃまずいこともあるかもしれんしな」

私にはひどく奇妙でねじれた状況に思えた。それが大成社一社の体質なのか、マンガも出版する総合出版社すべてに共通する問題なのかは判断できない。

私はその問いを岡田にぶつけた。

「さあな。よそ様のことは知らんね。ただひとついえることは、今の出版社の重役の中には、初めからマンガをやるつもりで入社試験を受けた奴はひとりもいない、ということだろうな」

岡田はそう答えた。

「マンガって商品がここまでデかくなるとは、誰も思いもよらなかった。少年週刊誌の創刊なんてのは、昭和の三十年代だ。まだ四十年かそこらだよ。それが日本の高度成長とくっついて、あれよあれよという間にでかくなっていった。ある意味じゃ、脳味噌が子供のまま、図体だけが大人になっちまったようなものなんだ」

私には意外な言葉だった。岡田と話してみるまで、マンガ出版という世界が「未成熟」であるとは、露ほどにも思ったことはなかったのだ。

「信じられないって面だな」

「信じられません」

私は素直に認めた。

「私は出版界についてはほとんど何の知識もありませんが、今、日本で出版されている本や雑誌に占めるマンガの割合は決して少なくない筈です。なのに、マンガ出版の頭脳は子供だと、岡田さんはいわれる……」

岡田は頭をふった。

「少なくないどころじゃない。何百万も売れる一般誌なんて存在しない。部数だけで比べるなら、少年マンガ誌の敵は大新聞くらいのもんだ。わかるか。とてつもない数字なんだ」

「でもそれは成熟ではないのですか」

「歪なんだ。俺にいえた義理じゃないが、人気をすべてに優先するやり方で、最大公約数の読者をとりこんできた結果が、その部数だ。『甘いもんがうける？　じゃもっと砂糖を増やせ』『今度は刺激だ？　カラシをぶちこめ』、そういうやり方で部数をのばしてきた。マンガを馬鹿にする連中がいうのもそこさ。『個性なんかどこにある。うける要素ばかりで固めた方程式通りの作品ばかりじゃねえか』とな」

「本当にそうなのですか」

「あんたどう思う？　あんたはマンガを読まないのか」

「読みます。今はそれほどではありませんが、かつては毎週買っていたこともありました」

「マンガに個性はねえか？」

私は考え、答えた。

「個性的ではない、と思う作品も確かにあります。あきらかにウケを狙っていて、どこかで見たような登場人物に聞いたような物語、というのもある。けれども、今までには存在しなかったようなタイプの作品もあります。そしてそれが個性的だからといって、人気がないとは思えません」

岡田は頷いた。

「マンガってのは資本主義の最たるものさ。大量消費の先端をいってる。消費者の要望にこれほど素早く応える商品はねえんだ。人気のあった登場人物が死んだ。助命嘆願が殺到する。殺さないで、とな。翌週か翌々週、死んだ筈の登場人物が生き返る。死んだのは実は双子の兄弟で、身代わりだった、とな。それをせせら笑う奴らは確かにいる。作家性はどうした、ストーリーをそんなにねじ曲げちまって、物語はどうなる、とな。だが現場は、読者の期待に応えようと、血反吐を吐く思いなんだ。マンガ家も担当者も、必死になってない知恵を絞るんだ。たかだか数千か一万の読者しか相手にしていない〝芸術〟をやっている連中に、その苦しみがわかるかって、俺はいいたいね。じゃあお前ら、何百万て読者を喜ばせてみろ。ツクリと偏がひっくりかえったような下手クソな子供の葉書を何十万通と受けとって、それを一週間のうちに作品に反映させてみろってんだ」

岡田は息を吸いこんだ。

「おもしろい話を教えてやるよ。さっき、あんたの依頼人が一千万で原画を買った話をしたな。少年ユニバースの、わずか二十五年前の号が、今古本屋じゃ二千円するんだ。毎週毎週、二百万部以上も刷っていた雑誌が二千円だ。なぜだかわかるか」

私は首をふった。

「わかりません」

「残ってないんだよ。ユニバースに限らない。モナークだろうが、ジャーナルだろうが、三十年前の雑誌がほとんど残ってないんだ。あんなに溢れるほどあった少年誌を、誰もとっておいてなかったのさ。読んだら捨てる。古新聞なんかといっしょにくくって捨てちまう。まさか、これほど残らないとは、誰も思っちゃいなかったんだろうな」

　私は岡田の顔を見つめた。にわかには信じられないような話だった。毎週刊行される少年週刊誌は一千万部を越えている。おそらくその数字は何十年とかわっていない。それが古本屋で十倍以上の価格がつくほどの「希少品」になっているというのだ。

「古新聞なんてのは、詰め物や下敷きにつかわれたりして案外残るもんだ。だがマンガ誌にはそんな使いみちもなかったってわけだ。大量に作られ、大量に捨てられる。それがマンガ誌の運命だ。そうなるように仕向けたのは、もちろん版元だ」

「では出版社にとって、マンガはあくまでも商品でしかなかったというのですか。それも消費だけを目的にした」

　岡田は目を閉じた。

「それをどうにかしたくとも、おっつかなかったってことだろうな。マンガと小説、同じように作り物でありながら、商品としての性質はまるでちがう。簡単にいっちまえば、マンガは生（なま）ものなんだ。もちろんそうじゃない作品もある。だが百のうち、一か二だ。

あとは、売れるときに売る他ない。たとえば『ホワイトボーイ』は連載中、単行本を一億部以上売ったが、この数年でいや、おそらく千部とでちゃいないだろう。連載が終わったとたん、ぱったりと売れなくなるのが少年マンガの宿命だ。長く売れるもんを作りたくとも、人気優先の週刊誌じゃそれは無理だ。といって、マンガに、小説のような『書き下ろし』スタイルは馴染まない。アシスタントも使わねえでこつこつ何カ月もかかって書き下ろしたマンガの印税が百万にも満たないんだ。第一、雑誌にも載らない、知名度のまったくない作品を買ってくれる読者がいるわけない。小説は、試しに読んでやるかと、聞いたことのない作家でも古い作品でも買ってくれる読者がいるが、マンガにはひとりもいない。それが正しいとは俺も思いはしない。出版てのはもっと、さまざまな作品が読まれるチャンスを与えられるべきだ。だが資本主義の一番とんがった部分にマンガはのっかっちまった。テレビもその尻を押した。アニメが放映され、関連商品が売れるようになると、ますます人気がすべてのメディアになっていった。長く売るとか、少なくとも確実な読者がいるとか、そういう考え方が入りこむ余地はないか、あってもほんのわずかなマニア向けのメディアにな」

「もうそれはかわらないのでしょうか」

「どうかな。かわるかもしれん。マンガ誌に関していやあ、バブルは弾けている。週刊誌が刷れば刷っただけ売れ、単行本の初版が百万なんて人気マンガが各社にあった時代は終わった。売れなくなってきてるよ、マンガもな。だから地味にやろうってところもある。だが出版にいる人間は、皆、心のどこかでバブルの幻想をもっている。マンガってのは売れる筈だ。当たればデカい、と。わざわざみみっちくやろうってのは、そうはいない。『売れなくともすぐれた作品を』よりは、『できりゃ売れて化ける作品を』と思ってる。そしてそう思ってる限り、『売れなくともすぐれた作品』が日の目を見ることはないんだ」

私は息を吐いた。岡田と話せてよかった、とつくづく思っていた。まのまるがかつて頂点に立ち、そして忽然と姿を消した少年マンガの世界が、これほど過酷であるとは想像だにしていなかった。

「少しは納得したか」

岡田の問いに私は頷いた。

岡田はいった。

「まのまるは消えた。自ら消えたのか、消えていく結果になったのか、そんなことはどうでもいい。消えちまった奴が、再び浮かびあがれるほど、マンガは優しい世界じゃない。だったら今さらまのまるをつつき回そうなんて考えないことだ。そうは思わないか」

私はすぐには答えられなかった。岡田が嘘をついているとは思わなかった。ひとりの担当作家を守るために、マンガとそれをとりまく出版の状況について、これほどの嘘をつく必要はない。

「消えたマンガ家はまのだけじゃない。それは、まのほど売れた奴はいないかもしれんが、多かれ少なかれ、連載をもち、作品がアニメになったりしていい目を見たが、その後鳴かず飛ばずなんてのはざらにいる」

「その人たちはどうしているんでしょう」

「いろいろだな。名前をかえて再デビューを試みたり、マイナーな雑誌に落ちて色っぽいもんを描いたり、中にはすっぱり足を洗ってサラリーマンてのもいる」

「楽ではないでしょうね」

「そりゃ楽じゃない。だが楽だからとマンガ家をめざす奴はいない。いったろう、マンガが好きで好きでたまらない奴がマンガ家をめざすんだ、と」

「しかし成功するまでの貧しさや屈辱と、成功したあとのそういうものではまるでちがいます」

「確かに人間としちゃそうだ。いつ日が当たるかはわからないにせよ、未来を夢見てがんばっているうちは六畳ひと間も耐えられる。だが一度豪邸やマンションに住んだ人間がそこに戻っていくのは、つらいよ」

「まのさんも今は同じ環境にいると思われますか」

「だからそれは俺にはわからない。順当にいきゃまのは、馬鹿高い税金を払っても、残りの一生を楽に遊んで暮らせるほどの金を稼いだ。バブルで弾けるか、博打に狂うかでもしない限り、奴が金に困っているとは思えない」

「『ホワイトボーイ』の原画が売りにだされたことについては、どう思いますか」

岡田は新たなピースをテーブルにトントンと打ちつけた。

「まの本人が売ったとは思えねえな。だが原画のでどころはそう多くはない」

「それを買った依頼人の話では、売り主は秘密にこだわったものの、プロの古本屋ではない、という印象だったそうです」

岡田はピースをくわえた。すぐには火をつけず、考えていた。

「原画の流出は、マンガ家側か出版社側のどちらかでしかおきないものだと聞きました」

「原画の流出先をたどっていけば、まのにぶちあたるかもしれんと思っているんだな」

私は頷いた。

「原画を流出させたのがまのさん本人でないとしても、ごく近い関係にあった人だということは考えられます」

「手がかりはあるのか」

「売り主はどうやら、マンガ専門の古書店の顧客リストを手に入れているようです」

「何てとこだ」

「売り主ですか、古書店ですか」

「古書店の方さ」

「五反田の故郷堂です」

岡田は頷いた。知っているようだ。

「そこにいく気か」

「そのつもりです」

「何も拾えないぞ」

「口が固いと？」

「マニアにはマニアにしかわからない世界がある。マニアじゃない人間がのこのこでかけていって首をつっこんでも、教えてくれることは何もない」

「ひとつうかがっていいですか」

「何だ」

「マニアにとって編集者というのは、どんな存在なのですか」

「何の意味もない」

岡田は首をふった。

「マニアたって、いろんなこだわりをする奴がいる。原画や色紙だけにこだわる奴、古い雑誌だけを欲しがる奴、単行本の初版を全部揃えなけりゃ気がすまない奴。いずれにしろ、マニアが見てるのは、作品を描いたマンガ家だ。もしかすると、マンガ家本人にも興味がなくて、作品だけか、ある作品に登場する特定の登場人物だけだったりする。マニアってのは、狭くて深いものが好きなんだ。俺はこっちの会社にきて、そういうマニア連中のことを知った。現場にいた頃、マニアになんて興味がなかった。そりゃそうだろう。最新号を待ってる何百万からの子供はマニアじゃねえ。俺たちが狙ってるのは、その子らが汗ばんだ掌に握りしめている百円玉であって、マニアがこの世に一冊しかないって古本に積む札束じゃないのだからな」

「なぜこちらにきて、マニアの世界を知ったのですか」

「下でうちの刊行物を見なかったのか」

「見ました」

「どう思った？　ユニバースに比べて」

「知名度に欠ける作家や作品が多いと」

「だろ。ある種のマニア向けなのさ。お客さんが子供から、もう少しませてひねこびたのにかわったってわけだ」

「しかしそういう人たちは、マンガが作られる現場に興味はもたないのでしょうか」

「そこがマンガと小説のちがいだ。小説はベテラン編集者の回顧録や作家どうしの交流なんかを描いた本が商売になる。マンガじゃそれはないんだ。マニアが欲しがるのは、絵なんだ。ストーリーじゃない。作品がどんなふうに生まれたのか、とか、マンガ家の私生活に何があったからこういう作品になったなんてことに、ほとんど興味を示さない。作り手も即物的なら、受け手も即物的なのさ」

確かに私自身、これまで小説を読んでそれを書いた作家本人の人となりに興味を感じたことはあっても、マンガを読んで同様の興味をマンガ家に感じたことはなかった。

「同じ作り物でも、小説てのは、どこか作り手の顔が透けて見えることがある。また小説家はそれを計算して商売にしたりもする。だがマンガはちがう。中には私小説的なマンガもあるが、たいていは描いているマンガ家本人の顔がまったく見えないような作品ばかりだ。だからマニアも、現場より、できあがってくる絵にひきよせられるんだ。そういう連中にとっちゃ編集者なんか、別個の世界の人間さ。見方をかえりゃ、ふつうじゃ商品にならないものに価値を見出すからマニアっていうのじゃないか。編集者は商売になるものしか相手にしない。マニアにとっちゃ、それがこの世の中にどれっぽっちしか存在しないかが価値であり、編集者にとっちゃ、どれだけ数売れるかが価値なんだ。正反対だね」

「故郷堂にはいってみようと思っています。顧客リストを手に入れた売り主が、何らかの形で故郷堂と関係している可能性もありますから」

「その売り主ってのは、まの以外のものも扱っているのか」

「北村商会という名なのですが、その名で依頼人のところにきたダイレクトメールは、まの作品だけだったそうです。そうしたブラックマーケットについて何かご存知ですか」

「よくは知らんな。確かに現場じゃ問題になっている。特に原画の流出は、場合によっちゃ犯罪だからな」

岡田はいった。

くり返しになると思ったが訊ねた。

「まのさんがそうした犯罪に巻きこまれている可能性はあるでしょうか」

すぐに否定されると思っていた。だが岡田の反応はちがっていた。険しい顔になり、私を見つめた。

「何を聞いてる？」

「何を、とは？」

「まののことだ」

「お話しした以上のことは何も」

「ひっかけたのじゃないのか、俺を」

「いいえ」

岡田は私の表情を読むように、じっと見つめた。

「――そうか」

「何でしょう」

「奴の弟の話、聞かなかったのか」

「それは少し聞きました」

岡田は黙った。

「じゃあいい」

やがていった。

「まのまるさんの弟が、何か犯罪に関係しているのですか」

「もういい」

顔を上げ、私を見た。

「もう帰れ。もしまた俺に会うのだったら、何か新しいネタをつかんでこいよ。そうしたら、何か話してやろうって気になるかもしれん」

何かがある。何かがあるのだ。

岡田は編集者対担当マンガ家という関係以上に、まのまるについて何かを知っている。だがその知っている何かに私が辿りつくまでには、マンガとそれをとり巻く世界についての知識、まのまる個人に関する知識、岡田本人に関する知識といったものを、ある量以上、私が得ることが必要だった。

岡田は、心の裡に、自分とマンガ、自分とまのまるといった関係について厖大な思いを抱えこんでいる、という気がした。しかしそれを短時間のうちに小さな刺激で吐きださせるのは不可能だ。

岡田にとってはある種のゲームのようなものなのかもしれない。一生心の裡にしまい、墓場までもっていくつもりであったものを、無関係な第三者には簡単には知らせてはやらない、というわけだ。

岡田が私に悪意を抱いているとは思わなかった。といって好意を感じていると考えるほどの理由もない。

岡田には語りたいものがある。しかしそれは、いつでも誰にでも語れる種類のものではなかった。彼と共通の知識をもち、その怒りの対象を理解できる人間で、同じ世界の住人であってはならず、しかも決してそれを口外しない人物のみが聞く資格をもつ。

岡田は私を試そうとしているという気がした。岡田はまのまるについての話を誰かにしたがっていた。しかしその話は、聞く者の資格を制限する。私がその資格を有するかどうか、岡田は証明を求めているのだ。

私は長々と話を聞かせてくれた礼を述べ、立ちあがった。

「おう」

岡田の返事は短かった。

「次は酒でも飲もうか」

その言葉を期待とうけとることにした。岡田は、私の資格証明を期待している。

「ありがとうございます。何かわかったら御連絡します」

「まるで俺が依頼人みてえだな」

岡田はいって笑った。その笑顔は、やはり私に何かを期待しているように思えた。岡田は、私が岡田のまのままるに関する知識をすべて得たのち、まのまるについて岡田も知らない何かを調べだすことを期待している。そしてそれが必要な事態にまのまるが立ち至っているかもしれない、と岡田は薄々感じている。

あるいはこれはすべて私の思い過しかもしれない。もしそうならば、岡田は人に「期待されている」と思わせる天才だった。その可能性もまた、岡田が名編集者であったことを考えると否定できなかった。

9

成交社をでると少年ユニバースの横森に電話をした。岡田に会わせてくれたことへの礼を告げるためだった。横森は不在で、かわりに手塚が電話に出た。

私が礼をいうと手塚は訊ねた。

「どうでした。収穫はありましたか」

「予備知識としてはたいへんな収穫でした」

笑う気配があった。

「岡田さんのレクチャーをうけたわけだ」

「ええ、まったくの素人に、たいへんわかりやすい話し方で」

私も笑った。

「で、調査の役に立ちました？」

「直接という点でいうなら、まだ何とも」

「なるほど。そういえば、『マルプロ』の住所を調べたのですが、必要ですか」

「ぜひお願いします」

「今もそこにあるとは思えないのですが、いいですか」

「ええ、かまいません」

では、といって手塚は住所を告げた。目黒区中目黒で、戸塚第一コーポラスの大家である、佐藤から聞いた住所と一致していた。

「ありがとうございます。このあと一軒回ってから、そちらを見にいってみます」

「何かわかるといいのですが――」

「原画の流出の件、こちらで何か手がかりが得られたらお知らせします」

「ああ、それはありがたいな。ぜひお願いします」

故郷堂の名はまだ告げないことにした。岡田とちがい、手塚はマンガ製作の現場にいる。故郷堂がどのようにブラックマーケットにかかわっているか確認できない段階でその固有名詞を告げるわけにはいかなかった。

私は五反田に向かった。

故郷堂はJRの五反田駅と池上線大崎広小路駅のちょうど中間にあった。雑居ビルの二、三、四階で、一階と地下はイタリア料理店や居酒屋が入っている。

雑居ビルそのものはそれほど大きな建物ではなく、故郷堂の店内は狭く急な階段でつながっていた。

平日の午後ということもあって、店内にさほど客はいなかった。二階にはマンガ単行本の古書や色紙、原画などが、三階には雑誌類や付録などが並べられている。四階はそれ以外の商品と買い取りの窓口、事務所だった。

まず店内を見た。単行本の古書は有名作品に関しては全巻揃いでいくら、という値付けがされていて、それは目をひくほど高価ではない。

色紙や原画類に関しても、数千円から数万円といったていどの値段だ。ただし連載作品の一話がまるまるという商品はない。

色紙や原画は、客が直接手を触れられないよう、ガラスケースに陳列されていた。

古い単行本の中には一九四〇年代の後半から五〇年代にかけて出版されたものもある。私が生まれる前で、知らない名前も多かった。商品として最も高額だったのは、一九六〇年前後に出版された本で、一冊十万円前後の値がついている。

三階の雑誌コーナーには一九六〇年代の少年月刊誌や創刊直後の少年週刊誌、さらには少年月刊誌の付録類などが並んでいた。いずれも傷まないよう、一冊一冊がビニール包装され、一冊数千円から二万円程度といった価格だ。中には戦前に発行された幼年誌なども混じっていたが、価格的にはそれほどの差がない。

さすがに百万単位やそれ以上の値がつく商品はないようだ。

四階には、レコード、ソノシート、カルタやメンコなどがおかれている。

店員はいずれも二十代から三十代初めといった印象で、万引にひどく気をつかっているようすが感じられた。大きなバッグ類を店内にもちこむことは禁止で、入口で店員に預けるよう求められる。

客はほとんどが二十代と思しい若者で、男女を問わずひとりで来店し、自分の求める商品を熱心に捜している。古書店らしい静けさと奇妙に真剣な空気が入りまじっている。

単に懐しがったり、興味本位で商品を手にとる客をしりぞける雰囲気があった。

四階の事務室を訪ね、店長に会った。保科という、四十代初めの男だった。黒縁の眼鏡をかけ、ジーンズをはいている。髪を長くのばし、うなじの位置で束ねていた。

私は保科に私立探偵であることを告げ、あるマンガ家について調査しているといった。

保科は私立探偵という職業に興味を感じたようだった。それが癖らしい激しい瞬きを眼鏡の奥でくり返し、

「本当の私立探偵に初めて会いました」

といった。特に興奮や警戒をするようすはない。

「今、お店の中をひとわたり拝見させていただきました。懐しい作品や、私も知らないような古い本もたくさんありますね」

私はいった。

「佐久間さん、四十代ですか」

私の渡した名刺を見やり、保科は訊ねた。四階の一角を仕切りで独立させた事務室は、買い取ったばかりの古本やファックスなどで送られてきた伝票の類がそこここに積みあげられている。

「ええ」

「二、三てとこかな」

私は頷いた。

「僕と同じだ。これくらいから十歳くらい上までの人が、一番懐しいでしょうね。古い少年誌なんか、むしろ中のマンガより広告なんかを懐しがりますよ」

「広告？」

保科はにやっと笑った。ニコチンで茶に染まった歯が露わになった。

「Z身長機とかノーベル健脳器とか覚えていません？　あと趣味の切手セットとかもあった」

「そういえば――」

私は思いだした。代金ぶんの切手を送って買う玩具類の広告を数えきれないほど目にしていた。

「まあ、だからって何千円もだしてうちの品を買う人はそう多くはありません」

「やはりかなりのマニアですか」

「そうですね。でもここに並べているのは、それほど高価なものはありませんから」

「すると並んではいないけれど、もっと高いものもある？」

「ありますよ」

保科は頷いた。

「古いポスター集とか、百万単位のものもあります」

「マンガの原画はどうです?」

「描いた先生にもよるでしょうけど、まあそんな高いのはないですよ。佐久間さんが調べているのは、どの先生です?」

「まのまるさんです」

保科の表情に変化はなかった。

「今うちに原画はないけど、色紙で二万円てとこかな。それほどマニアックなファンのいる人じゃありませんし」

「マニアックなファンは少ないのですか」

「マンガ家さんによるんです。まず基本的に女性キャラの人気がある人は高くなりますね。そのキャラがアニメになっていたりすると、尚いい」

保科はマンガ家の実名をあげ、説明した。アニメ系のマニアに人気のある女性キャラを描いた自筆色紙は十万から十五万くらいの値はつくという。まのまるは人気マンガ家ではあったが、描くキャラクターがアニメ系のマニアにうけるタイプではなかったので、色紙があってもそれほど高額な値はつかないだろうということだった。

「もっともこういう市場は、需要と供給のバランスがありますからね。それほど人気のある人でなくとも、ものが少なければ高い値がつく、ということはありますよ。マニアってのは最後には、人のもっていないものをもっているというのが最高の価値だと考えますから」

「たとえば雑誌連載一回分の原画というのはいかがです」

「ああ、あれね」

保科はいかにも知っていたというように頷いた。

「『ホワイトボーイ』の一回分を売るって、あれでしょう。あちこちにDMいったみたいだけど、結局買ったって人の話を聞かなかったですね。ガセだったのじゃないのかな」

「あるとすれば、いくらくらいになりますか」

「それは買う人の気持でしょう。百万でも高くないと思う人もいるだろうし、ただで貰っても困るよという人もいるかもしれない」

「かりにもしこの店に原画がもちこまれたら買いますか」

保科はじっと私を見た。

「でどこが問題でしょうね。この世界に限らず、古物商ってのはやはり盗品をもちこまれるのが一番困ります。ただ宝石とか時計とちがって、本ていうのは盗品かどうかを判別するのがすごく難しいんです。もちろん現存する数が明らかになっているような、本当の稀覯本なら話はべつですが——」

「でどころに関して判断がつかなかったら？」

「やはり断わります。トラブルは避けたいですから。まのまるの原画、買った人がいるのですか」

私は頷いた。

「いくらで？」

「たいへん高額だ、ということでした。実際の金額については知りません」

「しかしそういう人の存在を、売り主はどうやって知ったのでしょうか」

私は嘘をついた。

「詳しい人間なら、だいたい知ってますよ」

こともなげに保科はいった。

「大金をつかうマニアは限られていますから。こういうショップで何年か働いたり、品物を卸す仕事をしている人間なら」

「品物を卸す？」

「ハンターみたいな人たちがいるんですよ。マンガならマンガの古書専門の。蔵書家が死んだりすると、古本屋が遺族に呼ばれたりしますよね。ああいうのをマンガ専門でやっている人もいます」

マンガの古書市場に関する話を保科はした。

「まあ古書市場といったところで、マンガそのものの歴史があまり古くないわけで、市場が大きいわけじゃありません。たとえば戦前に出版されたマンガ、『のらくろ』とか『幼年倶楽部』といった雑誌などは、需要がないわけじゃありませんが、むしろ活字の方の古書店さんで扱われることの方が多いんです。うちあたりで扱うのは、やはり昭和三十年以降のものが中心で、お客さんもその年代以降に生まれた方が多い。で、そういう最近の雑誌類やマンガ単行本となると、未だに所蔵している方が少なくありません。親御さんが几帳面で、子供がとっていた雑誌や読んでいたマンガを捨てずにしまってあった、なんて人がけっこういるわけです。『お袋が死んで実家を整理しにいったら、子供の頃読んでたマンガがとってあったんだけど、値がつきますか』なんて、もってこられる方もいらっしゃいますからね」

「それでもマンガ誌はあまり残っていないそうですね」

「そうですね……、あることはあるんですが、発行数に比べればやはり少ないかもしれませんね。特に週刊誌は、読み捨てられていましたから。まあ捨てられていたからこそ、うちあたりで値がつく、というわけでもありますけど――」

「お客さんの方から特定のマンガ家さんの作品が欲しいといってこられることはありますか」

「それはもちろんありますよ。特にさきほどいったような、アニメまで人気のある先生の作品は、セル画であったりしても需要は高いですからね」

「するとそのために作品を捜すこともされる？」

「そこまではよほどのことがないと……。もちろん気をつけてはおきますが、うちの人間がひとつの作品を追っかける、ということはあまりありませんね」

保科は首をふった。

「単刀直入にうかがいますが、マンガ専門のブラックマーケットについて何かご存知ですか」

気を悪くしたようすもなく、保科は頷いた。

「そういうのがあるってのは知ってますよ。さっき話のでた、まの先生のもまあそういうのひとつでしょう。ただブラックマーケットといっても、本当に大きな市場というわけじゃないと思うんですよ。基本的にお客さんが限られた狭い世界ですし、売るのはたいてい、流出した原画とかですよね。まあ、流出じゃなけりゃ、盗んだというケースもあるでしょうけど。ただいずれにしたって、そんなに儲かるものではないと思いますね。どうせ盗んで売るのであれば、美術品とかもっと高価なものをやればいいのであって、それを専門でやってるってのは、実際のところどうかなあ……」

「つまりマンガ専門の故買屋のような商売は成立しない、ということですか」

「そりゃ成立しないでしょう。そうそう何十万、何百万て値のつくものはないわけですから……」

「でも、誰が何を欲しがっているのかをあるていど知っていれば、つなぐことはできますね」

「もちろんそういう人間はいると思います。うちみたいな店で働いたり、あるいは田舎でマンガの古本を漁っちゃ卸したりしている人たちは、あるていど情報をもっていますからね。まあ何かのかかわりで、公けに売りにだせない古書をもちこまれたりしたら、DMを送る、みたいなことはするでしょう」

「さきほどのまのさんの原画の件では、おたくのホームページにずいぶん書きこみがあったと聞きました」

「ええ」

　やや苦い表情になって保科は頷いた。

「噂になりましたから。で、オーナーが、よくないからというのでその件に関する書きこみを削除しました。というのも、やはりそういう話題が先行すれば、図書館とかプロダクションとかで不心得なことを考える人間がでてくるわけです。基本的に、マニアというのは、お金に苦労している人が多いんです。食うものも食わずに趣味につぎこんでいるんですから。そうすると、ホームページなんかで、いくらの値がついてたなんて話がでると、よからぬ刺激になっちゃうわけです。もちろんそれで悪いことを考えるのは、本当にごくわずかな人だと思いますが」

「まのさんの原画の話以前にも、そういうブラックマーケットにかけられた作品についてご存知ですか」

「それはいっぱいありますよ。もちろん噂ですけどね。少年ジャーナルの創刊号に二百万の値がついて、版元に盗みに入ろうとした、なんて話も聞きました。でもそんなのは、版元にとっても門外不出ですからね。それこそ鍵のかかったところにしまってありますよ」

私は頷いた。やはりプロではなかったのだ。

「そうしたブラックマーケットの情報について詳しい方をどなたかご存知ありませんか」

保科は初めて迷惑そうな表情になった。

「それはちょっと。誰がそんなことをいったんだ、という問題になりますし」

「北村商会という名に聞き覚えはありませんか」

保科は首をふった。

「いえ。まったく」

私は息を吐いた。保科がいった。

「佐久間さん。懐しがるって気持は、すごく純粋じゃないですか。それを商売にしている人間がいうのも何ですけれど、懐しがる気持につけこんで高い金をとるってのは、やはり許されない行為だと思うんです。活字の本の世界では、確かに美術品みたいな投機の対象になるようなものがあるかもしれませんが、やはりまっとうな古書市場では、そういうのは邪道なんです。欲しいもののためなら、金をいくらでもだす、なんていう人は、この世界にはそうはいませんし、いればかえって、妙なことになってしまう」

私は頷いた。懐しさのために五千円を使う、というのはやはりある種の贅沢だろう。ましてや押野のように一千万などという人間は、まずいない。だからこそその存在を知っている人間が鍵になる。

「少しちがう質問をさせて下さい」

「どうぞ」

「まのまるさんについて何か聞いたことはありませんか。噂であってもいいのですが」

保科は唇をすぼめた。瞬きが激しくなった。

「典型的な『消えたマンガ家』ですよね。大ヒットがあって、コミックスも売り上げて。そしてそれほど間をおかず、業界から消えてしまったという……」

「そういう人は少なくはないそうですね」

「まあ、そうですね。ただ、ギャグマンガ家ですよね、多いのは」

「ギャグマンガ家が消える、ということですか」

「そうです。ストーリーマンガ家は、絵が描けるなら、原作者をつけて仕事ができますよ。本人にネタがなくなっても、アイデアを提供してくれる人間がいればいいわけです。でもギャグマンガってのは、原作つきがないでしょう。やはり本人のギャグセンスというか、才能が作品に直結しているわけです。だからその才能が枯渇してしまうと、もう描けない。描いてもおもしろくない。特に少年誌のギャグマンガは流行り廃りが激しいですからね。一世を風靡して、流行語まで作った作品が、何年かしたら影も形もない、なんてことは多いですよ」

「まのまるさんはギャグマンガ家ではありませんでしたね」

「ええ。だから少年誌で駄目になったら、原作つきで青年誌という手もあったと思います。まあ、女の子があまり得意じゃないから難しかったのかな」

「女の子のキャラが、ということですか」

「そうです。ストーリーマンガ家にとって、女性キャラってのは、すごく重要なんです。かわいい女の子が描ければ、それだけで仕事はあるんじゃないですか。青年誌が駄目なら成人誌という手もありますからね。いわゆるHコミックというやつです。うちはそういうのは扱ってませんけど」

「お客さんからの問いあわせはどうです？　まのさんの作品に関して」

「多くないですよ。有名な作品は『ホワイトボーイ』一作だし、コミックスはべらぼうにでましたからね。うちじゃなくても、まだいくらでも買えるでしょう」

「しかし中にはマニアックな人もいる」

「ええ、まあ、ね。誰にでもいますけど。つまりどんなマンガ家さんにも、ということですが」

「まのさんのマニアがそれほど多くないとすると、マニアについて知っている人もやはり多くないですか」

「結局そこへ戻りますか」

保科はにやりと笑った。

「マニアについての情報に詳しい人を知りたいんです。まのさんの原画を売りつけた人間はそれを知っていた」

「思うに案外まのままる本人かもしれませんよ。強烈なマニアってのは、作家にも認知されていますから」

「でもダイレクトメールを受けとったのはひとりじゃありませんよね」

「マネージャーとかなら知ってるかもしれません。マニアについて」

「まのさんのマネージャーですか？」

保科は頷いた。

「常識的に考えれば、まのままるが金に困ってるとは思えませんけれどね。印税だけで六十億かそこら稼いでいるわけだから」

「マンガ家本人から作品を売りたいといってくることはありますか」

「それについてはちょっと」

保科は言葉を濁した。ないわけではないようだ。

「ただ、まのまるに関してはありませんよ……ん」

いいかけ、保科は言葉を止めた。何かを思いだしたようだ。

「——そうか」

つぶやき、舌打ちをした。

「何か」

私は訊ねた。保科は迷ったように視線をそらせた。つかのま考えていたが、口を開いた。

「以前うちでバイトをしてたのがいましてね。マンガには詳しかったけど、あまり勤務態度がよくないので辞めてもらったんですよ。そいつから二カ月くらい前に電話があったんだな……」

「どんな？」

保科は煙草をくわえた。

「『ホワイトボーイ』っていってたな、あいつ。忘れてたよ……」

「『ホワイトボーイ』の原画があると？」

保科は頷いた。

「うちで扱わないかっていってきたんです。ただでどこがいえないいってんで、駄目にきまってるだろうといって切ったんです。忘れてました」

「その人の名を教えていただけますか」

保科は煙草のフィルターをかみしめた。

「……もう業界にいないよな」

自分にいい聞かせるようにつぶやいた。

「桜淵（さくらぶち）っていうんです。桜の淵って書くんですがね」

「年齢は？」

「二十二かな。美大中退して、ぶらぶらしてたんです。マンガ家になりたいんだか、イラストレーターになりたいんだか、はっきりしない奴で」

「住所とか電話番号はわかりますか」

「電話はわかるかもしれない。ちょっと待って下さい」

事務室の中を見渡すと、あたりをかき回し始めた。しばらくして積みあげられた雑誌の下から、表紙が色あせた電話帳をひっぱりだした。アイウエオ順にページが段ずれしているタイプだ。サのページをめくった。

「あった。いいですか――」

聞かされた番号をメモした。東京ではなく、多摩地区の市外局番がついている。

「携帯もありますよ」

「それもお願いします」

番号を書くと、私は礼をいって立ちあがった。

「お仕事の邪魔をして――」

「いえ」

保科は首をふった。

「桜淵に会ったら、私が本を返せっていってたって伝えて下さい」

「マンガですか」

保科は首をふった。

「小説です。あいつ俺のとこから気に入ってた推理小説ごっそりもっていって、全然返してくれなかったんです」

故郷堂をでた私はタクシーをつかまえた。故郷堂のある五反田と中目黒は、山手通りを進行すれば、さほどの距離がない。「マルプロ」が所在していたのは、目黒川に沿って建つ「サンホーム中目黒」というマンションだった。建物はそう大きくはないが、一部屋一部屋を広くとった、高級分譲マンションの造りをしている。

一階の郵便受けを見た。「マルプロ」あるいは「まの」という表示はない。そのとき私は、まのままるの本名が何といったかを岡田に訊くのを忘れていたことに気づいた。失敗だった。

一階には管理人が常駐していた。私は管理人室を訪ねた。私立探偵であることを告げ、「マルプロ」がどのようになったかを訊ねた。

「マルプロ」は、このマンションの二〇一と二〇二号室のふた部屋を所有していた。しかし二年前に売却にだされ、現在は別の芸能プロダクションが所有している、ということだった。プロダクションの名は「ムーンベース」という名だ。

「ムーンベース」に以前の持ち主であった「マルプロ」について知る人間はいるだろうかと訊ねた私に、初老の管理人は、

「やめた方がいいですよ」

と首をふった。

そのとき管理人室の前を、二人の男が通りすぎていった。ダブルのスーツの前を開け、派手なネクタイを見せびらかしている。

「今のがそうです」

管理人がいった。

「『ムーンベース』の方ですか」

管理人は頷いた。

オヤジは？　もうきてんだろうよ、というやりとりが聞こえた。

「なるほど」

私はいった。

「芸能プロダクションといっても、そんな有名な歌手や俳優がいるとは聞いてないですね。でも儲かってるのか、車は皆ベンツとかに乗ってますがね」

明らかにカタギではないと想像している口調だった。

「『ムーンベース』の社長は何という方ですか」

「さあ、何というんでしょう。部屋の件でよくここにこられるのは、守本さんて方ですが。常務だか専務の名刺をもってましたよ。まだそんな歳はいってませんがね。三十五、六といったところで」

「『マルプロ』の時代は何か覚えてらっしゃることがありますか」

「私がここにくる前の話なんで。それはちょっと……」

管理人は首をふった。

「ただ確か、自殺騒ぎがあったとは聞きました」

「自殺？　誰がですか」

「マネージャーみたいな人だったそうです。部屋の中で首をくろうとしているのを見つかって止められたとか」

「大事には至らなかった？」

「救急車とか呼んだらしいですけど、それほどのことはなかったと聞きました」

「『マルプロ』について詳しい住人の方はいらっしゃいますかね」

「えーと、二〇三は今、空き部屋なんですよ。前の住人の方は引っ越されちゃったし……。下の階はもう何度もかわってるしな……」

「サンホーム中目黒」は、ワンフロアに三部屋しかない構造だった。

どうやら「マルプロ」が存在した当時の話を聞ける住人はいないようだ。

「二〇一号室の『ムーンベース』は、『マルプロ』から直接、二〇一と二〇二のふた部屋を買ったのでしょうか」

「さあ。ふつうは不動産会社が入るもんでしょうがね。そのあたりのことはちょっとわからないな……。あ、でも守本さんは、直接買ったようなことをいってたな」

「守本という人は、いつも『ムーンベース』に出勤していらっしゃるんですか」

「いますよ。ただ会いにいくのは、あまり勧めませんよ。恐い感じの人だから」

守本が「マルプロ」と何らかの関係があったとすれば、会わないわけにはいかない。

「どんな風貌の方です？」

「だから三十五、六で、わりあい男前なのだけど、目つきがね……。ちょっと恐いんだ。

笑ってても笑ってないっていうか——」

　私は頷いた。

「『ムーンベース』の電話番号はわかりますか」

「あたしから聞いたっていわないで下さいよ」

　管理人は念を押し、電話番号を教えた。礼をいって「サンホーム中目黒」をいったんでたところで、携帯電話が鳴った。横森だった。

「先ほどお電話をいただいたそうで——」

「岡田さんにお会いしてきたので、その件でお礼を、と思いまして」

「そうですか。実はさっきまでいたマンガ家さんのところに、まの先生のアシだった人がいるんですよ。で、僕もちょっと聞いてみたんだけど、やっぱり連絡先わかんないみたいですね。なんか、マネージャーも亡くなった、とかで」

「その方にお会いできますか」

「お安い御用ですよ。佐久間さんの携帯に連絡入れさせましょうか」

　横森は気軽な口調でいった。

「お願いします」

　私はいって、ところでと話をつづけた。

「まのまるさんの本名はわかりますか」

「え、本名ですか」

横森はとまどったような声をだした。

「何てったかな。昔聞いたような気もするけど……。待って下さい」

送話口を掌でおおう気配があって、かすかに手塚を呼ぶ声が聞こえた。横森は何ごとかを話しあっていたが、

「わかんないですね、今はちょっと。岡田さんはたぶん知っていると思います」

「わかりました。では連絡の方をよろしくお願いします」

私はいって、電話を切った。

間をおかず、管理人から教えられた「ムーンベース」の番号を押した。「ムーンベース」が、「マルプロ」あるいはまのまま本人から「サンホーム中目黒」の部屋を直接買いとったのだとすれば、そこには、まの自身の消息、あるいは経済状態について知る人間がいて不思議ではなかった。

「はい、『ムーンベース』でございます」

二度の呼びだし音のあと、若い女の声が応えた。

「佐久間と申します。役員の守本さんはいらっしゃいますか」

「常務の守本でございますか。お待ち下さい」

オルゴールが流れた。ややあって、

「お電話かわりました。守本です」

やや甲高い男の声がいった。

「お仕事中申しわけありません。私、調査の仕事をしている佐久間と申します。実はある方の御依頼で、守本さんの会社が今入居しておられる『サンホーム中目黒』二〇一号室におられた、まのまるさんの消息を調べております。よろしければ、うかがってお話をお聞きしたいのですが」

守本は沈黙していた。

「いかがでしょう」

「ある方って、誰だい」

「それは電話ではちょっと」

「会やあ、話せるのか」

「お話の状況によっては」

「今、どこにいる？」

「お宅のすぐ近くにおります。直接おうかがいするのはご迷惑だと思いますので、どこか近くの喫茶店ででもお待ちします」

「今ちょっと打ち合わせ中なんでね。二十分か三十分、待たせるかもしれないが……」

「かまいません」

「わかった。おたく、今どこだ」

「東横線の中目黒駅の近くです」

「じゃあ山手通りを池尻の方に向かってくれ。左側に『城』って喫茶店がある。パチンコ屋の二階だ。そこにいてくれるか」

「パチンコ屋の二階にある『城』ですね。承知しました」

「一時間以内にはいけるから」

「お待ちしています」

私は電話を切り、山手通りへと戻ることにした。すぐ下にまできているといわなかったのは、警戒心を抱かせないためだった。守本を含む「ムーンベース」が、ただのガラの悪い会社なのか、暴力団のフロント企業なのかがはっきりしない以上、あまり周辺を嗅ぎ回っているととられない方がよい。

「城」は、地味な造りのコーヒー専門店だった。ありふれた板張りの内装でコーヒー豆と煙草の匂いがすりきれた布のソファにしみこんでいる。

店をやっているのは、エプロンをかけた初老の男とその妻らしい二人だった。私が扉に吊りさげられたカウベルを鳴らして店内に足を踏みいれたときには、四人組の中年の主婦らしいグループと、窓ぎわでマンガを読みふけるサラリーマンの二人連れが客だった。

サラリーマンと隣りあうボックスに腰をおろし、アイスコーヒーを注文した。

携帯電話が鳴った。

「はい、佐久間です」

「久保田といいます。あの、少年ユニバースの横森さんから番号をうかがったのですが」

「ありがとうございます。お手数をかけて申しわけありません。久保田さんは、まのさんのプロダクションにいらしたのだそうですね」

「ええ。もう、だいぶ前ですけど、二年ほどいました」

「その頃のお話を少しうかがわせていただけますか」

「いいですよ。いつが……」

「いつでもけっこうですが、久保田さんはいつ？」

「えっと、今日はちょっと、終わりが何時かわからないんですよ。明後日の夕方ならたぶん……」

「今はどちらでお仕事をしてらっしゃるんですか」

「本多サトル先生のアシスタントです」

私の問いを誤解したのか、久保田はいった。

「場所はどちらです」

「あ、すいません。西武池袋線の椎名町です」

「では、明後日の夕方、池袋でというのはいかがですか。時間については、こちらから連絡させていただく、という形で――」

私は久保田の電話番号を訊ねた。メモをとっているとカウベルが鳴った。頭を剃りあげた大男と油でオールバックに固めた小男の二人組が店内に入ってきた。こちらを一瞥（いちべつ）すると、空いているボックスにかけ、コーヒーくれや、と告げた。二人とも携帯電話だけを手にもっている。

「わかりました。じゃ、明後日、またご連絡します」

私はいって切った。アイスコーヒーが運ばれてきた。新たに入ってきた凸凹コンビは会話を交すようすもなく、煙草の煙を吹きあげている。

大男の携帯電話が鳴った。着信音は、以前あった刑事ドラマのテーマソングだった。

「はい」

大男は耳にあて、

「つきました」

とだけ告げた。小男の視線が私に向けられている。

「ええ。そうです。一（ぴん）ですね」

大男はいった。

「いや。そんなのじゃないです。はい」

そして了解しました、と告げて電話をおろした。小男が立ちあがり、ブックスタンドからマンガ雑誌を二冊とりあげた。一冊を大男に手渡し、二人は無言で読み始めた。

守本は意外に用心深い男だった。「城」を指定したあと、私のようすをうかがわせにこの男たちをさし向けたようだ。つまり「ムーンベース」は、カタギの会社ではない、ということだ。カタギなら、こういう用心は必要としない。

私は二人組と視線をあわさぬようにしながらアイスコーヒーを飲んだ。まのままるの本名を岡田に訊ねるのは、新たな事実が判明してからの方が賢明だと勘が告げていた。

岡田は、求めればまた会ってくれるだろう。しかしそのための切符は枚数が限られている。たとえ岡田が知っていても、私には話さなかった〝新事実〟を携えていかなければ、私はあっというまに切符の貯えを使い果たすだろう。

そしてその〝新事実〟とは、まのままるの弟に関するものというのが、現在私が最も早くたどりつけそうな内容だった。

カウンターの端におかれていた店の電話が鳴った。凸凹コンビが入ってきてからは、落ちつかなげにしていた主人が弾かれたように、椅子から立ちあがり、受話器をとった。

「はい。『城』でございます」

相手の言葉に耳を傾け、

「お客さんで佐久間さん、いらっしゃいますか」

と店内を見渡した。私は立ちあがった。定石通りだった。かけてきたのは守本だ。

「守本です。遅くなって申しわけない。今からこっちをでるから」

守本はいった。お待ちしています、と私は答えた。

十分とたたないうちに、守本は現われた。背が低く、ずんぐりとした体つきの男だった。その背をカバーするように、髪を大きく盛りあげたオールバックにしている。先に現われた二人組の片割れの髪型は、その影響を受けたものだと、すぐにわかった。たぶん同じ床屋に通っているのだろう。

だが滑稽さを感じさせるのは、そのヘアスタイルだけで、それ以外の守本には何のおかしみもなかった。年齢のわりには顔色がどす黒く、吹出物が頰を荒していた。管理人が怯えを感じるのは無理もない。守本はとうてい、あと十年も生きられそうもない不健康さを感じさせる。

紺のダブルのスーツにプレスのきいたシャツ、中広の赤いネクタイといういでたちで私の前に立った。

「佐久間さんか」

「お呼びたてして申しわけありません」

近よってきた店の主人をふり返らず、

「ホットミルク」

と守本は告げた。上着のポケットからメンソールのマルボロと白いシガレットホルダーをとりだした。それに携帯電話を並べて、テーブルにおいた。

「名刺、くれるか」

明らかに歳下ではあるのだが、長生きしそうにない顔色が、高飛車な口調から違和感を奪っていた。

私は渡した。

「佐久間、何て読むんだ、これ」

「公(こう)、です」

「珍しい名だな。何だ、フリーか」

「ええ。ひとりでやっています」

ホルダーを歯のあいだにはさみ、ジッポのライターで火をつけた。ステンレスのありふれたモデルだ。使いこんでいて、変色している。ライターだけは、奇妙なことにいちいち上着にしまいこんだ。

「で、何だよ」

「守本さんの会社は、今のオフィスを『マルプロ』からお買いになったのですよね」

「覚えてねえな。『マルプロ』って何だい」

「以前の入居者です。まのままるさんというマンガ家のプロダクションで」

「そうかい」

「そのまままるさんを捜しています」

私はいった。

「借金か」

守本は訊ねた。

「いえ」

私は首をふった。

「何だい。そのまの何とかってのが、誰かに借金あって、ツケウマやってんじゃないのかよ」

「ちがいます。依頼人は個人的にまのさんの消息を知りたがっているのです」

「身内か」

私は間をおき、

「ちがいます」

と首をふった。

「身内でもねえのが捜してるのかよ」

「ええ。依頼人はまのさんの大ファンだった人間です。このところまのまままるさんが作品を発表されていないので、心配されているわけです」

「よけいなお世話じゃねえか、それって」

運ばれてきたホットミルクに砂糖を入れながら守本はいった。一杯、二杯、三杯と数え、五杯まで入れたところで私は目をそらした。

「かもしれません。まのさんにはご迷惑をおかけしないつもりです。守本さんは、『マルプロ』のその後について何かご存知ではありませんか」

「ご存知じゃないね。依頼人の名前、何ていうんだよ」

「それは申しあげられません。申しわけありませんが」

「人のこと呼びだしといて、いえない？　いい度胸だね」

高かった声がさらに高くなった。大声をだしたわけではない。だが充分に危険は感じさせた。

低い、ドスのきいた声よりも、甲高い声は、切れたあとの暴力を予感させる。

「商売わかってるのか、俺の」

「芸能プロダクションとうかがっております」

「今は、な」

「お名刺をいただけますか」

守本は鷹揚に頷くと、オーストリッチの革でできた名刺入れをとりだした。和紙の透かしが入った名刺をひき抜いた。

「関東東和会、昭和連合、坂口一家、飛島組、若頭補佐、守本重次」

とあった。明らかに営業用の名刺だった。組織名の連記は、いかにも大組織であると相手に思わせるためのものだ。

「ちょうだいします」

私はいい、しまいこんだ。

「それだけか」

私は守本の顔を見た。

「職業柄、お会いする機会は少なくありません」

「なめてんのか」

「いいえ」

私は首をふった。

「ただ、こうしたご名刺におそれいってばかりでは、仕事になりません」

守本は上目づかいになった。

「じゃ、別のことでおそれいりたいってか」

「守本さん」

私は身をのりだした。守本はわずかに身を引いた。高圧的な態度と、やくざという肩書きで私を追いはらう気でいたのは明白だった。あらかじめ手下を下調べによこしたのも、威しが通用するかどうかを確かめるのが目的だ。

それはつまり、守本の側に、私に与えたくない情報がある証拠だ。

「私はどなたにもご迷惑をかける気はありません。ただまのまるさんの消息を知りたいだけなんです。守本さんの会社は、『マルプロ』から今のお部屋を譲りうけておられる。それも直接、です。何らかの理由があって、相対の取引をされたのだとしたら、まのさんの現状についてご存知の方もいらっしゃるのではないかと考えています」

「考えんのはてめえの勝手だろうが！」

守本は声を大きくした。

「がたがたわけのわかんないことぬかすんじゃねえ。知らねえもんは知らねえ、ってんだろうが」

「そうですか」

私は低い声でいった。この男の口を開かせるのにも、何か〝道具〟が必要になるだろう。

「てめえのなめたツラが気にいらねえ」

守本は吐きだした。

「表へでろ」

はっきり威しとわかった。守本のような雰囲気のやくざは、暴力の行使を前もって予告などしない。自分がそうと気づかぬうちに手をだしているものだ。だからこそ恐れられる。逆に威しの言葉を口にするときには、本気で暴力を行使する気はない。

とはいえ、挑発をつづければ本当に切れる可能性はある。

私はため息をついた。こういう場で本当に身の危険が生じるとは思わなかった。本気で私を痛めつけるつもりなら、とりあえず下手にでて、事務所なり、通報される可能性の低い場所へと連れこむだろう。

「二度とそのツラだせねえようにしてやっからよ」

凸凹コンビも立ちあがっていた。私がそちらを向くと、今頃気づいたかというように、守本はほくそ笑んだ。

「あんまりやくざをなめんじゃねえぞ。え？」

そのとき守本の携帯電話が鳴った。着信音はメロディだった。どこかで聞いたことがあると思い、それを思いだす間もなく、守本が受信ボタンを押した。

凸凹コンビは、私のかたわらに立っていた。今では店内の誰もが息を潜め、私たちを見守っている。

「はい、守本」

守本は体を椅子に預け、足を組んだ。

「おう」

目が私に向けられた。

「それをいわねえんだよ」

電話の相手に答えた。

「え？　何？　わかってるよ。心配すんなって。あとで電話すっから」

守本はいって一方的に切った。肩をそびやかし、

「じゃ、いくか？」

と私をうながした。

「まのさんは、非常に純粋な人だそうですね」

私はいった。

「何わけのわかんねえこといってんだ。早くでろ！」

「まのさんはいつでも読者の子供たちのことを考えてらした、そう、うかがいました」

守本の顔色が白くなった。口をつぐみ、じっと私を見た。

「それ以上喋ったら殺すぞ」

妙に抑揚のない声だった。私は頷いた。本当の危険信号が点ったことを知った。

坊主頭が私の肩をつかんだ。

「でろや、おい」

私は坊主頭をふり返った。

「離せ」

「何だと、この野郎」

守本の手がガラスの灰皿にのびるのが視界の隅に映った。私は素早く立ちあがった。

横殴りに払った灰皿が宙を飛び、店のガラス窓に当たった。ガラスにひびが走った。

「お客さん！　一一〇番しますよ！」

店主がこらえきれなくなったように叫んだ。

「てめえ……」

つぶやくように守本はいった。演技のつもりの怒りが本物になっていた。

「お邪魔しました」

「待て、こらっ」

「お客さん！」

店主がいった。私はいった。

「大丈夫です、もう帰ります。お騒がせして申しわけありませんでした」

財布から一万円札をだし、店主の手に押しつけた。あとをついてこようとする二人組を守本が止めた。

「もういい！　ツラだけ覚えとけ」

二人はドアのところまで私を追って、足を止めた。

「次、見たら、ぶっ殺せ」

「はいっ」

二人は声をそろえた。守本は私を見ていなかった。宙に目をすえている。

何が彼をこれほどまでに怒らせたのか。

まのままるの話以外にはありえない。守本の携帯電話の着信メロディは、テレビアニメの「ホワイトボーイ」のテーマだった。

10

千鳥ヶ淵に一度戻った。考えを整理するためだった。ホテルの一階にあるティラウンジで夕食をとり、部屋に入った。

故郷堂で教えられた、桜淵という元美大生の番号にかけた。自宅らしい番号は現在使用されておらず、携帯電話の方は数回の呼びだしのあと、留守番電話サービスにつながった。私は何も吹きこまずに切った。

桜淵が、まのままるの原画を売ったか、あるいは非合法な手段でどこからか手に入れた張本人だとすれば、前もって警戒させる伝言を残すのは得策ではない。

時間が早く、まだ酒を飲みたい気分ではなかった。岡田との会話、守本とのやりとりは、それぞれに緊張を強いられ、疲れを感じてはいた。

調査はまだ二日目を過ぎたところだった。依頼人の懐ろを考えるなら、動ける時間帯は動き回るのが、良心的な探偵というものだ。私立探偵の契約料金は、基本的には調査にかけた日数で決まる。

押野が料金を渋るとは思わなかったが、足元を見ているととられるのは不愉快だった。

一日のあいだに三件の情報提供者との接触は、良心的な調査進行といえるだろう。だがこれまでは事件性など皆無だと考えていた、まのままるの失踪は、やや様相が変化していた。

「ホワイトボーイ」の原画のでどころと守本の存在である。このふたつがつながっているかどうかはまだわからなかったが、守本が、まのままるの失踪調査を歓迎していないことは明らかだった。

初め、守本が私を追い払うためにとった手段は、やくざとしては陳腐な手口だった。

彼はそこらのチンピラのように自分を演じ、その芝居を私に見抜かれたときも驚かなかった。

だが私がまのまるの人間性に触れる会話をしようとしたとき、本物の怒りを見せた。おそらく守本は、それまで私に本気で暴力をふるう気はなかったにちがいない。かりに私を東横線のガード下のどこか薄暗い場所へと連れこんでも、せいぜい肩を小突くらいですませようと考えていた筈だ。

それはいってみれば符丁のようなものだ。やくざはそういうやり方を好む。あるセオリーにのっとった警告をおこない、相手にそれを確認させるのだ。そしてその警告にしたがわなかったとき、本物の暴力を機能させる。

彼らにとって言葉や軽い暴力による威しは、日常茶飯のものだ。警告が通用しなかった場合にのみ、怪我人が生じるような行動がとられる。

だが私はいきなり警告の境界を越えた。符丁が通じていながら、最も望まない形で守本の怒りを挑発したのだ。

それがまのまるに関する会話であることは明らかだ。

守本が本気で怒り出す直前、鳴った携帯電話が、その鍵だった。まず着信メロディがアニメの「ホワイトボーイ」のテーマであったことで、守本は自らの嘘を認める結果になった。そして電話をかけてきた人物だ。人物は、私のことが気になり、かけてきたのだ。守本の会話の内容から、それは察せられる。

守本は、その人物を守ろうとしている。一方でその人物は、守本の守ろうとする意識が過剰な暴力をひきおこすことを懸念している。

まのまるだったのか。

もし電話をかけてきたのがまのまる本人だとすれば、私の調査のことが伝わっている可能性は高い。

だが、なぜ守本は、私の調査を排除しようとするのか。まのまるが捜されることを望んでいない、というのがその問いに対する最適な答だ。

守本とまのまるの関係は兄弟と考えるのが最も妥当だった。

だが兄に金をせびり、編集者を殴って「マルプロ」にいられなくなった弟が、今度は暴力団の幹部となってフロント企業の役員の看板をもち、「マルプロ」のあったマンションの部屋まで買いとっているというのは、極端な変貌だった。

私は考えあぐね、沢辺に連絡をとった。

沢辺は神戸の自宅にいた。私と同じで妻を失い、ひとり暮らしの沢辺は、神戸のマンションで寝起きしている。

「何か進展があったか」

訊ねた沢辺の声の背景は静かだった。沢辺がふだんの社交生活とは裏腹に、自宅ではテレビも観ず、めったに音楽もかけないことを私は知っている。

「君の専門分野について知識をたまわりたい」

「深遠なる理論物理学の世界に足を踏み入れる気になったのかね」

嘘ではなかった。沢辺は父親が死ぬまで大学院の研究室で理論物理学をやっていた。

「いや、もうひとつの方の専門だ。組織暴力という」

「結局そっちか。何だ」

「関東東和会、昭和連合、坂口一家、飛鳥組」

私は守本の名刺を読みあげた。

「何だ、そりゃ」

沢辺はあきれた声をだした。

「営業用だと思うが、聞いたことはあるか」

「関東東和会ってのはある。その下は知らねえな」

「昭和連合、坂口一家——」

「知らん」

「メジャーリーグじゃない、ということか」

「東和会の指定は、新法直後だ。今はそこまでの勢力はないな」

「調べられるか」

「待てよ」

ため息をついて、メモ帳をひきよせる気配があった。

私が伝えた守本の名刺の肩書きを沢辺は復唱した。

「君が知らない、ということは、さほどの大組織ではない、と判断できるな」

私はいった。

「景気はどうなんだい」

「それはわからない。表向きは『ムーンベース』という芸能プロダクションをやっているが、さほど悪くはないようだ」

「なぜ悪くないとわかる？」

私は呼びだされた喫茶店に二人組の若い衆が下見に現われたことを告げた。

「本当に不景気なら、遊んでいる若い者をおいておけるほどの余裕はない筈だ」

「なるほど。お前らしい見方だ。だが今どき景気がいいのは、クスリ扱っているところくらいのものだぜ。あとは皆、ぴいぴいだ。なにせ一番のお得意だった銀行がこのありさまだからな。頭がいいのを気どっていた経済やくざが質屋に通おうかって時代だ」

「『ムーンベース』の駐車場にはベンツが並んでいるそうだ」

「どうせ、誰かが溶かしたカタだろう。とにかく調べてみる。部屋にいるのか」

私は時計を見た。午後七時を回ったところだった。

「渋谷にでかけるかもしれない」

「仕事のつづきか？」

「いや。例の件だ」

私が告げると、沢辺は沈黙し、いった。

「さっき呉野と話した。今朝から雅宗のようすがおかしくなってる。朝の四時頃まで、食堂の公衆電話にしがみついていて、そのあとは飯も食わないで、部屋に閉じこもってたって話だ。ミーティングにでてこないかと誘ったら、『今でてっても、皆に迷惑かけるから』といって、布団をかぶって寝ているらしい」

「電話の相手が問題か」

「少し話を聞いた。俺としては、おっぽりだした方がいいかもしれんと思っている。雅宗の問題は、『セイル・オフ』にも奴の中にもない。あるとすりゃそっち。東京の女だろう」

「ひとりで対処できると思うか」

「わからん。公はどう思う？」

「やめた方がいい。渋谷に戻れば雅宗は、浦島太郎だ。チームリーダーは、別の人間になっているし、かつてのチーム仲間は、奴を危い人間だと見て、村八分にしている。奴にいき場はない。もしあるとすれば、例の女のところだが、今までのところ女のしかけ方が、俺にも読めないんだ」

「読めない？　お前にか」

驚いたように沢辺はいった。

「ああ、読めない」

私はため息をつき、煙草をくわえた。

「見えているのは、とことん雅宗をいたぶろうという悪意だけだ。イラン人が雅宗のチーム仲間を痛めつけた事件があったんだが、それも背景がよくわからない。平出組が動かしたとする説もあるが、雅宗をチーム仲間から遠ざけるため、という話もある」

「その女ってのは、いったい何だ」

「わからないんだ、それが」

私は煙を吐いた。

「どうも高校生らしいんだが」

「高校生!?」

沢辺はあきれた声をだした。

「雅宗の歳を考えれば意外じゃない」

「それはそうだろうが、高校生の娘が、なぜ雅宗をそこまでいたぶる必要がある」

「わからんよ。とにかく俺は、その娘に会ってみたいとは思っている。会えば、少しはわかることもあるだろう」

その手前に小倉や平出組の存在がある。連中の関係に興味をもっているのが、遠藤組の二代目、遠藤暢彦だ。

「思ったより複雑だな」

「そうなんだ。だから今、雅宗をほうりだすのは、あまり賢明じゃない。渋谷にくればよけい奴は追いつめられるだろうし、あげくにどこかで弾けるかもしれん」

弾ければ誰かを傷つける。「セイル・オフ」で、煮詰まるまでの時間をたっぷり過してきた雅宗が、とり返しのつかない傷つけ方をする可能性もあった。

「化学反応みたいなものか」

沢辺がいった。

「混ぜちゃいけないとわかってる薬品を混ぜる」

「そうだな。雅宗が薬品なら、混ぜるのは俺たちだ。責任は混ぜた側にある」

沢辺は太い息を吐いた。

「どうした？」

「この頃疲れるよ。大人の悪者説に」

「何だ、それは」

「今の話だってそうだ。雅宗がかりに誰かを殺っちまったとして、責任は俺たちにあると公はいう。なぜそうなる？　雅宗ってのは、そんなにいい子か？　奴を歪めて人殺しをさせちまうのは俺たちなのか？　そうじゃないだろう。雅宗は悪ガキだった。やりたい女にクスリを使うような、やくざ者でもめったにしないような外道を、たかだか十五、六でやっちまうような悪ガキだ。あげくに手前がクスリに溺れて『セイル・オフ』にやってきた。それまでのあいだ、奴は、さんざん人の悴の頭をカチ割ったり、娘の中につっこんだりと、悪さをくり返してきた筈だ。本人の親は別だろうが、やられた連中は皆、くたばっちまえばいいと思っているだろう。なのに俺たちは、そんな小僧がとり返しのつかないことをしたら、それは自分たちの責任だと話しあっている。疲れるぜ」

珍しいことだった。沢辺が「セイル・オフ」のメンバーについて、これほど熱くなるのは、めったにない。

「セイル・オフ」のメンバーになった人間がまず第一に自覚しなければならないのは、今までの自分がいかにクズであったかだ。クズのまま腐るか、クズから人間に戻ろうとするか。ミーティングはその問いからスタートする。ある意味ではそれは「集団催眠」とか「洗脳」という言葉で表現される行動に近い。そして沢辺はそうしたものを何より嫌うタイプの人間だった。したがって「セイル・オフ」の経済的基盤については援助をするが、メンバー個人の問題に対しては、具体的な関与はしないのがふつうだった。

「妙だと思わないか、本来、そういうクズは、社会が淘汰してきたろう。どこかでハラワタえぐられてくたばるか、刑務所にぶちこまれるかして、さ。なのにそういうクズほど、手をさしのべなきゃなんない。それが大人の責任だって考えがまかり通っている。くたばらせといいちゃ駄目なのか。クズはクズどうし勝手にやりあわせて」

「駄目じゃない。だがそれができない理由が俺たちにはふたつある。ひとつは個人的な理由で、ひとつはより大きな、公的といっていい理由だ」

「聞かせてくれ。俺の前には小切手帳があって、今日も『セイル・オフ』の運営のための出銭にサインをしなけりゃならないんだ。その理由を聞かせてくれ」

「ひとつ目は、簡単だ。かかわってしまった以上は、最後までかかわる。探偵としての第一のルールだ。なぜなら途中で投げだせば、たとえそれが他人さまの問題であっても、自分が後悔をする」

「待てよ。それは確かに公のルールだろう。だが俺はちがう、といったろ？」

「君は『セイル・オフ』の運営に関するすべてを、俺の考え方に任せた」

「その通りだった。くそ。途中で投げだしてせいせいすることはないのか」

「あるかもしれないが、そういう人間は探偵になどならない」

「もういい、わかった。二番目の公的な理由を聞かせてくれ。それなら俺にもあてはまるかもしれん」

「人口の減少さ」

「なんだって？」

「かつてに比べ、日本は人口が減少している。特に子供の数が減っている。かつて子供が大量にいた時代は、社会における一種の自然淘汰がおこなわれても、それはさして問題ではなかった。樽いっぱいのリンゴの底の方がなん個か腐っていたら捨てればすんだ。しかしリンゴが樽の半分にも満たないとすれば、腐っていたとしても簡単には捨てられない。腐っている部分を切り離し、少しでもまともな部分を残そうとする」

「それが今のガキか」

「数が減れば大切にされる。社会という樽の形は変化しているだろうがね」

「その考え方がひっかかる」

沢辺はいった。

「数が減ったのはわかる。だから大事にしたい、というのも。人間だけじゃない、鳥だって虫だって、数が減れば大事にしようと誰もが考えるさ。ゴキブリだって絶滅に瀕すれば、助けてやろうってのが現われるだろう。問題は、樽の形がかわったという、お前のいい方だ。樽の形なんてのは、いつの時代だって、前の時代に比べればかわってきてる。ダーウィンじゃねえが、かわった樽の形に適応できなけりゃくたばった方が、むしろ、本人にも社会にもいいのじゃないか。樽の形をかえたのは大人かもしれないが、その大人たちもまた、前の時代に比べればちがう形の樽の中で育てられたんだ。お互いさまだろう。今だけ、大人が子供にやさしくしてやらなけりゃならないなんて決まりはない筈だ」

「確かにない。実際やさしくされていない子供たちもいる」

「そういう連中はどうなる？　殺しあってくたばるのか？　それとも耐えてまともな大人になるのか？」

「まともな大人って何だ？」

「さあな。俺たちのことじゃない。それはわかってる。たぶん、ふつうに働き、結婚して、子供を育てあげている連中のことだろう」

「それは外形上のまともさであって、中身の話じゃない」

「そんなことをいったら、本当にまともな奴なんて、数えるほどしかいなくなるぜ」

「その通りさ。まともを気取っているだけで、心の底で人の不幸を願ったり、人より優位に立ちたいと思っている大人は、まともとはいえない」

「つまりお前がいいたいのはこういうことか？　まともに見えているだけで本当はまともじゃない大人もたくさんいる。まともじゃなく見えていても、そんな連中よりはまともな子供もいるのだから、その見きわめがつくまでは淘汰されないようにしてやれ、と」

「そこまでいいきる自信は、正直俺にもない。だがまともに生きるのと上手に生きるのとは、別じゃないかと思う。上手に生きられないからというのは、人を傷つけることのいいわけにはならないだろうが」

「当然だ」

「『セイル・オフ』は、優等生のための施設じゃない。そいつはわかって始めたんだ。といって沢辺がいうように、むやみにやさしくしようという気もない。だがかかわる以上は、親切だのやさしさだのという、責任の所在がないかかわり方をしたくないのさ」

「親切ややさしさには責任はない、か？」

「ないな」

私はきっぱりといった。

「親切でかかわった人間は、途中で手をひくことができる。親切ややさしさには、限界量というのがある。その限界量を使いきるまでのものだと俺は思っている」

「じゃあお前の責任はどこまでなんだ？　責任には限界量というやつはないのか」

「わからない」

私は正直にいった。

「たぶんそれも、親切ややさしさと同様に、個人差のある限界量が設定されているのだろう」

「お前は探偵をしながら、そいつと向きあってきたのじゃないか」

「ああ」

「ひとつ仕事をこなすごとに増えてきたように、俺には思えるがな」

「それはわからない。減っているのかもしれん、と思うことがある」

探偵の仕事には、パターンがないようで、実はある。基礎的な調査やトラブルの対応には、ある種のマニュアルすら存在する。ただし、探偵が必要とされる事態の発現には、かかわる人間の数だけ多面性があった。

としても、探偵の対応にそれほどの多様性はない。ひとりの探偵が対応しうる事態には限界がある。そのぎりぎりまで努力をしたいとは思っている。

いや、むしろ私は、そのぎりぎりまで自分を試されるケースのみを、請け負おうとしてきたのかもしれない。

パターン化した調査、概要を聞いただけで動機も、その先の行動も予知しうる失踪、そうしたものに興味を抱けなくなったのは、いつの頃からだろう。

私はいつのまにか、自分のマニュアルが通用しない失踪ばかりを調査するようになっていた。

「お前はいつだって自分を試している」

私の考えを読んだように沢辺はいった。

「お前が積極的になるのは、手に負えそうもないときばかりだ。そうなるとがぜん、お前は燃えてくる」

「どちらのケースをいってる？　雅宗か、それともまのまるか？」

「まのまるの件は、お前にとってさほどの興味はない筈だ」

「今のところは……そうだな」

「それほど難しくないと思っている。ちがうか」

「かもしれない」

私は認めた。守本がまのまるの弟と判明すれば、まのにいきつくまでさほどの時間は要さないだろう。守本の口を開かせる〃何か〃を入手するまでの手間だけだ。

私はこの調査を私のマニュアルにしたがって進めることができる。

「雅宗はちがう。雅宗をとり巻く状況は、もしかするとひどく下らないかもしれないが、これまでのお前の経験にはなかったものだ」

「樽の形がかわってきたからな」

私は笑った。

「そうさ。それだけのことかもしれん。今のお前がかつての佐久間公のような探偵だったら、あくびもでないほどありきたりでつまらん事件だと思ったかもしれないぜ」

「俺は年齢を敵に回しているのか」

「他の探偵皆が余分に背負っていたハンディを、ようやくお前も背負ったというわけだ」

「ただそれだけなのかな」

私はつぶやいた。

「ちがうかどうかを確かめたいのだろ」

沢辺はいった。

「だから手をひけない」

「とにかく君には小切手にサインをしてもらおうか。そうすれば俺は道楽に没頭できる」

「ついに認めたな。探偵がお前の道楽だと」

「道楽で仕事で生き方だ」

「それしかないのか」

ふと寂しそうな声に、沢辺はなった。

「お前には、探偵であることしかないのか」

「今は、そうだ」

「楽しんでいるようには見えないぞ」

「他のことをしていたら、もっと楽しくはないさ」

「女も？」

「たぶんな」

「六本木のバーはどうした？　いったのか？」

「まだいっていない」

私は答えた。何年か前の調査で知りあった、バーのママがいた。ママといっても、小さな店で、ひとりできりもりしている。看護婦を仕事にしていた頃の習慣で、表が明るくなるまでは決して眠らないという生活を何年もつづけていた。

その店「クララ」は、一年三百六十五日、彼女に何かの都合が生じない限り、年中無休で営業している。

いつでもいけるという思いが、私の足を重くしている。

今ではないのだろう。もっと何か、調査に関する大きな壁につきあたるような予感が、私にはあった。たぶんそのとき、「クララ」の扉を押す筈だ。

私は「クララ」にとって、特別な客だ、という思いがある。あるいは「クララ」のすべての客が自分をそう感じているかもしれない。そしてそれはまちがいではない。ママの立原くららは、客にそう思われることを決して厭わない女性だった。ひとりひとりの「特別」がちがうだけだ。

「まあ好きにするさ。連絡する」

軽いため息を吐き、沢辺は電話を切った。

私は部屋をでて、ホテルの駐車場においてあった車に乗りこんだ。車を使ったのは、遠藤組の人間に、簡単に私の存在を気づかれたくないからだった。

渋谷の公園通りまで走らせた。深い理由はない。ただ雅宗のかつてのチーム仲間が、パルコの裏でイラン人に襲われたという、伊藤の言葉を覚えていた。

午後九時に近い。公園通りに面した大きなデパートはシャッターを降ろしていたが、人通りは少なくなかった。渋滞する車の流れにあわせ、ゆっくりと歩道の人間たちを観察した。

イラン人の姿はなかった。彼らが何かの仕事をしていたとしても、その場所が表通りでないことはわかっている。

クスリの売買は、携帯電話を使った取引が主流になっている。顧客はあらかじめ知らされている売人の携帯電話に連絡をいれ、待ちあわせ場所を指定される。売人は客と携帯電話で連絡をとりながら、警察の監視がないことを確認し、取引をおこなう。

携帯電話が出現するまでは、売人には「定位置」があり、客はそこにでかけていって、合図を示すことが多かった。「定位置」は、駅のコインロッカー付近であったり、あるポイントを車でぐるぐると流したりしていた。この方法は警察官に発覚しやすい。「定位置」を必要としなくなったせいで、売人の商売はぐっと楽になり、顧客も拡大した。客にすれば、でかけていって買わなくとも、ときには配達すらしてくれるようになったからだ。

したがって目につくところに売人と思しいイラン人の姿がなくても、驚くにはあたらない。

私は二十分ほどをかけ、公園通りを、ハチ公前まで下った。

ハチ公前のスクランブル交差点は、人によって埋めつくされている。ここがその状態であることこそが、若者をひき寄せる理由になっている。その熱気は、ある年代より上の人間にとっては、ある種の瘴気にも似て、肉体を疲れさせ、衰えを感じさせる。だが下の人間にとっては、エネルギーとして活力をみなぎらせる作用がある。

盛り場には多かれ少なかれ、そうした熱気がある。だが作用をする年代は、場所によってちがうだろう。ひとつだけいえるのは、渋谷の熱気が好条件に作用する年代は、どの盛り場よりも低い、という点だ。

車を駐車場に止め、私は「シェ・ルー」に向かった。

「シェ・ルー」は混みあっていた。食事や食事のあとの喫茶を求めた客で大半のシートが埋まっている。伊藤の姿は見あたらなかった。私は窓ぎわのテーブルに目をむけた。雅宗のチームの定位置となっている場所だ。

そこに陣どっているのは、会社帰りと思しい、OL風の若い女性のグループや若いアベックだった。高校の制服を着けた若者たちの姿はない。

「申しわけありません。ただ今、満席でして――」

歩みよってきたウェイトレスがいった。

「伊藤さん、いるかな」

私は訊ねた。ウェイトレスは一瞬とまどったような表情を浮かべた。

「伊藤さんて、この店の伊藤さんですか」

「そう。店長か何かをしている」

ああ、と彼女はつぶやいた。

「今日は公休です」

「そう」

私は頷いた。

「じゃあまたこよう」

ウェイトレスに告げ、「シェ・ルー」の自動扉をくぐった。どうするかを考え、109に向かうことにした。あてにはしていなかった。小倉はしばらくは姿を消しているのではないかという想像をしていた。だから109の前に立つ小倉の姿を見つけたときは、足が止まった。

小倉は、東京駅で私を待ちうけていたときと同じ、薄い色のサングラスと毛糸の帽子をつけていた。踝(くるぶし)まで届くような、ダウンのロングコートを着こみ、携帯電話を耳にあてながら、せわしなくあたりに視線を配っている。

小倉の存在に気づいた私は、すぐに体の向きをかえた。横断歩道を渡り、通りの向かいに移動する。そのままビルとビルのすきまの細い路地に立ち、小倉の姿を見つめた。

小倉は左手にした煙草をたてつづけに吹かしていた。ひどく落ちつきがない。それが現在の心境のあらわれなのか、ふだんもそうなのかはわからない。

ただひっきりなしに電話で話し、あたりを見回し、煙草を吹かしていた。ダウンのロングコートは、この季節にはいささか重装備だが、街頭で勧誘ビラを配る飲食店の従業員にもそういう姿の者はいて、ひどく人目をひくというほどではない。

東京駅にいた小倉はだが、薄着だった。膝までの丈しかないパンツにTシャツという姿だった。それに比べれば、たいへんな厚着をしている。

小倉はバッグやリュックの類をもっているようすはない。とすれば、ダウンのロングコートには、防寒以外の目的もありそうだった。

約十分後、陽焼けした二人組の少女が小倉に話しかけた。三人は歩道から階段へと移り、親しげに話しこんだ。やがて小倉は、ダウンの内ポケットから煙草のパッケージをとりだすと少女のひとりに渡した。それを機に三人は立ちあがり、ふたつに別れた。

小倉の目的は果たされたようだった。小倉は渋谷駅の方向に歩きだし、少女たちは反対に道玄坂をのぼっていった。

私は路地をでて、通りをはさんだまま、小倉のあとを追った。

小倉を見失わずにいるのにかなりの苦労をした。道玄坂はごったがえしていたし、特にそれは渋谷駅に近づくと激しくなる。だが、小倉の黒いロングコートが目印になり、私は尾行に失敗せずにすんだ。

小倉が左に折れ、私は横断歩道のない場所で道路を渡らなければならなかった。小倉が入っていったのは、西武百貨店の裏手、センター街とのさかいにある、ごみごみとした路地だった。

小倉はあいかわらず、落ちつかないそぶりをつづけていた。あたりをきょろきょろと見回し、携帯電話を決して耳から離そうとしない。

やがて小さな雑居ビルの、地下へと通じる階段を降りていった。かつてそこにディスコがあったことを、私は覚えていた。今は「パブラウンジ　ブラックモンキー」という看板がでている。

ためらわずその階段を下ろうとしたとき、携帯電話が振動した。地下に入るとつながらなくなるおそれがあり、私は立ち止まった。着信ボタンを押し、「ブラックモンキー」の入口から少し離れた位置に立った。

「渋谷か」

沢辺の声が耳に流れこんだ。

「そうだ。小倉を見つけたよ。東京駅で俺を待ちぶせていた奴だ。売人のバイトをやっているらしい。今、昔の『イエロウドッグ』に入っていった」

「イエロウドッグ」というのが、かつてそこにあったディスコの名だった。

「おやおや」

沢辺はいった。

「『イエロウドッグ』てのは、確かさっきの東和会の経営じゃなかったたっけな」

「東和会？」

訊きかえし、思いだした。守本の名刺の中に刷りこまれていた広域暴力団の名だ。関東東和会、昭和連合、坂口一家、飛島組。

「そうさ。もともと東和会ってのは、赤坂・六本木あたりが縄張りだったんだが、どうしたもんか、渋谷に『イエロウドッグ』一軒だけ、店をだしたんだ。やってたのが元組長の親戚だか何かで、もともとそのあたりに土地をもっていたらしい。だからディスコだけってことで、組員もあまり出入りしなかった筈だ。覚えてないか」

「『イエロウドッグ』は二、三回いっただけだ。それも大昔にな。やけにお子様が多いんで敬遠したよ」

そのお子様も、今では立派な三十代の紳士、淑女だろう。

「当時と今で経営者がいっしょかどうかはわからないが、かわってなければそこは渋谷で唯一の、関東東和会の橋頭堡（きょうとうほ）だ」

「なるほどな。で、その下の組織について何かわかったか」

「昭和連合は、その東和会系が、東京の荒川や江戸川といった下町で旗あげした小さな組の寄り合いだ。だからさらにその下の坂口一家だの飛島組だのとなると、四、五人から十人てとこの小さな組だろうという話だ」

「『ムーンベース』についてはどうだ」

「知りあいの芸能プロダクションに強い奴に訊いてみたが駄目だった。聞いたことがないそうだ。調べてみるといっていたから、しばらくしたら何かわかるだろう」

「わかった」

「その小倉ってのが売人で、東和会にひっかかっているとすれば、少し面倒なことになるかもしれん。東和会はもともと博徒系で、しゃぶを扱うのはたまにいたらしいが、あまりクスリには手をだしてない。もし渋谷で東和会がクスリの売をやっていたとなると、遠藤組はおもしろくないだろう」

「平出組はどうなんだ」

「同じだろうな。小倉のやり方はどうなんだ？」

「かなり露骨だな。見る者が見れば、売人だとわかる」

「だったらどっちかが片づけるだろう」

「平出組はそれをせずに、買っていた客の方にイラン人をけしかけた」

「小倉に触れない理由があるということか」

「まだわからない」

「しゃあない。少し探ってみる。お前はお前でやってくれ」

「東京にくるつもりか」

「早いとこ仕事が片づいたらな」

「わかった。連絡をくれ」

いって私は電話を切った。「ブラックモンキー」の入口に戻ろうとしたところで、階段をあがってくる人影に気づいた。入口を通りすぎ、ふり返った。

伊藤だった。ジーンズにレザージャケットを着け、火のついていない煙草を唇からぶらさげている。伊藤には連れがいた。長髪でバンダナを額にしめた若者だ。色が白く、ひどく不健康そうな顔色をしていた。エナメルのような光沢のある素材でできたパンツをはいている。

私はその場を離れた。二人は私に背を向け、歩きだした。

偶然と考えるべきではない、と勘が告げている。せこい商売を終えた小倉が足を向けた店から、「シェ・ルー」の従業員がでてくる。小倉と伊藤はつながっていると見ていい。つながっているとすれば、伊藤はみごとな芝居を打ってくれたわけだ。

おこぼれの女欲しさに、歳下の高校生に媚びている水商売の男。私は伊藤をそう見ていた。だが小倉とつながっているなら、それ以上のかかわりを、雅宗のチームともっている可能性が高い。

私は少し離れた位置から、今度は伊藤の尾行を開始した。

伊藤と長髪の男は、あらかじめ向かう場所が決まっているようだった。客引きにさえぎられることなく、まっすぐ宇田川町の方向に歩いていく。

ときおり伊藤が何ごとかを話しかけながら、長髪の男の肩に腕を回した。兄貴風を吹かせているように見えた。

宇田川町の交番を過ぎ、少し人通りが減った一角に駐車場があった。二人はその中に入っていった。私は立ち止まった。私が車を留めたのは、宮下公園下の駐車場だった。今からとりに戻っても、二人が車ででてきたら、とうてい間にあわない。

あきらめ、車のナンバーだけを控えることにした。ナンバーから所有者の名を割りだす方法はある。

数分後、多摩ナンバーの4WD車が料金所に姿を現わした。ハンドルを長髪の若者が握り、伊藤は助手席にすわっていた。

11

「ブラックモンキー」に戻った。狭い階段を降り、薄暗い踊り場にでた。かつてそこにはコインロッカーがおかれ、学校帰りにディスコを訪れる高校生たちの着替えをおく場になっていた。はるか昔の話だ。あの頃はまだ、制服で盛り場に出入りすることへのためらいがあった。今は卒業していてもわざと高校の制服を着けて盛り場をうろつく少女たちがいるという。制服が脱ぎたいもの、逃れたい場所の象徴であった時代に比べると、今の高校は彼らにとり、苦痛を感じさせる場ではなくなっているのかもしれない。

コインロッカーは撤去され、かわりにプリント倶楽部の機械が二台おかれていた。一台のカーテンの下から、並んで撮影しようとしている少女二人の小麦色の脚がのぞいている。

機械の横に入口があった。フロアの段差がなくなり、大小のテーブルを囲むボックスが店内を埋めている。正面にスポットライトが落ちるカウンターがあり、何人かのウェイターが、客席とのあいだを忙しく動き回っていた。

天井が低いせいもあり、ひどく暗く感じる店内だった。奥のボックスは、入口付近から見ると客の顔が判別できない。約半数のボックスに、団体やアベックなどの客がすわっていた。

カウンターの端に小倉の背中を見つけた。小倉はひとりだった。隣のストゥールに畳んだダウンのコートをおいている。ジーンズにだぶだぶのトレーナーという服装だった。

私は小倉の姿を斜めうしろから観察できる席に腰をおろした。歩みよってきたウェイターにアイスコーヒーを注文した。

小倉はカウンターに片肘をつき、スポットライトの光芒めがけ煙を吹きあげていた。サングラスは額の上に押しあげられている。前には、透明な液体の入ったロックグラスがあった。

小倉に近づく者はなかった。親しげに話しかけたり、挨拶をする人間はいない。小倉はときおり、カウンターの中で働くバーテンダーに声をかけたが、彼らは笑顔で応えるものの、決して必要以上、小倉の前にとどまろうとはしなかった。

だが小倉はリラックスしているように見えた。先ほどまでの落ちつきのなさが消えている。あるいは何かのクスリを飲んだのかもしれない。

バーテンダーに話しかける声は大きく、「なあ」とか「よお」という言葉が私の耳にも届いた。

小倉は時計を見やっては、ときどきうしろをふり返った。私の姿に気づくことはなかった。小倉の目は、入口と、カウンターへとつづく通路にばかり向けられていた。

十時三十分を少し回ったとき、ひとりの少女が姿を現わした。どこのものとはわからないが、高校の制服を着けていた。白いブラウスにブレザー、そしてチェックのスカートだ。鞄はもたず、布でできた小さなポーチを手にしている。

脱色の気配のない、まっ黒な髪をストレートで垂らしていた。額の中央で分けたその髪型は、色といい、渋谷ではむしろ珍しい部類に入るだろう。

入口で一瞬立ち止まった少女は、静かに店内を見回した。整った顔立ちをしている。だが人を寄せつけない、厳しい視線をしていた。少女の目に私は興味を惹かれた。アーモンド型の、妙に澄んだ、冷ややかな目だ。ある種の険しさすら、目もとに漂わせている。それは怒っているように見えるとか、ヒステリックな気配があるというのともちがう。冷徹で超然としていて、はっきりと自分と周囲とのあいだに境界線をひこうという目だ。

少女は小倉のうしろ姿に向かって歩きだした。小倉がふりむき、少女に気づいた。ストゥールを降り、直立不動になった。少女は歩みよった。少女が小声で何かをいった瞬間、小倉が溶けた。

それは溶けるという表現しかあてはまりようのない変化だった。唇にあったにやつきが消え、肩が落ち、自分より小さな相手に対して上目づかいになる。

少女がつづけて何ごとかを告げると、小倉はさらにひと回り小さくなったように見えた。ひどくおどおどと頷き、何かを答えた。

「ばか」

少女がいうのが、ざわめきを縫って、私の耳に届いた。決して激しい口調ではないが、親しみがこもったものでもない。嘲りを含んでいる。

小倉はますますうなだれた。私は立ちあがった。少女が「飼い主様」であることはまちがいなかった。絶対的優位を、小倉に対し保っている。その理由が恋愛感情なのか、まったく別の恐怖によるものなのかはわからない。

小倉はだが、通路に立った私にも気づかなかった。ただまっすぐに、こちらに背を向けた少女の顔に視線をすえている。

私は二人に向け、歩みだした。そのとき少女がくるりと踵を返した。少女の視線が私の視線とぶつかった。刺さるのを感じた。それほど険しく鋭い視線だった。

小倉が私に気づいた。息を呑んだ。その気配を少女も察した。

私は険しい口調にならないよう努力しなければならなかった。それほど少女の視線を受けとめているのは、緊張を要した。

「『飼い主様』だね、君が」

少女は私の目を見つめた。憎しみを感じた。憎しみは、私にも伝染しそうになった。

「誰がそう決めたの」

低いがはっきりとした声で少女はいった。

「そこにいる小倉君だ」

私は顎をしゃくった。

「お前は呼んでない！」

小倉がひきつった表情でいった。

「なぜここにいる。消えろよ」

周辺の客が会話を中断した。

「お前とは話していない」

私は告げた。小倉は蒼白になった。

「彼女と話したいんだ。雅宗のことで」

私は少女に目を戻した。そのとき彼女が訊ねた。

「死んだ？」

あどけない、楽しい知らせを期待するかのような口調だった。

「ねえ、雅宗、死んだ？」

「いや」

私は答えた。とたんに明るさの浮かんでいた瞳が翳った。

「なんだ」

「雅宗に死んでほしいのか」

「まだ駄目」

少女はいった。私は息を吐いた。

「少し話さないか」

「お前にそんな権利はない！」

小倉が叫んだ。

「消えろ！　消滅しろ！　お前はこの世に存在する価値などない人間だ」

私の顔を指さした。

「消えろ！　消えてしまえ。消えろ！　消えてしまえ……」

呪文のようにくり返した。まっすぐに腕をつきだし歩みよってくる。その指は私の目を狙っているように思えた。

私はその腕をふりはらった。それでもまだ、私の目を狙ってきた。

手首をつかみ、ひねった。関節を決めると、苦もなくひざまずかせた。

「お前には魔法は使えないようだ。他のお客さんに迷惑がかかる。おとなしくしていろ」

私は小倉の耳に囁いた。

「死ぬぞ、お前。いいんだな。いいんだな！」

私は小倉をつき放した。少女に告げた。

「外にいこう。別の場所で話したい」

「雅宗、どうしてる？　へこんでる？」

小倉のことをまるで気にするようすもなく、少女は訊ねた。

うがあっという叫びを小倉はあげた。店中が私たちに注目した。

「死ぬんだぞ、死ぬんだぞ、死ぬんだぞ」

爪先立ちになった小倉が、幼児の真似る魔法使いのように両手の指先を私に向け、うごめかしていた。

「奴を静めてくれないかな」

私は少女にいった。

「君のいうことなら聞くのだろう」

少女はゆっくりと首を巡らせた。小倉の動きがぴたっと止まった。客席の誰かがくすくすと笑った。何、あれ、という言葉が聞こえた。少女がさっと声のした方角を向いた。視線に言葉が止んだ。いつでもいくらでも憎悪を人に向けられる目なのだった。

少女は再び小倉を見やった。小倉はぼんやりとつっ立っている。

「すわってなさいよ」

小倉は無言で向きをかえた。ロボットを演じているようなぎくしゃくとした足どりでストゥールに戻る。

私は自分がすわっていた席を示した。

「ここで話すか、それとも別の場所にいこうか」

別の場所を希望するだろうと思った。だが少女は無言で、睥睨(へいげい)するような目をあたりに配った。

「ここでいいわ。他にいく必要なんかないでしょう」

私は頷き、自分の椅子に腰をおろした。少女は向かいの椅子をひいた。

「名前を教えてくれないか。私は『セイル・オフ』の佐久間という」

少女は人さし指を立てた。

「佐久間さんね。聞いてるわ。でもあたしの名前は教えられない。名前は呪術の基本よ。名前を知られたら呪いもかけやすくなる」

「私は呪術師じゃない」

「あなたはね。でもあなたはすでに、さまざまな呪いから逃れられない立場にいる。あなたに呪いをかけたがっている人間がいることがあたしにはわかるの。だから教えられない。あしからず」

あしからずという言葉を人が口にするのを聞いたのは何年ぶりだろうか。

「私の名を君に教えたのは雅宗だね」

「当然でしょ。雅宗はいつも、そっちで起きている何もかもを、あたしに報告したがるわ」

「君が彼に『セイル・オフ』を教えたのだそうだな」

少女が頷いた。

「前に誰かから聞いたの。『セイル・オフ』でクスリと手を切った人がいる、と。馬鹿なことをやっているところがあるもんだなって」

「馬鹿なことに思えるかい」

挑発だろうと感じながらも、訊ねずにはいられなかった。

「だってクズを再生させて何になるの。クズはどこまでいってもクズよ。結局誰かが被害をこうむる」

「クズはどこまでいってもクズだという君の考え方とは違うんだ、『セイル・オフ』は。それにそう思っているのならなぜ、雅宗を『セイル・オフ』に入れた？」

「理由はふたつ。あいつがうっとうしかったから、どこか遠くにやろうと思ったのと、そのときのままじゃ中途半端にしか壊せないって気づいたから」

「壊すって何を」

「決まってるじゃない。雅宗を」

「そんなことをして何の意味がある？」

「完全な犬にするためには、一度全人格を破壊しなきゃ」

「奴を犬にしたいのか」

「別にどっちでもいい。でもなりたがっているのはあいつよ」

「あいつは君の犬になりたいわけじゃないと思う。ただ単に君に惚れているんだ」

「はっ」

信じられないことを聞いたように、少女は笑った。

「何それ」

「君とふつうの恋人になりたいのじゃないのかな。ただ君にしたことを後悔し、どうすれば理解と許しを得られるかがわからずに苦しんでる」

「だったら死になさいよ」

あっさりと少女はいった。

「奴を憎んでいるのか」

「それほどでもないわ」

淡々と答えた。

「あんなのたいしたことじゃない。もっといろんな目にもあってる」

「興味があるのか、ないのか、雅宗に」

「興味はあるわよ。遠隔操作で人を壊すのは初めてだもの。わくわくする。もしかすると、すごくいい犬になるかもしれないでしょう」

「君の計画を聞こうじゃないか」

少女は微笑んだ。ここではないどこかを見る目。見覚えがあった。東京駅のホームで私を待ちうけていたときの小倉の目だ。

「秘密よ。あなたはあたしの敵だもの」

「なぜ敵なんだ」

「まずひとつ目。飼い主は、犬をいじめる者を許さない。ふたつ目。あなたにはあたしに対する悪意がある。あたしの犬計画を邪魔したいと思っている――」

「私がいつ、君の犬をいじめた」

「じゃ、あれは何？」

背すじをのばし、目の前のグラスに手もつけず、ただすわっている小倉を少女は示した。

「あの子は、あたしを守ろうとしただけよ。あなたは圧倒的な力の差を知りながら、あの子を痛めつけた。それがいじめよ。力の差が証明だわ」

「奴は君より歳上だ」

「年齢、職業、社会的地位は関係ない。飼い主になるか犬になるかは、他人が介在できない人間関係よ」

言葉に酔っているのか。私は少女の目を見つめた。冷静そのもののように見えた。

「君はいったい、いくつだ？」

「肉体の年齢は、社会的な意味しか持たない。飼い主と犬の関係においては、社会的な価値観は、いっさい夾雑物として排除される。あなたにとってあたしの肉体年齢は意味あることかもしれないけれど、あたしと犬の関係においては無価値よ」

「では訊くが、それは君にとっては遊びなのか」

「当然でしょ。すべてが遊びでなければ成立しない」

「遊びなら終わりがある筈だ」

突然彼女は笑いだした。白い喉をのけぞらせ、芝居がかっているようにすら聞こえるほどの笑い声をあげた。

「誤解ね。すべてが遊び。あたしはそういったわ。遊び以外のものなんか何もない。ただし――」

私の目をのぞきこんだ。

「遊んでいいのはいつでも飼い主よ。犬に遊びは許されない。死ねといったら死ぬのが犬」

「そんな関係は、君にとってのみ楽しいもので、犬にされる側はたまったものじゃないだろう」

「望んでいるのよ」

「それは君の主観的な判断にすぎない」

「だからいったでしょう。大切なのはあたしであって、他のすべては無意味だって。あ、ひとつだけ、そういえば実験をしたわ」

「実験」

少女は楽しい秘密を打ち明けるような表情になった。

「『セイル・オフ』のコントロールと、あたしのコントロールと、どっちが雅宗を動かせるか」

「だから毎日、雅宗に電話をかけさせていたのか」

少女は私を指さした。

「あなたと話してみて、もっと実験を進めることにした」

「どういう意味だ」

「雅宗の犬化計画はとりあえず中断。もっとも成功すれば究極の犬ということになるのかしら」

「何をする気だ」

邪悪な意志を感じた。

「考えてる通りのこと」

私は少女を見つめた。

「いったい何がおもしろいんだ」

「どうしてそんなことがわからないの、佐久間さん。あなたは『セイル・オフ』の人なんでしょう」

心外そうに少女はいった。私はもどかしさを感じはじめていた。単なる年齢の差だけではない立場のちがい、根本的な考え方の差が少女とのあいだにはあるような気がする。

「『セイル・オフ』のやっていることと、あたしのやってることはいっしょよ」

「待てよ」

私はいった。

「『セイル・オフ』はメンバーの人格を壊しているというのか」

「当然じゃない。ドラッグにはまった人間を壊さなけりゃ、ドラッグから手を切らせられないでしょ。人格改造のためには、古い人格を破壊することが不可避だわ」

「確かに『セイル・オフ』では自分の過去を見つめさせる。訣別するためにはそれが必要だからだ――」

「そんなこと聞くまでもないわ」

　少女は私の言葉をさえぎった。

「人格改造マニュアルの基本よ」

「いいから聞け」

　私はいった。

「『セイル・オフ』が人格改造をおこなっていると君はいうが、それは本人の、ドラッグと手を切りたいという意志に従った結果だ。それによって新しい、自分も他人も傷つけないような人生を送りたいと本人たちが願うからだ」

「きれいごとじゃないの」

　少女はあっさりといった。

「自発的な意志が大切だというのなら、あたしの犬になりたいと願うのも自発的な意志だわ」

「じゃあ何のために、小倉は君の犬になる？」

「心の平安が得られるからじゃないの」

「雅宗もそうだというのか」

　少女は微笑んだ。いやらしい、私の神経を逆なでするような笑みだった。

「これは競争よ。あたしが勝つのか、『セイル・オフ』が勝つのか」

「では君は競争のために雅宗を『セイル・オフ』へ追いやったのか」

「それは最近思いついたこと。うっとうしかったあいつが『セイル・オフ』に入って、毎日電話をしてくるのを聞いてるうちに、おもしろいなって思ったの。『セイル・オフ』にあいつがいるうちに、あたしがあいつを壊せたら愉快じゃない。あたしの人格改造力の方が上ってことでしょう」

「いったろう、雅宗は君に惚れている。君を恐がっているし、どうしようもなく焦がれてもいるんだ」

「恋愛感情だって、人格改造には使えるわ」

「君は雅宗をそれほど恨んでないといったな」

私は身をのりだした。

「雅宗が君にしたことを許しているのか」

少女は薄い笑みを浮かべた。

「あいつがあたしにちょっかいをだしてくるのは見えてた。あいつはリーダーで、女にもてて喧嘩も強いってうぬぼれてた。ヒーローのつもりでいたのよ。でも中身がそうじゃないことをあたしは知ってた。あいつの本当の姿は、弱虫で卑怯者で、ただの見栄張りなの。だからあたしはまずそれをあいつに自覚させてやろうと思った。あいつがどんなにいい寄ってきても、相手にしなかった。それからわざとあいつにスキを見せた。あいつがそのとき何をしたか。知ってるでしょう」

「クスリを使った」

少女は頷いた。

「クスリを使ってあたしとセックスしたのよ。させた、というかね。それって、あいつの本質でしょ。本当のヒーローなら、そんなことはしない。あいつは、自分が口説いたら、どんな女も落ちる、そういってたのよ。落ちない女にクスリを使ったら、自分が卑怯者になるってわかってた筈だわ。あたしはあいつに気がつかせてやっただけよ。あんたの正体は、卑怯者で臆病者だって。演じている上辺のカッコとは、まるで別の人間なんだって。それからよ、あいつがクスリに溺れたのは。第一、クスリに溺れることじたい、臆病者の証拠でしょう」

私にいい返す言葉はなかった。少女は肩をすくめた。

「あたしのどこが悪いの」

「雅宗を解放してやる気はないのか」

「わからない人ね。だから奴が勝手に犬になりたがってるのでしょうが。やめたきゃいつやめたっていいのよ」

「君にその気がなければ、奴は解放される」

「なぜそこまでやさしくしてやらなけりゃいけないの」

少女はいった。

「やめたきゃ勝手にやめればいいだけのことよ」

「奴は泥沼の中にいるんだ。かわいそうだとは思わないのか」

「思いっこないじゃない。泥の中にいるのがふさわしい人間なんだから」

私は沈黙した。少女は黙った私の顔をのぞきこむと、

「甘っちょろい！」

と吐き捨てた。

「『セイル・オフ』の負けね。どんな人かと思ったら、あんまり甘っちょろいんで、がっくりきた」

少女は立ちあがった。

「でも勝負は勝負ね。あたしは雅宗を死なせてみせる。佐久間さんは止めてみたら？」

私は少女をにらんだ。

「人の命で遊ぶな」

「あら。自分が自分の命をどうしようと勝手だわ。犬が飼い主の命令で死ぬのは、命令に従いたいという本人の意志よ」

「雅宗のことを大切に思っている人間たちはどうなる」

「だから甘いっていうのよ。他に代わりを見つけりゃいいでしょ。大切に思うのは、大切に思いたいからであって、結局は意志の押しつけだわ」

私をにらみ返し、少女はいった。

「下らなすぎる」

私は動けなかった。少女に対し、憎しみを感じていた。ふざけるなと怒鳴りつけ、ひきずり倒したかった。だが憎悪をつのらせるのもまた、少女の目的であると気づいていた。

少女は私をふり返りもせず、店の入口に向かって歩きだした。入口をくぐりかけ、気づいたように足を止めて、ふり返った。

「小倉！」

少女の鋭い声が飛んだ。小倉がストゥールを降り、立ちあがった。

「いらっしゃい。愚図愚図しないで」

小倉の顔に、幸福そうな、それこそ恍惚と呼んでいい歓びの表情が浮かんだ。周囲の視線などまったく気にせず、飼い主に呼ばれた子犬のように駆けてくる。私をふりむきもしない。

苦々しさと絶望感のいり混じった気持で二人を見送った。

少女を尾行するべきだ、という理性の声が私の頭の中にか細く響いていた。が、それを押しやってしまうほどの強い感情、少女に対する怒り、憎しみが働いている。少女についていけば、私はことごとくその姿に感情をつのらせるだろう。結果、それは私を危険な立場に追いこみかねない。

そうならないでいるためには、じっとそこを動かないでいる他、方法がなかった。ひとり残った私に、好奇の目が注がれている。そのことも腹立たしい。

私は耐え、煙草を吸い、氷の溶けてしまったコーヒーを飲んだ。しばらく経験したことのなかったほどの怒りが、私を翻弄していた。

12

翌朝、目をさましたとき、自分の感情が信じられなかった。なぜ、あんな簡単な、短いやりとりで、あれほど激昂してしまったのか。

少女とのやりとりは思いだすことができた。冷静に考えれば、私が怒りを感じたのは、決して解決できない立場のちがいに対してだったと判断できる。

少女の考え方は、私には理解できないし、受け入れられない。一方、少女は、私の考え方を理解した上で、無意味だの下らない、甘っちょろいとこきおろしたのだ。

私が少女の考え方を理解するなら、「セイル・オフ」に存在価値はなくなる。確かに

「セイル・オフ」では、ある種の人格改造がおこなわれている。夜毎くり返されるミーティングはそのためのものだ。「過去からの脱却」は、「セイル・オフ」のメンバーにとって重要な課題である。

果てしない自己嫌悪、人間不信、人格の喪失といった問題をかかえた薬物依存者たちは、まず自分を「さら」に戻す必要がある。それはカサブタのはがし合いであると同時に傷の舐め合いでもある。そのくり返しのうちから、脱却と連帯感が生まれてくるのだ。

沢辺が嫌っているのも、まさにその点だった。連帯に頼らなければ、新たな自分を手に入れられない、というのが我慢ならないのだ。

おそらく私自身もそうだろう。私は薬物依存者であったことがないし、これからもそうはならないという自信がある。

自信をもつ者は薬物依存者にはならないのだ。自分のどこかに疑いをもったり、未来に激しい不安をかかえる人間が、薬物に溺れるのだ。

弱い者が弱い者どうし、励ましあう。「セイル・オフ」は、簡単にいってしまえば、そういう場所だ。美しさはどこにもない。生き方に美しさを求める者は弱者にはならないし、もしなったら破滅を選ぶ。

弱者であるかどうかは、社会的地位とか体力とは関係がない。金持にも弱者はいるし、病気におかされた体で、美しい破滅を選ぶ人間もいる。

顔を洗うと、朝食をとる間もおかず、「セイル・オフ」に私は電話をかけた。もし昨夜のあいだに何か異常が発生していれば連絡があった筈だ。なかったということは、少なくとも雅宗の身には、まだ危険は生じていない。

電話にでたのは、「おっ母(かあ)」だった。おっ母は、炊事係の松倉ヨネ子という、六十代半ばの女性だ。元麻薬取締官の未亡人である。

「あら、公さん。みんなでかけちまっていないよ」

おっ母はいった。

「ゴルフ場かい？」

「今日はちがう。天気がいいからね、海にいこうって話になったんだ。堀さんや呉野(くれの)さんもいっしょだよ」

私はホテルの窓から外を眺めた。東京はかすかに薄陽がさしているていどだ。

「雅宗は？」

「ああ、あの若い子もいっしょ。今朝はご飯食べに降りてきてて、呉野さんに誘われたら、いきますっていってたもの」

「どんなだった？」

「なんかねえ。若いのにあんな痩せちゃってかわいそうだよね。胃が細っちゃったのかね、あんまり食べないし」

薬物依存者がクスリから手を切ろうとすると、その過程で必ず肥満の道をたどる。それは健康状態や食生活が好転するという理由もあるが、精神的な禁断症状からぬけでようとして、菓子やジュース類などを頻繁に口にするようになるからでもある。したがって「セイル・オフ」のメンバーは、たいていが年齢・男女の別なく、肥満傾向にある。

雅宗は、例外的に痩せ細っていた。

その理由を、私は昨夜知った。

「わかった。もし、呉野か堀から連絡があったら、俺の携帯に電話をくれるように、いっておいてくれるかい」

「オッケーよ」

電話を切り、ティラウンジに降りていこうとした私は、思いついて、もう一本の電話をかけた。

相手は「調査業」の看板を掲げてはいるものの、自分では一切、現場にでないという人間だった。その人物は情報を売り物にしている。電話帳には載らない電話番号、非公開の住所、あるいは電話番号や車のナンバーから所有者の情報を割りだすのだ。

昨夜、伊藤を乗せていった４ＷＤのナンバーを伝えた。ナンバーの場合、その場で情報が提供されることはない。陸運局などの「協力者」に依頼する必要があるからだ。

相手は、４ＷＤの所有者がわかりしだい知らせてくれる、といった。

報酬は後払いで口座振込になっている。電話では何度も話したが、顔を合わせたことは一度もなかった。

電話を終え、ティラウンジへと降りた。食欲がなかった。昨夜の少女とのやりとりがまだ後遺症のように胃を重くしている。

なぜ私はあれほど激昂してしまったのだろうか。行動に移しはしなかったものの、本気で少女を殴りつけたいと感じていた。

殴っていたらどうなっただろう。少女の目を思いだすと、さらに胃が重くなり、吐けすら覚える。

――やっぱりね

おそらくそういっただろう。殴るという行為は、暴力によって相手の主張を退けようとする意図の表れだ。少女と私のやりとりには妥協も歩みよりもない。互いに相手を全否定しようとする意志しかなかった。

それはいったい何なのか。

憎しみ、としか思えない。

少女は、自分が犬と呼ぶ存在以外のすべてに憎しみを放射している。少女と小倉のやりとりを、奇妙なもの、滑稽な光景と感じた、「ブラックモンキー」の他の客たちへ向けた視線がそれを証明していた。

そしてその憎しみは、向かいあう人間にも伝染する。いわれない憎しみを向けられたとき、人はふつう混乱し、理解しようとつとめ、そして怒りを覚える。少女の憎しみの放射はあまりに強すぎ、手前のふたつのプロセスをとびこえさせてしまう、としか思えなかった。

なぜここまで憎むのだろうか。理解は可能なのだろうか。

もうひとつわからないことがある。犬との関係だ。少女は犬に対しても、憎しみを向けることがある。たとえば雅宗。少女にとって雅宗は、犬か、犬の候補者だ。にもかかわらず、少女は「雅宗を壊す」といい、死なせてみせよう、とすら私にいい放った。

小倉に対しては、蔑み。雅宗に対しては憎しみ。少女にとって、人との交流とはいったい何なのか。相手の人格を否定するところからしか、生まれえないものなのか。

コーヒーをお代わりした。憎しみを向けられる経験が皆無だったわけではない。殺意を抱かれたことすらいく度もある。ときに相手はそれを実行しようとした。

私は恐怖し、しかし理解もした。彼らが私に殺意を抱く理由は、彼らの立場であれば、やむをえないとまではいわないが、ありうることだと考えられた。

その理由は、おおむね、自分や自分が大切と考える人間の立場を守る、というものだった。それはおかしした犯罪の発覚をくいとめようとするものであったり、どこか歪で押しつけがましい友情や愛情の発露であったりした。

彼らにとって、私は本来、無関係な異物だった。彼らの生活圏に異物である私が入りこみ、彼らの考える平和を破壊しようとしたとき、殺意が発動した。それはごく短絡的なものであることが多かった。脅迫、暴力だ。

呪いなどという言葉を口にした人間はいない。かりに効力のある呪いというものが実在するとしても、それでは彼らの怒りや憎しみ、殺意は解消されなかっただろう。自らが手を下す暴力、最小限、自分の目で見届ける暴力でなければ、解消はされなかったのだ。

それは論理的で、理解が可能だ。

たとえば守本。彼の怒りは、おそらくは兄であるまのままるを守りたいという思いから発している。さらに考えれば、そこには兄弟の情愛だけでなく、やくざである守本自身の利益や立場を保全しようという意図もあるにちがいない。そのあたりの事情を、私はまだ知らないが、経験によって存在だけは感知できる。

だからといって行使される暴力を甘んじてうける気はない。私には最低限、自分の身を守る権利がある。その過程の話しあいで、情報を得られれば、互いの引き際も見きわめられるのではないかとすら考えている。

少女の憎しみは、相手の憎しみを呼ぶ。理解どころか、事情の存在の感知すら、私にはできなかった。

憎しみの根源はどこなのか。若さなのか。

十代の頃、多くの人間は理由もない不安や不満を胸の裡に抱える。それは近い将来訪れるであろう、大きな環境の変化に対する不安であり、にもかかわらず、きのうと同じ環境が今日もそして明日もつづき、さらにそこに甘んじるように圧力をかけてくる周囲への不満である。

やがて不安は現実化し、不満は一部解消する。年齢とともに、押しつけや干渉が減ると同時に、自己責任に負う行動が増えるからだ。

少女の憎しみはその延長なのか。

社会やそれを成りたたせているシステムに、怒りや憎しみを感じる若者は多いだろうし、過去にもいた。暴発をして、反社会的な行動をとる者も少なくなかった。

だがひとりひとりに訊いたわけではないが、それはあくまでも目に見えない何か、体制であるとか常識といった言葉に表わされるようなものに対しての怒りや憎しみだったような気がする。決して、ひとりひとりの人間にではない。

若者に限ってではないが、ごくたまに無差別な殺傷行動を、周囲の無関係な人間に対してとる者もいる。概して薬物依存者であることが多い。彼らは、行動の動機を、皆が馬鹿にしていると思った、とか、自分はこんなに不幸なのに他人がすべて幸福そうに見え、腹が立った、と述べることが多い。

薬物依存者であるという劣等感と、薬物が作りだす情緒不安定が結びついたケースだ。私の印象では、少女は薬物依存者ではない。呪いという非現実的な言葉を口にしたが、本人が本気で信じているかどうかは疑問だ。

憎しみを放射しつつも、少女は冷静で、自分の言動が周囲にどんな印象を与えるか把握していたように思える。

私は「シェ・ルー」で会った、雅宗のチーム仲間を思い返した。彼は私に対して反発し、年齢がちがうという理由での蔑みを感じていた。その反発や蔑みが、「オヤジ」には恐怖を抱かせることもあると知っており、私の中にそれを作りだそうとした。だが通用せず、彼は私に怒りを抱いた。それは憎しみではない。つまらないもの、彼らの言葉でいう「うざったい」ものへの怒りだ。

少女とはちがう。

私はティラウンジをでた。少女についての情報を得るには、再び渋谷に向かわなければならない。もしかすると雅宗の生死がかかわってくる可能性は、本当にある。

「シェ・ルー」には、高校生が大量にいた。

時刻は、午前十一時を過ぎている。平日であり、本来ならば授業をうけている時間帯だ。

なのにざっと見渡しただけで、十四、五名の高校生、それもほとんど女生徒ばかりがいた。

制服はそれぞれまちまちで、同じ学校どうしの生徒がひとかたまりにテーブルについていることもあれば、複数の制服が混じっているテーブルもある。携帯電話は、彼女らの数だけテーブル上に存在し、その半数以上が使われていた。

伊藤の姿はなかった。

窓ぎわの席には、以前見たのとはちがう制服の女子高生が集団ですわっていた。私は彼女らから離れたテーブルにすわり、ホットサンドを注文した。

電話が鳴った。私自身の携帯電話だった。テーブル上に並ぶ、さまざまなシールやアクセサリーで装飾された携帯電話をどこか苦々しく思っていた自分の電話が鳴っている。私は他人にはおそらく理解できないであろう苦笑を浮かべながら電話を手にした。

「はい」

「佐久間さん、わかりましたよ」

かけてきたのは、4WDの所有者の氏名調査を依頼した人間だった。

「問題の車は、三鷹市の駐車場に保管登録されています。届出上の所有者は、サクラブチエツシ、桜の木に千鳥ヶ淵の淵、悦楽の悦に歴史の史です。住所は――」

私はメモをとった。

「ありがとうございます。謝礼はいつもどおりふりこみますので」

「ありがとうございます。また何かありましたら――」

電話を切り、書きつけた名前を見直した。

「桜淵悦史」

桜淵という名に記憶があった。マンガ専門の古書店故郷堂（ふるさとどう）の店長・保科の口からでてきた。以前、故郷堂につとめていて、クビになり、その後「ホワイトボーイ」の原画を買わないかともちかけてきた男だ。

決して多い名ではない。

私は通りかかったウェイトレスを呼び止めた。

「伊藤さんは今日は見えるの？」

「きてる筈ですけど――」

ウェイトレスはいって、キャッシャーの方を見やった。別の男がレジスターの前に立っている。

立ちあがり、歩みよった。

「伊藤さんはおられますか？」

「ちょっと前に、早いけど休憩とるからってでていかれました」

テーブルに戻った。すれちがいだったようだ。ホットサンドが運ばれてきて、私は半分を何とか腹におさめた。

保科から桜淵の電話番号を教わっている。一度かけてみたが、つながらなかった。同一人物かどうか確かめるまでは、今度はかけるべきではない、と思った。「ホワイトボーイ」の原画を売りつけようとした元美大生と、雅宗のチームのたまり場の喫茶店店長とがつながっている。しかもその店長は、小倉ともつながりがあるかもしれない。

私はここで、小倉が美大生だと聞いたことを思いだした。小倉と桜淵は同じ美術大学の学生なのか。

そのとき「シェ・ルー」の自動扉が開いた。伊藤と、もうひとりの男の姿が目に入った。

遠藤組の二代目、遠藤暢彦だった。

13

「どうも」

遠藤はまっすぐに私の席にやってくると笑いかけた。伊藤はレジのところに立ち、こちらに目を向けないようにしている。

遠藤に供はいなかった。店の外に待たせているのか。

伊藤と私はすれちがったわけではなかったのだと気づいた。私の姿に気づいた伊藤は急いで店をぬけだし、遠藤に助けを求めた。それに応えて、遠藤はやってきた。

「早いですね。いわれた通り」

私はいった。

「そうじゃありませんよ。知らせをもらったんです」

遠藤は隠さずいって、目をキャッシャーに向けた。伊藤は帰りがけの客の精算をしている。

「知りあいなのですか」

「昔の後輩って奴ですかね。ガキの頃、かわいがってたんですよ。向いてないんで、うちにはひっぱりませんでしたが」

「今でもつきあいを?」

「たまにここにきて茶を飲むていどです。あんまりひいきにしたんじゃ、向こうも迷惑でしょう。すわっていいですか」

「どうぞ」

遠藤は椅子をひいた。歩みよってきたウェイトレスに、

「いや、何にもいらない」

といった。ウェイトレスは無言で退(さが)った。

「彼はあなたに何と？」

「自分とこの客について、いろいろ調べている人がいる。一度は話したけど、あんまりしつこくされると困るんで、穏便に話をつけてくれないか、と」

「そうですか」

「佐久間さんとは思いませんでした。小倉は見つかりましたか」

遠藤は私の目を見つめた。

「ええ。昨夜会いました」

「そりゃよかった」

「商売をしてましたよ」

遠藤は首をふった。

「しょうがねえな」

「でも客は私の見た限りではひと組だけだった。品物を売ったあとは、まっすぐ飲み屋に入っていきました」

それが「ブラックモンキー」であることは告げず、私はいった。

「なるほど」

「同じ店に伊藤さんもいたようです」

遠藤は一瞬、沈黙した。が、すぐにいった。

「奴はあれでけっこう酒好きでしてね。仕事が終わると、毎日飲まずにはいられないみたいです。それもあって、うちにはこさせなかったのですけれどね」

「そうですか」

私は頷いた。互いに隠しごとひとつずつ、というわけだ。

「で、今日はどんな御用件で?」

「やはり、この店のお客さんについてです」

「これで最後にしてやってくれますか。もし何だったら、かわりに私がお役に立ちますんで――」

気弱そうな笑顔を遠藤は浮かべた。

「伊藤さんにはひどく迷惑をかけてしまったのでしょうか」

「臆病なんですよ。ほめられた生き方をしてないものですからね。私がいえる筋じゃないが――」

私は頷いた。

「二人きりで話させてもらえますか」

「もちろん」

遠藤は笑顔を大きくした。

「私はもうこれで失礼しますよ。それと佐久間さん、先日お願いした件、何かあったら本当に頼みますね。お礼はきっちりさせてもらいますから」

私が頷くのを見届け、遠藤は立ちあがった。キャッシャーに歩みより、伊藤に話しかける。伊藤は緊張した表情で頷いた。

遠藤が「シェ・ルー」をでていくと、伊藤は別の黒服にレジを譲り、歩みよってきた。

「忙しいところを何度も申しわけない。もうこれを最後にするから」

伊藤は無言で頷いた。

私は伊藤の顔を見つめた。表情に乏しく、どこか怯えているようでもある。だがそれは見せかけではないか、という気がしていた。

伊藤は私との接触に警戒心を抱き始めている。なぜ警戒心を抱くようになったかはわからない。しかし私立探偵を遠ざける手段として、地元暴力団の幹部を勤め先にまで連れてくるというのは尋常ではない。またそれにつきあった遠藤の行動も不可解だった。

私の調査は伊藤個人に対したものではなかった。伊藤にとっては、これ以上「シェ・ルー」を嗅ぎ回られたくない、何か大きな理由があるのだとしか思えない。

「しかし誤算だったな」

私はいった。伊藤はうかがうように私を見つめた。

「遠藤さんと俺が知りあいだと知っていたのか？」

伊藤は首をふった。前回に比べるとひどく無口になっている。

「ここで話すか。それとも表にいくかい」

「――ここでいいです」

伊藤は答えた。私は頷き、いった。

「まず訊きたいことがある」

伊藤は私と目を合わそうとせず、テーブルを見つめていた。

「なぜ俺をそんなに嫌がる？」

「別に嫌がってませんよ」

伊藤は私に目を向けた。

「じゃ、遠藤さんはなぜきた？ 俺を追い払うためにきてもらったのだろ」

「そうじゃないです。用があって、さっきまでいっしょだったんすよ。で、戻ってきたらあんたがいるから、遠藤さんは『俺がひと言いっといてやる』って……」

「つまり、遠藤さんには、迷惑しているっていったわけだ」

「そりゃ、仕事場に何度もこられて、店の客のことを根掘り葉掘り訊かれりゃ、迷惑とも思うでしょうが……」

「やくざに助けを頼むほどか？」

「だからそれは偶然だって、いってるじゃないすか。たまたまいっしょにいただけですよ」

「『ブラックモンキー』にいたのも、たまたまか?」

伊藤の顔色がかわった。

「なんで、そんなこと……」

「別にあんたを尾けてたわけじゃない。たまたま見かけたんだ。小倉のあとを尾けていって」

伊藤の顔が赤らみ、そして青ざめた。こずるさを感じさせる吊りあがった目が激しく瞬きをした。

「遠藤さんにそのことを――」

「いってない」

私は首をふった。

「『ブラックモンキー』は、遠藤組とは別のところの経営だったな」

伊藤は息を吐いた。

「あんたさ、本当は何も知らないんだろ」

口調をかえ、開き直ったようにいった。

「知らない人間がうろうろして、かき回されると迷惑なんだよ」

「何がどう、迷惑なんだ」

「そんなこと話す必要ねえよ」

「その調子だ」

私はいって、煙草に火をつけた。

「やっとあんたの本音が聞けてうれしい。だがひと言いっておくと、俺はあんたのことはどうでもいいと思ってる。遠藤組に内緒で、東和会のアルバイトをしようとかまわない」

「待てよ。そんなこといってねえだろ！」

大声になりかけ、伊藤はあせったようにあたりを見回した。

「よそにいくか」

「ここでいいよ。訊きたいこと訊いて、さっさと消えてくれ」

ふて腐れたように伊藤はいった。

「きのう『ブラックモンキー』であんたといっしょにいた人間だが、小倉の仲間か」

「小倉って誰だよ」

「109の前でクスリを売っている大学生さ。きのうはダウンのロングコートを着ていた」

「ああ」

伊藤は頷いた。

「そうみたいだな。学校が同じだっていってた」

「ここでクスリを売ったことはあるのか」

伊藤の顔がさらに青ざめた。

「誰がそんなこといってんだよ。冗談じゃねえよ、俺は――」

「雅宗に売ったのか」

「だから――」

「売ったのか!?」

伊藤は口を閉じた。不承ぶしょう頷いた。

「何を売った」

「たいしたもんじゃないよ。眠剤とか、たまにスピード」

「東和会から仕入れたのか」

「知らねえ。いえるかよ、そんなこと」

「じゃあ桜淵から仕入れたってことにしとくか」

伊藤はさっと私を見た。

「なんで、そんな……」

「なあ――」

私はいって、伊藤に顔を寄せた。

「もう少していねいに話してくれないと、俺はあっちこっちへいって、あてずっぽうをいわなけりゃならなくなる。あっちこっちの中には、遠藤組も入っている」

「そんなことしたら、えらい目にあうぜ」

「そうかい」

「ここはよ、遠藤さんとこがやってるんだ」

伊藤を見直した。

「遠藤組の経営なのか」

「表向きはちがうけどな」

「なるほど。じゃ遠藤がクスリを売らせているのか」

「そうじゃねえ。そんなことはまちがってもいわないでくれ」

「つまりこっそり、お前がバイトをしていたわけだ」

伊藤は黙っていた。

「だから遠藤にそのことがバレたら、えらいことになるというわけか」

「――埋められちまう」

伊藤は低い声でいった。汗をかいていた。

「そうだろうな。組の経営する喫茶店で、従業員がこっそり、別の組のクスリを扱ってたなんて話が洩れたら、いくら若親分の後輩でも、ただではすまないだろう」

伊藤は目を閉じ、荒々しく息を吐いた。

「このあいだの金は返すからよ――」

「よせよ。あんな金であんたをどうこうできるとは思ってないし、あんたを困らせる気もないのだから」

私はやさしくいった。伊藤は目を開いた。

「じゃ遠藤さんには黙っててくれるんすか」

言葉づかいが戻っていた。

「あんたがちゃんと話してくれるのなら何もいわない。いう必要もないしな。いったろう。俺はお巡りじゃないんだ」

伊藤はほっと息を吐いた。

「もともとサクラが小倉と組んでたんすよ。サクラはガキの頃からクスリやシンナーを売ってたんで、東和ともコネがあって……」

「美大生がなんでそんな仕事に手をだす？」

「同人誌っていうんすか。高校時代、マンガのそういうのをやるんで金がいって……。それで始めたんだっていってました。同人誌はやめちまったけど、バイトとしてはリッツがいいんで、今もときどきやってるって。小倉はサクラの後輩で、奴はクスリ好きだものだから、売れば自分のクスリ代が浮くって始めたんですよ。でもあいつはあの通り危い奴だから、あんまり近づかないようにしてるんです」

「桜淵とはどうして知りあった？」

「うちの客だったんすよ。前にうちで、高校生に売りつけようとしてんの見て、注意したら、それで逆ギレしやがって。うちのバックにどこがついてるか知らねえのかって威したら、おとなしくなったんです」

そういう自分が〝バック〟を裏切っているのだから世話はない。

「小倉とつるんでる女子高生を知ってるか」

「ああ……」

伊藤はため息を吐いた。

「あの女はヤバいっすよ。何だかよくわかんないんすけどね、サクラは少し知ってるみたいなこといってました」

「まのまるという名を聞いたことは？」

「はあ？」

伊藤はぽかんと口を開いた。

「マンガ家だ」

「なんでマンガ家がでてくるんすか」

「有名なマンガ家の原画を桜淵が売ろうとしていたことがある」

「ああ……」

　思いあたることがあるのか、伊藤は首を動かした。

「それって、クスリおろしてるところから回ってきたのじゃないかな。サクラが昔同人誌とかやってて、マンガ詳しいから、金にならねえかってもちこまれたとか……」

「東和会か」

　伊藤は頷いた。

「桜淵に会いたいな。あんたのことをいっさい内緒にして会うとすれば、どうすりゃいい？」

「俺のことを……」

「あんたを守るためには、そうするのが一番だ。桜淵に関しちゃ、別のところから名前がでている」

「別のところって？」

「昔のバイト先だ。故郷堂という」

「ああ、古本屋」

　私は頷いた。

「サクラだったら、ふだんは新宿のポルノショップで雇われ店長やってますよ」

「そこも東和会系か」

「ええ。東和会の中に、裏本とかビデオ作ってるセクションがあって、そこの系列なんです。サクラは製作も手伝ってるっていってました」

「そのセクションというのは、『ムーンベース』か？」

「そんな名です」

つながった。

「ポルノショップの場所は？」

伊藤は答えた。歌舞伎町だった。

「さっきの女の子の話だが、何がヤバいんだ？」

「俺もよくは知らないんすよ。ただ聖良の生徒だけど、家とかいろいろあって、ふつうじゃないらしいってことしか」

「聖良？　前に聖良の生徒の話をしてたな。雅宗のことで」

「ミチルっすか。きてますよ、今日」

こともなげに伊藤はいった。

「どこにいる？」

「あそこっす」

伊藤は目でさした。ふたつほど離れたテーブルに、二人組の女子高生がすわっていた。

「どっちだ？」

「髪の毛、白く抜いてる方っす」

ひとりの髪が、茶と白のメッシュ模様だった。

「わかった。女の子の名は？」

「名前？　ああ、小倉のですか？　何つったかな。錦織、そんな名ですよ」

これで私も呪いをかける材料を手に入れられたわけだ。

「家がふつうじゃないというのは？」

「俺はよく知んないす。タブーみたいになっていて、あんまり話したがんないんすよ。何か、ムカつく女でしょう。俺も一回だけ会ったけど、殺してやろうかと思ったですもんね」

桜淵なら知っているかもしれない。それに、すぐそこにいる、聖良のミチルという生徒なら。

「わかった。いろいろありがとう。あんたから聞いた話は誰にもしない。だから安心してていいぞ」

「約束っすよ」

私は頷いた。私が喋らなくても、この男はいつか墓穴を掘る。女子高生の体にありつきたくて、歳下の男に尻尾をふり、金欲しさにその男たちにクスリを売る。いつでも人の顔色をうかがい、利用できるものはすべて利用する。

もしかすると自分では利口に立ち回っているつもりなのかもしれない。だが破局はいずれやってくる。殺されることまではないだろうが、ひどく痛い目にあうのはまちがいない。私はそれを待つことにしよう。

私は立ちあがった。伝票を手に、女子高生たちのテーブルに歩みよった。お喋りをしていた二人が口を閉じ、私を見つめた。

二人ともよく陽に焼けていた。表情を読みとりにくい顔をしている。陽焼けし、髪の色を抜くことで、見分けのつけにくい、典型的な女子高生になりきっていた。渋谷で出会う、百人の女子高生のうちの半数以上はこういうタイプで、大人に対しての個性を主張するその外見が、ひどく没個性にしか見えない。

「お話し中、申しわけない。ミチルさんですか」

ひとりがかすかに顎を動かした。肯定しているとも否定しているともとれる動かしかただった。クリームソーダのグラスと並んで、携帯電話と、煙草の入った平たいアルミ缶が、テーブルにはおかれていた。アルミ缶にはびっしりとプリント倶楽部のシールが貼られている。

「私は『セイル・オフ』という施設の人間で、佐久間といいます。今、『セイル・オフ』にいる、雅宗くんという若者のことで、ちょっとお話を聞きたいのだけれど、いいですか」

　少女の目が丸くなった。

「雅宗さん、知ってるんですか」

「知っています。彼が立ち直る役に立ちたいと思っている」

　私はいった。

「いつ戻ってきます？　雅宗さん」

「まだわからない。彼も今、戦っている最中だと思います。自分とね」

　少女は瞬きした。もうひとりの少女が口を開いた。

「おじさん、警察関係なんですか」

「いや、ちがう。『セイル・オフ』は、民間施設です。薬物と手を切りたいと思っている人が全国から集まってくる。雅宗くんも、そのひとりだ」

「雅宗さん、治るんですか」

「体の方はそれほど悪いとは思えません。むしろ問題は彼の心でしょう。悩みといってもいい」

　ミチルは相棒と顔を見合わせた。

「錦織という人を知っていますか。あなた方と同じ高校の生徒で」

　すぐには返事がかえってこなかった。二人の少女は無言のまま、目で会話をしていた。

「――やめた方がいいよ」

ミチルの連れがいった。

「ヤバいって」

ミチルは黙っていた。私はいった。

「雅宗が今、『セイル・オフ』にいる理由に、その錦織という人もかかわっていると私は考えている。それについてあなたのお話を聞きたい。もちろん秘密は守ります。ここで聞いた話は誰にも喋らない」

「やめなって。絶対、あとで後悔するから」

ミチルの連れがいった。私はその少女を見た。

「何を後悔するのかな」

「おじさんに関係ないよ」

少女は険しい口調でいった。

「そうだろうか。関係ないというのなら、雅宗のことだって私には関係ない。私は彼の親でもないし、親戚でもない。だができれば今の状況から彼をひっぱりだしてやりたいと思っている。彼はかわりたいと思ってるし、かわれる可能性は私もあると思う」

「それってよけいなお節介じゃん。あんたがやりたいからって、ミチルまでひっぱりこむ必要ないだろう」

少女はいい返した。

「だがミチルさんは雅宗のことを心配している。あなたにとって雅宗は、特別の存在なのじゃないか」

ミチルは頷いた。

「本気で相手にしてくれてたとは思わないけど……」

低い声でいった。

「彼は感謝すると思う。もしあなたが、私に話をしてくれたら」

「そういうのってキタナくない？　弱みにつけこんでんじゃん」

連れの少女がいった。私は彼女を見た。

「では、トラブルに巻きこまれたくないからという理由で、困っている友人についての話をしないのはキタナくないのか」

「トラブルに巻きこまれるのはこっちで、あんたじゃない」

「もういいよ」

ミチルがいった。

「よくないよ。このオヤジ、ムカつく。何もわかってないくせに、わかったふりし過ぎ」

私は息を吐いた。

「じゃ、わからせてくれ」

「ミチルはただ雅宗のことが好きなだけじゃん。何も悪いことしてないよ。なのになんでこんなことに巻きこまれなきゃいけないわけ？」

「こんなこととは？」

少女はあきれたようにぐるりと目を回した。

「だから！　学校の子のこととか、いちいち訊いたり――」

「学校の子。錦織となぜはっきりいわない」

「嫌だよ。あたしはかかわりたくないもん」

「話を戻そうじゃないか。錦織が、問題のある人間で、かかわりたくない、というのはわかる。しかしここで私に何を話しても、それが錦織に筒抜けになるわけじゃない」

「わかんないじゃん！」

「聞けよ」

私は言葉が荒くなりそうなのをこらえてつづけた。

「大切なことは錦織が何をするかじゃなく、今、雅宗をどうやったら助けられるか、だ。彼のしてきたことの中には、あまりほめられないこともあった。だが彼は少なくとも一度は仲間のリーダーだった。なのに今は、かつての仲間が彼を見捨て、君と同じように、少しでもかかわりたくない、もっとひどいい方をすれば、村八分にしているような状況だ。だから私は彼に関する情報が手に入らないでいる。ミチルさんが雅宗を好きだったという話を聞いた。ミチルさんなら、雅宗を、私を、助けてくれるかもしれない。雅宗を今でも好きな人間でなければ、助けられないんだ」

「好きだってだけで、そこまでしてあげなきゃいけないの？」

「それは本人の問題だ。人を好きだと思うのは、相手や周囲からそうなってくれと強制されて好きになるわけじゃない。自分が望んで、そういう気持になる。ならば、助けたいと思う気持も同じじゃないのかな。トラブルが嫌だから助けないというのなら、好きだという気持より、その方が勝っているというわけだ」

少女は黙った。

「つまりこれはミチルさんが決める問題だ。君だってミチルさんを友だちだと思うから、彼女がトラブルに巻きこまれるのを防ぎたくていっているのだろう」

「ちがうね」

少女はいった。

「あたしが嫌なんだよ。ミチルがあの魔女のことを何か、あんたに話して、その場にあたしがいた、というのが嫌なんだ」

私はゆっくりと息を吸いこんだ。予想もしていなかった答だ。

「あんたは、ミチルだけじゃなく、あたしも巻きこんでいる。それがムカつくんだ」

「ミチルさんのことは関係ない、と？」

「あたしとミチルは友だちだ。だから互いに迷惑はかけあわないようにしてる。なのにこんなことがあったら迷惑じゃん」

「待てよ。友だちというのは、迷惑をかけられても許せるから友だちなのじゃないのか？」

「迷惑かける奴なんか友だちじゃないよ。あたしらそんなの、友だちだなんて認めない」

「悩みごとを相談したり、困っているのを助けるのは友だちじゃないのか」

「相談されたかったり助けたいから、そうするんであって、そうでないときまでしなきゃなんないのは、冗談じゃないって感じだよね」

私は言葉に詰まった。

「ごめんね」

ミチルがあやまった。あやまるんじゃない、と怒鳴りつけたいのを私はこらえた。

「あたしら、クールにやりたいんだよね」

詫びの言葉に勢いを得たのか、勝ち誇ったように少女はいった。

「それはクールとはいわない。ただ自分がよければいいという、ずるがしこい生き方だ」

「何いってんの。口先でばかり、友だちだの助けるだのいってる方が、よっぽどずるいじゃん」

少女は吐きすて、立ちあがった。

「あたし帰るわ。電話ちょうだい、ミチル」

「うん」

さほどショックをうけたようすもなく、ミチルはいった。

「電話する。ごめんね」

「いいよ」

少女は私に冷ややかな、蔑みをこめた視線を向け、立ち去った。

私はミチルに目を戻した。簡単には言葉にできないような衝撃を味わっていた。ミチルは無表情に煙草に火をつけた。

友情とか助けあうという言葉が、泥くさい、押しつけられたくない、というのなら、まだ私にも理解できる。気持はあっても、それが言葉になった時点で、どこかにうさんくさいもの、自己正当化であるとか偽善を感じてしまうからだ。口にせずとも感じていられるならそれがいい。万一、どうしても口にしなければならないときがあるとすれば、それは本当にぎりぎりの状況だと思っている。

しかし、ミチルの連れが考える友情とは、そうした概念とはまったくちがっていた。

友情そのものが、私の感覚の友情ではない。

「――あなたも同じなのか」

ようやく、私はいった。

「何が？」

「迷惑をかけるのは友だちじゃない、という彼女の言葉さ」

ミチルはつかのま沈黙した。やがていった。

「結局、人間てさ、おじさんがいったように、やりたいからやるんじゃん。友だちには迷惑かけたくない、なぜなら友だちだからってのがまずあって、それでもし迷惑かけちゃったら、どうしてそうなったのかってのが重要なんじゃん。かかりそうなのがわかっててやったのか、まさかかかるわけないと思ってやったのか」

「今日の場合は――」

「かかりそうなのがわかってるよね。相手は魔女だもん」

「友だちより魔女の方が恐い、ということか」

「錦織のことはさ、うちらの学校だけじゃなくて、渋谷で遊んでる人間はけっこう知ってる。あいつが呪いかけるっていうと、本当にひどい目にあう奴多いんだよね」

そんなマンガがあったのを思いだした。いじめられっ子が黒魔術の力を借りて、いじめっ子に復讐をとげていく。

「いじめられているのか、錦織は」

「まさか」

ミチルは笑った。

「そんなことできるわけないじゃん。みんななるべくかかわらないだけ。挨拶くらいはするけど、それ以上は話さない。話せる感じじゃないよね。前、本人がいってたことあるけど、この世の中は、自分と奴隷だっけ、なんかそんなのの二種類の人間しかいなくて、あとは全部、背景なんだって。学校の授業とか、奴隷じゃない人間が喋ってることとかは、ただの雑音にすぎないって」

「なぜそんな考え方をするようになったかは、いわなかった？」

ミチルは首をふった。

「昔からそうだったのじゃないの。中坊のときにはもう奴隷がいたって、いってたから」

「親とかは何もいわないのか」

「知らない。親は関係ないんじゃない？　別に親がいなくても生きていけるだろうし」

それが事実なのか、単なる比喩なのかはわからなかった。

「あの人の人生はＳＭなんだよね。自分が女王様で、あとは全部Ｍ。Ｍじゃない奴はゴミ」

「なぜ雅宗はかかわったのだろう」

「あたしが悪いのかもしれない」

ミチルは暗い表情になった。

「いつだったかデートしてくれて、渋谷歩いてたときに、錦織がいたんだ。奴隷もいっしょで、異様な感じだった。『なんだ、あれ』って、雅宗さんがいったから、教えたの。うちの生徒で、魔女っていわれてんだって。そしたら、やりたいって思ったみたい」

「何があったか知ってるかい？　二人に」

ミチルは首をふった。

「わかんない。でもつきあいだして、かわっちゃった。一番かわったのは、クスリだと思う。もち歩くようになったし、あたしとはたまに会っても飲んでること多かった」

「雅宗は奴隷にされたのか」

「たぶん、そうだと思う。ＳＭってそんなにいいのかな」

「わからない」

私は正直に答えた。だが錦織と雅宗の関係は、一般的なＳＭとは少しちがうような気がした。

「錦織の人生はなぜＳＭになったのかな」

「知らない。生まれつきなのじゃない？」

ミチルは投げやりにいった。

「何か錦織のプライバシーについて知らないか？　下の名前とか、住居とか」

「下の名前は知ってるよ。令っていうんだ。命令の令。らしいよね。他は知らない。知ってる子、少ないと思う」

「学校でもそうだとしたら、先生とかは問題にしないのか」

「したってしょうがないよ。あれが個性だと思ってるもん。学費ちゃんと払って、卒業してくれれば、別にいいんじゃん。授業の邪魔するわけじゃないし。たまにばっくれるくらいで」

「サボる、ということか？」

ミチルは頷いた。

「でも誰でもやってるしね。先生もいちいち相手にしてないよ。キリないから」

「なあ」

私はいった。

「どうやったら、雅宗を錦織からひき離せると思う？」

「わかんない。錦織のパワーってすごいみたいだから、駄目かもしれない」

「錦織は雅宗を憎んでいるのかな、それとも気にいっているのか」

「憎むだけでしょう。あいつが誰かを好きになるなんて、想像できない」

「そんなので、生きていて楽しいのか」

「わかんないよ。本人じゃないもの。でもそういうふうに生まれてきちゃった人間には、それしかないんじゃん」

　携帯電話が鳴った。ミチルのではなく、私のだった。ミチルに断わって、でた。

「はい」

「公さんですか、堀です」

　声の調子で、何かあったことがわかった。息を切らせている。

「どうした？」

「雅宗が逃げました。海にいっているあいだに行方不明になって――」

「なぜそんなことになった」

「メンバーの高さんているじゃないですか。あの人が堤防から落ちて、騒ぎになって。助けたんですけど、そのあいだにいなくなったんです。すいません。俺のミスです」

「格好は？」

「ジーンズでしたし、部屋調べてみたら、携帯ももってでてました。ハナからやる気だったみたいです」

「警察に連絡は？」

「それについて公さんに相談しようと思って――」

「自殺の可能性がある。連絡した方がいい」

私はいった。

「自殺、ですか」

堀は意外そうな声でいった。

「そうだ」

錦織は、雅宗を死なせる、といった。それは自殺させる、という意味であった可能性が高い。

「奴はまだ、惚れた女の影響をうけている。女が奴に死ねといったら、死ぬかもしれん」

「そんな馬鹿な」

「待て」

私はいって、ミチルを見た。

「雅宗の携帯の番号を知ってるかい」

ミチルは頷いた。

「かけてみてくれないか」

「今、ですか」

ミチルはわずかに目を広げた。

「そう。雅宗が『セイル・オフ』から逃げだした。自殺するかもしれない。止めたい」

ミチルの手が携帯電話にのびた。濃い水色のマニキュアを施した指がボタンを押すのを、私はじっと見ていた。

押し終えたミチルは電話を耳にあてた。瞬きをすると、目元に貼った小さなシールが目立った。銀色のホクロのようなシールだった。

「鳴ってる」

ミチルは言葉短かにいって、電話をさしだした。私は右手に自分の電話をもったまま、左手でうけとり耳にあてた。確かに呼びだしていた。

ミチルの携帯電話からはかすかに香水の匂いがした。そのことが目の前にいる本人よりもむしろ、性的なさざなみを私の心の中におこした。

呼び出し音は何回かつづいたところで中断し、留守番電話サービスへとつながった。電源が入っていて、着信も可能な場所にあるのだが、応答をしない、ということだ。

私はミチルの携帯電話に告げた。

「雅宗。佐久間だ。お前に話したいことがある。錦織の件だ。連絡をくれ」

そして自分の携帯電話の番号を告げた。

雅宗が本気で自殺を考えていたら、ただ「話したい」とか「助けたい」では、こちらのメッセージは届かない。雅宗にとって最も重要な話題をふらない限り、向こうからの連絡は期待できないと考えるべきだ。

電話を切り、ミチルに返した。自分の電話に話した。

「雅宗の携帯はつながる。もし連絡があったら、錦織の件で話したいことがあると俺がいっていたと伝えてくれ」

「ニシキオリ、ですか」

堀は訊き返した。

「そうだ」

「わかりました。警察にはすぐ連絡をします。でも状況についてうまく説明できるかどうか……」

「薬物依存からなかなか立ち直れなくて悩んでいた、ということでいい。自殺の動機で警察の対応がかわるわけじゃない」

「はい」

「何かあったらまた電話をくれ」

いって、私は切った。雅宗が自殺するとしても、清水でそれを実行するとは思えなかった。奴は「魔女」に吸いよせられるように東京までは戻ってくるだろう。錦織は、遠隔操作で死なせられるといっていたが、もし私との競争に勝った快感を本当に味わいたいなら、目前での死を命じる筈だ。

そこまで考えて、私はふとぞっとした。私自身まで、錦織にそれだけの「力」があると、どこかで信じ始めている。

「雅宗さん、死んじゃうんですか」

ミチルがいった。涙目になっていた。

「最悪の可能性を考えているだけだ」

「あの女が死ねっていってるのでしょう」

「そうさせてやると私にいった」

ミチルは黙ってテーブルに目を落とした。

「錦織について何か他に知っていることはないかい？　どこかいきつけにしている店とか、他の奴隷の名前とか」

ミチルは首をふった。

「ほとんど話したことないから」

「住んでいる場所は、学校の名簿でわかるだろう」

ミチルは頷いた。

「家に帰れば、たぶん」

「あとで連絡をくれないか。それから君の周囲で、錦織について何か情報をもっていそうな人間がいたら教えてほしい。今じゃなくていい、ゆっくり考えて。それと雅宗からもし連絡があったら、会いたいというんだ。奴にはもう、支えてくれる人間はそう、いない。君はその数少ないひとりだ」

酷かもしれない、と思いながらもいった。もし本当に雅宗が死ねば、ミチルが責任を感じてしまうような言葉だ。

ミチルは無言で頷いた。混乱しているのがわかった。

「心配しないで。奴はきっと立ち直って渋谷に戻ってくる。また君とデートできるようになるさ」

私はいって立ちあがった。レジには伊藤が立っていた。無言で私のさしだした伝票をうけとった。

「最後の頼みだ。もし雅宗がやってきたら、すぐ連絡をくれ」

私はいった。

「脱走したんですか、病院」

レジを打ちながら伊藤はいった。

「病院じゃない。だが行方がわからなくなっている」

「きませんよ、ここには。きたって誰もいない」

私を見ずにいった。

「きたら、でいい。もしきていたのに連絡がなかったことがわかったら、遠藤さんのところにいく」

伊藤は目をあげた。

「おどし、っすか。それ」

「どうとでもとっていい。俺にはとても大切なことなんだ」

14

「シェ・ルー」をでて、歌舞伎町に向かうべきかどうか迷った。もしいったん桜淵と接触してしまったら、かりに雅宗から連絡があっても、すぐに対応できるとは限らない。といって桜淵を途中でほうりだせば、その後の調査に悪影響を及ぼす可能性もあった。

沢辺に電話をした。

「清水から連絡があった。いなくなったそうだな」

「ああ。自殺する可能性が高い」

「なぜそんなふうに思うんだ？」

私は渋谷の雑踏を見渡し、ガードレールに腰をおろした。

「奴の女に昨夜会った。元の『イエロウドッグ』に現われたんだ。外見は子供だが、かなり強烈な人間だ。俺に競争だといったよ。雅宗を、リモコンで死なせてみせる、と。奴隷と考える人間の生殺与奪権はすべて握っていると信じているようだ」

「勉強かクスリのやりすぎじゃないのか」

「会わなければ、そう考えて不思議はない」

沢辺は黙った。

「それから『ムーンベース』についてわかったことがある。東和会のポルノがらみのシノギを作っているところだった」

「ポルノか。やくざ者の方がまだわかりやすいな」

沢辺はつぶやいた。

「そうだな。正直、雅宗のことは、俺の手に負えないかもしれない。高校生で、人生をSMで生きている女なんて想像できるか」

「SM？　本人がそういったのか」

「いや。同じ学校の生徒がいっていた。だが俺も同じ印象だ」

「その趣味は？」

「誰に、俺にか」

「ああ」

「ないさ。冗談にできる気分じゃない」

「冗談じゃなく、専門家に会ってみるか」

沢辺の口調は真剣だった。

「どこでどうやって会う? どこかのSMクラブに女王様のデリバリィを頼むのか」

「それじゃ本物がくるかどうかわからない。今どこだ」

「渋谷さ。あいかわらず」

「青山だ。青山三丁目に『エリザベス商会』という会社がある。そこにいけ。電話をしておく」

「いくとどうなる?」

「アドバイスをもらえるかもしれん。場所は交差点の渋谷よりのビルの八階だ」

夜の遊びに関する沢辺の知識には全面的な信頼がおける。

「いったとたん縛りあげられたりしないだろうな」

「冗談をいう気になれんといったのはお前だ」

「わかった。いってみる。俺は溺れかけてる」

「公、俺も考えた。結局、俺たちは『役割』だ。俺もお前も『役割』を演じてる。その役を降りても、おそらく誰かがかわるだろう。ただしそいつが俺たち以上に『役割』をこなせるかどうかはわからない。お前は、少なくとも今までは自分が一番その役に向いていると信じてきたわけだ。本当に一番かどうかは誰にもわからない。この芝居の観客は、もしいるとすりゃ神様くらいなんだ」

「観客？　演出家じゃないのか」

「演出家なんてものはいない。俺は運命は信じるが、神は信じない。だから演出家も観客も、本当はいない。あとは役者が自分をどう考えるかだけだ」

「俺はもう、自分が一番の役者だとは思えなくなってきた」

「それもわかる。だが今のこの芝居に代役はいない」

「観客がいないのなら、降りたところでどうということはない。ちがうか」

「ああ。ただし芝居の相手役は困る。雅宗や、他の連中だ。俺が降りたら、お前が困るように」

「君は相手役に恵まれてる」

沢辺は含み笑いをした。

「何せ出演料が高いからな」

「観客がいない芝居じゃ、出演料はでないのじゃないのか」

「自分が払うのさ、出演料は。心でな」

「値段はつけにくいな」

「そうだな。体には値段がつくが、心には値段がつかん」

「わかった。青山に電話をしておいてくれ」

私はいって、タクシーに手をあげた。


「エリザベス商会」は、一階に高級ブランドのブティックが入った重厚なビルにあった。石柱が入口に立ち、ヨーロッパの古い建築を思わせる。実際はそれほど古い建物ではないだろうから、古く見せるために金をつかったというわけだ。エントランスへの階段を登りながら、私は柱に拳で触れた。本物の石柱だった。

一階のブティックには、イタリア直輸入の洋服や家具が並んでいた。エレベータは、そのブティックの中にあった。タイトスカートを着けた店員は、私が入っていっても、目すら動かさなかった。いい寄っても無駄な人間は見抜けるのだろう。その嗅覚は、金の匂いに鈍くなっている。たっぷりともった人間の匂いでなければ反応できない、というわけだ。

エレベータの床には大理石が貼られていた。八階で降りると、いくつかのガラス扉が並んだ廊下にでた。しかれたカーペットの毛足は長く、「エリザベス商会」に所属する女王様たちは、ピンヒールでこの草原を歩けるのだろうかと、人ごとながら心配になった。

「エリザベス商会」の扉は、だがひどくそっけなかった。曇りガラスに小さな黒い文字が入っているだけだ。

扉を押した。そこはブティックのようだった。何体かのマネキンがおかれ、明らかにそれらしい衣裳を着けている。ガラスケースには、さまざまな装飾品が並んでいた。しかし、うしろめたさやいかがわしさを感じさせる雰囲気はなく、ＢＧＭにはビバルディが流れていた。

片隅に年代物のロールトップデスクがあって、髪をうなじでとめた眼鏡の女性が本を読んでいた。ボンデージショップよりは、図書館が似合いそうな雰囲気だ。かたわらには梯子がたてかけられた、天井まで届く大きな書棚があり、半数以上は洋書で埋まっている。

ムチの音も、ロウソクの溶ける匂いもしなかった。

眼鏡の女性が私を見た。

「佐久間といいます」

女性は小さく一度頷いた。

「連絡はいただいております。社長が『カウンセリングルーム』でお待ちです」

ブティックの奥を示した。窓のない木製の扉があった。扉には変色しかけた銅のプレートが打ちつけてあり、そこに刻まれた文字は英語ではなかった。

私は扉を押した。正面に褐色のガラスをはめこんだ窓があり、左手には書棚と巨大なデスクがあった。デスクに、紺のピンストライプのジャケットを着けた女性がついていた。灰色の髪をきれいに束ね、老眼鏡をかけている。年齢は五十代のどこかだろう。ほっそりとしていて、スタンドの光の反射をうけた顔は、白人との混血を思わせた。

「佐久間さんね」

女性はデスクに目を落としたまま�いった。やわらかな声だった。性的なものを感じさせる響きはない。

「すわって待ってなさい」

校長室に呼びだされた中学生といった気分だった。部屋の反対側に革製の長椅子があった。私はそこに腰をおろした。

パラリ、という音がした。写真アルバムのような大きなノートのページを女性がめくったのだった。万年筆を走らせている。

「沢辺さんは元気なの？」

初対面を感じさせない口調だった。

「ええ」

「そう、よかった。あの子はいい子だわ」

「長いつきあいですが、ここのことは初めて教わりました」

目をあげた。

「どれくらいのつきあい？」

「二十年以上」

ほほえむと口もとに深いしわが刻まれた。

「素敵ね。二十年の友だちでも知らない秘密なんて。秘密をもっている人間ほど、友だちにしがいがあるわ」

「あなたはどれくらいのつきあいなのですか」

「秘密」

彼女は答えてノートを閉じ、立ちあがった。完璧だった。ピンストライプのタイトスカートのスーツに黒のハイヒール。ストッキングは黒だ。草原の上を歩いてもよろめかない。眼鏡を外し、ツルをかむ仕草にも年季が入っている。

「さて」

彼女はいった。

「始めましょうか」

私は部屋の中を見回した。

「ここで？」

「そうよ」

彼女は私とは向かいあわせのソファにすわると脚を組んだ。

「わたしはカウンセラーなの。自分の中の嗜好が判断できない人、あるいは感じていながら抑圧している人たちの相談にのります。これ自体をプレイだとは思わないように。プレイにするかどうかは私の判断であって、あなたの判断ではないわ」

私は息を吐き、頷いた。

淡い茶の目がじっと私の目をのぞきこんだ。厳しいようでやさしい。どこか心をなごませる光のこもった目だった。

「で、何を知りたいの？　あなた自身のこと？　それとも他の誰かについて？」

「私自身について何かわかりますか？」

ふっと彼女は笑みを浮かべた。

「わたしは占い師ではありません。初めて会ったあなたについて、何かがわかると思う？」

「たとえば、私がサディストか、マゾヒストか、とか――」

彼女はゆっくりと首をふった。

「その人のセックスの嗜好が、ひと目見てわかったら、それは千里眼と同じだわ。よく、ホモセクシュアルの人は、同じ趣味の相手を互いに見抜くというけれど、それは欲望のシグナルを発信しているからにすぎない。もし互いにホモどうしであっても、その相手とは絶対に寝たくないと感じたら、シグナルは発信されないし、互いに気づくこともない」

「見るからにSとかM、というのはないのですか？」

彼女は微笑んだ。

「サディズムとマゾヒズムほど、外見を裏切るものはないわ。あなたも聞いたことがあるでしょう。体が大きく、態度も尊大な男性に限って、奉仕の歓びを性の場で求めることは多い。セックスは、表面的な社会生活において欠けているピースを補う形をとりがちよ。その人の日常で得られない充足に対する願望が、日常を離れたセックスの場で形になるの。わかる？」

「つまり日常を離れていなければ、そうした願望は形にならない」

大きく彼女は頷いた。

「とても勘がいいわね。あなたにもしＳＭの経験がないとしたら、とても上手なプレイヤーになる素質があるわ」

ドアがノックされた。さきほどの眼鏡の女性がティカップののったトレイを手に現われた。紅茶にしては色が赤い。

「ハーブティよ。心を落ちつかせる効果があるわ。飲みなさい」

「いただきます」

私はいって、手をのばした。彼女は小さく頷き、膝の上にソーサーにのせたティカップをもっていった。

「私自身にはSMプレイの経験はありません」

「どうやらそのようね。したいと思う？」

「興味がないといえば嘘になります。ただ、知ってしまったあとが恐いと思うところもある」

「何が恐いの？　新しい扉を開けて、自分がこれまで気づいていなかったもうひとりの自分と向きあうこと？」

「おそらく」

「それが恥ずかしい？　たとえばあなたの中のM性が目を覚まし、ハイヒールで踏まれたり、鞭で打たれる快感を心が求めるようになること？」

「かもしれない。そうなった自分を想像すると、ぶざまだという気がします」

彼女は首をふった。

「ぶざまであることの何が悪いの？　人は必ずぶざまな姿をもっている。どんな美男美女でも、ぶざまな姿をするわ。ぶざまな姿をしない人間などいない。それは他人に見られないからぶざまではないのであって、もし誰かが見ていたら、こっそりとのぞかれていたとしても、ぶざまな姿になってしまう」

「でもそれを見せたくはない」

　彼女はほっと息を吐いた。

「見せたくない、という気持が扉なの。肉体的な痛みはむしろ即物的なもの。性器の摩擦によって得られる快感と似たような存在よ」

「よくわかりません」

「セックスの歓びには心と体の二種類がある。それはわかるわね」

　私は頷いた。

「ＳＭの歓びも同じよ。心の歓びと体の歓びがある。そのふたつを両方得られてこそ、歓びは大きなものになるわ。痛みだけを求めて得られる快楽に真の歓びはない」

「心だけではどうです？」

　彼女はつかのま黙り、いった。

「あるわ」

「つまりこういうことですか。男性にとってのセックスが、金で買ったセックスと恋人とするセックスとにちがいがあるように、肉体的な痛みだけを求めるＳＭプレイでは本当の歓びはない」

「そうね」

　彼女は頷いた。

「ただし、心の充足を拒否するタイプの人間も中にはいる。そういう人は、歪な形での快楽に溺れている、ともいえる」

「例外的な存在ですか」

彼女はハーブティを口に運んだ。

「自分の中のSM嗜好に気づいていて、それを周囲に隠そうとする人間は少なくない。恋人や配偶者に対してすら、そういう人は秘密にする。これは裏表の問題なの」

私は首をふった。理解できなかった。

「では話を最初に戻しましょう。キィワードは日常よ」

「日常」

「そう。日常はいってみれば、あなたにとって見慣れた部屋よ。その部屋に満足するまで、あなたは新しい扉を開きたいとは思わない筈」

私は考え、頷いた。日常における欲望の充足。これが満たされない人間が、さらに新たな欲望を捜し求めるとは、確かに考えにくい。簡単な話、単純で普遍的なセックスにすら満たされていない人間が、そうでない形のセックスに目を向けるとは思えない。

「新しい扉に目を向けるためには、日常に対する不満が必要だということですね」

「そう。でもその不満は、満たされて尚、という不満でなければならない」

「わかります」

「SMプレイを嗜好する人の中には、社会的に成功者と思われている人が多い、といわれるのはそれが理由よ。経済的にも精神的にもあるていど満たされて、人々は次の扉を捜し始めるの」

「ここはそういう人のためのカウンセリングをおこなっている、ということですか」

「そう。そうした人々にとって、外聞はとても重要な問題だわ。SM嗜好が社会的信用に影響を及ぼすと考える人も多い。だから秘密が求められる。自分の中のS性、M性を、周囲の人間には決して知られたくない、ということね」

「しかし本当は、最愛の人間とSMプレイをしたい？」

「そう思う人もいるわ。でもそうでない人もいる。秘密の共有が初めて、快楽の扉の鍵を開くの。恋人とSMをしたいのだけれど、うけいれてもらえそうもないので、SMのプロとのプレイを求める人もいる。でも一方では、相手がプロであることに安心し、自分をゆだねてくる人もいる。そういう人たちは、アマチュアとのプレイでは決して充足しない。そしておおむね、そちらのタイプの人ほど、肉体的な苦痛にこだわりがち」

「すると最良のプレイというのは――」

「金銭を介さない関係でありながら、互いの嗜好を知りつくし、心と体両方の苦痛を与えあえること。でもそれを得るには、通常のセックスパートナーを見つける以上の困難がある。なぜだかわかる？」

「そんな相手は簡単に見つからない。たとえふつうのセックスをしただけでは、互いがそうなのかどうか見抜けない」

「それだけじゃないわ。ＳＭには、通常のセックスよりはるかに信頼関係が必要になるの」

「信頼関係が？」

「そうよ。考えてもごらんなさい。出会ってその場でセックスをするアマチュアの男女はいるけれど、互いがそうとも知らないでいきなりＳＭをするアマチュアの男女はいないわ。ＳＭは日常の外側に存在する。互いが日常を脱しているという確認なしにＳＭをおこなえば、それは犯罪とうけとられかねない。だからこそプロの存在が、通常のセックス以上に貴重になる。日常の外側にいくためには、場合によっては命がけの信頼が必要になる。その信頼なしに一方的なＳＭ行為を強要するのは、犯罪だし、得られる快感は少ない」

彼女は脚を組み直し、わずかに体をのりだした。

「こう考えて。通常のセックスが、平面と平面をぴったり重ねあわせるものならば、ＳＭは凹凸を重ねあわせるもの。相手が平面なのに凸部を押しつけても、密着の快感はない。凹部であっても同じよ。でも凹部が凸部をうけいれるためには、大きな信頼が必要だわ。凹部のくぼみにあった大きさの凸部しか、そこには入ることができない。無理に押しこもうとすれば、求めている以上の苦痛が生まれる。それは信頼を無視しているし、信頼がなければ、ただの苦痛にすぎなくなる。信頼があってこそ、苦痛は歓びにかわる。それは与える側も与えられる側も、何らちがいがないわ。あなたはさっき、ぶざまとい う言葉を使った。ぶざまな姿を快感と感じる理由はここなの。人に見せられない姿を、自分にだけは見せている、あるいはこの相手だけに見られている――。秘密の共有が快感を増幅するわ。ＳＭは、肉体ではなく、まず心の問題なの。Ｓにとっても Ｍにとっても、同じ苦痛を、誰に与えるか、誰から与えられるかで、それが歓びに変化する度合はまるでちがってくる。まちがった相手に与えたり、与えられたりする苦痛は、まったく歓びに変化しないこともある」

「人生をＳＭで生きている人間、というのは考えられますか。自分と奴隷以外の人間関係をまったく認めないような」

私は訊ねた。それに対し、彼女は意表を突かれたような表情になった。

「それはつまり、日常がすべてＳＭによって支配されている、ということ?」

「そうです。その人物がＳであるとすると、奴隷の生死すら、その人物の思いのままになる。奴隷が死にたくないと願っていても、死に追いやることができると、その人物は信じている」

「――それはできないわ。願う死なら、あるかもしれない。でも願わない死を、Ｍはどうやって歓びにできるの。歓びを求めない心からは、何ひとつ生まれない」

「するとその関係はＳＭではない」

「ちがうわね。本人がＳＭだといったの？」

「いいえ。ただ支配している、と。されている方は、『飼い主様』と呼んでいました。隷属して――」

「だとすると、大きなまちがいがそこにはある」

「まちがっている人間関係だというのは、私にもわかります」

「そうじゃないわ」

彼女は焦れたようにいった。

「あなたにＳＭの経験がまったくないことが今の発言でわかった。あなたは言葉や文字にだまされている。女王様と奴隷、そうでしょ」

「そう、『飼い主様』は女性です」

苦笑が彼女の口元に浮かんだ。私は途中までしか彼女の授業についていっていなかったようだ。

「じゃあこう考えましょう。私が女王様になり、あなたがわたしの奴隷となる。わたしはあなたに辱めを与え、あなたはその辱めを歓びとする。あなたとわたしの関係に上下は存在すると思う？　言葉にだまされないで」

「女王様が上ではないのですか」

彼女は不意に手にしていた眼鏡を、足もとの草原に投げた。眼鏡は音もなく弾んだ。

「あら、落としちゃった。とってちょうだい」

私は彼女をまじまじと見つめた。何かを実践して教えようとしているのだ、と思った。

無言でかがみこみ、ひろって手渡した。すると彼女は、さらに遠くに、眼鏡を投げた。

「とってきなさい」

私は立ちあがり、眼鏡をひろった。彼女がいった。

「わたしは投げた。あなたはひろった。この行為以外に、わたしたちに何かちがいがある？」

「私はあなたの言葉に従った」

「そう。わたしがもし本当にあなたを下の人間と考えているなら、命令すら下さない。わたしが命令を下すという行為をおこなわなければ、今のこの二人のあいだで行動は何ひとつ生じなかった筈。あなたが命令を求めているからこそ、わたしはその必要に応えたのよ」

私は眼鏡を手に立ちつくした。

「わかった？」

やさしい声で彼女は訊ねた。

「表面の行為や言葉にだまされるのは、あなたが日常の立場から関係を見ているから。

女王様が奴隷に命令を下すのは、奴隷が命令を求めているからなのよ。日常の立場からは、奉仕は一方的なものにしか見えないでしょうけれど、実は奉仕は、奉仕を求める行動なり言葉があってこそ成立する。ＳＭに信頼が必要だというのは、そういう面もあるからなの。奴隷がどれだけ奉仕をしたいと望んでも、女王にその気がなければ、奉仕は許されない。また逆に、あなたが眼鏡をひろうことを拒否するのが自由だったように、奴隷は女王が求めた奉仕を拒否することもできる。もしそうなったら、わたしはあなたから歓びは得られない。つまり、女王様と奴隷の関係は対等なの。鞭で打とうと、縄で縛りあげようと、そこには打ってあげている、縛ってあげている、という行為がある。ときには女王は、奴隷の求めに応じ、打たされてる、縛らされている、ということすらあるわ。対等な人間に、望まない死など強制できる筈がない、というのがこれでおわかり？」

「ＳＭは日常における対等の人間関係が根底にあってこそ成立する、架空の上下関係ということですか？」

彼女は頷いた。

「そうよ。架空の人間関係が人の生死を支配することはありえない。もしその『飼い主様』とやらが、奴隷を本当に死に追いやることができると考えているとしたら、それはもはやＳＭとはいえない」

彼女はいった。

「ではいったい何なのだろう」

私はつぶやいた。

「さあ」

彼女は深く訊ねようとはせず、首を傾け私を見つめた。

「さっき、プロしか相手にしない人間は、肉体の苦痛にこだわる、といいましたよね。そういう人たちはどうなのです」

私はいった。彼女は深々と息を吸いこんだ。

「人間には、相手の歓びもまた自分の歓びにできる人間と、自分の歓びだけにこだわる人間の二種類がいる。それはセックスに限らず、人間関係のすべてにおいていえること」

「わかります」

彼女はわずかにためらい、いった。

「サディストの中には、マゾヒストとのプレイを望まないタイプがいることは確かよ。相手をいじめればいじめるほど相手が歓びを感じるのでは、そういう人間は満足しない。相手が本物の恐怖や苦痛を感じることを求める。当然、プロとしては客にしたくない。非常にリスキーだから」

私は頷いた。本物の恐怖と苦痛はプレイではない。

「プロの仕事は、客に歓びを与えることか、客が歓びを与えていると思わせること。でも本物の恐怖と苦痛を金銭にかえるのは難しい。なぜなら本物の恐怖に終わりは見えない。客がプレイ時間の終了する二時間後には、もとの紳士に戻るのか、このまま限界を越えてつっ走るのか、プロにはわからないから」

「事故は起こりますか」

「起きるわ。事故を起こした客はたいていブラックリストにのり、クラブは女の子を送らなくなる。でもそれ以上に困るのは、事故にあった女の子たちへの対処よ」

「後遺症が残る？」

「そう。クラブに所属しているのがすべて真性のSやMとは限らない。また真性であっても、その凹凸の大きさはそれぞれちがう。事故を起こすような客は、一歩まちがえれば女の子の生死にかかわるようなプレイを望む。クラブ内であれば、監視カメラが作動しているので、店の人間が止めることができるけれど、ホテルや自宅に出張している場合は何が起きるかわからない。興奮のあまり、プレイが暴走していることを客が忘れてしまう」

「そういう場合はどうするのです」

「苦痛を訴えたり怯えたりするのは逆効果だと教えているわ。架空の人間関係をすぐに捨てさせる。相手のフルネームを呼び、おこなわれている行為が契約外のものであると指摘する。そしてどんなことがあっても、プレイは続行させない」

「多いのですか、そういう客は」

「可能性をもっている人間は、そう、少なくないわ。でも実際に我を忘れて責めに没頭してしまう人間となると、そうでもない」

「共通する特徴のようなものは何かあるのですか。そうした人間たちに」

彼女は考えていた。

「そうね……。あるといいたいけれど、実際にはないわね。外見からでは判断できない」

「女性にもそういうタイプはいますか」

「いるわ。ただ女の力で、相手の生死にかかわるほど責める、というのはたいへんなこと。道具を使ったりしなければ、ね」

それがどんな道具であるかは、訊ねたいとは思わなかった。

「ひとつだけいえるのは、女の方が血には強い、ということ。プレイの最中、相手が出血するのを見て、急速に日常に戻るのは男の方よ。女は血を見ても、驚いたり騒いだりはしないことが多いわ」

「では精神的なＳＭについてはどうです」

「これはとても難しいわ。なぜなら精神的なプレイを商品にすることがほとんど不可能だから。言葉嬲り(なぶ)や放置プレイといった範囲にとどまってしまう。精神的なＳＭプレイは、日常的な人間関係が根底になければ、なかなかなりたたない」

そういって彼女は微笑んだ。

「たとえば長年連れ添った夫婦の片方が片方を悪しざまにいう。いわれている方はまったく応えずにこにこしている、なんていうのも、わたしからすれば精神的なＳＭよ。そしていわれていた方が亡くなると、いっていた方がひどく落ちこんだり、寂しがるというのも、そこに信頼関係が存在した証拠になる」

確かに理解しやすい例だった。

「では、一方的に精神的な苦痛を押しつけるというのは？」

「そんな人間はこの世の中に溢れている。部下をいじめたり、後輩をしごいたりして快感を得る人間たちね。でもそれをわたしは、ＳＭとは呼びたくない。いったように、ＳＭとは日常を脱却したところから始まらなければならない。日常のささやかな満足や優越感のために相手を苦しめるのは、快感と呼ぶにはほど遠い、小さな、ケチくさい歓びだわ」

「相手を死に追いやるほど、精神的な苦痛を浴びせるのはどうです」

「それは、苦痛を与える側が自覚しているかどうかでまったくちがってくる。たとえば学校のいじめなどの問題で、自殺者がでたりする。自殺に相手を追いこむのは、たいてい複数の人間たちよ。彼らは、自分が、相手に死を選ばせるほどの苦痛を与えていたという意識に乏しいと思うの。したがって、与えられていた側にとっては死に匹敵する苦痛でありながら、与えていた方にとっては、さっきいったようなケチくさい歓びでしかなかったりする。もちろんわたしは教育評論家じゃないから確かなことはいえない。ただ、こんなことは思う。ケチくさい歓びしか得ていなかったのに、相手が死んでしまったら、おそらく後悔の大きさも、たかが知れてるでしょうね。ひとりひとりが与える苦痛は小さい、それに比例して、歓びも後悔も反省も、小さなものになると思うわ」

「では一対一の関係で、相手を死に追いやる精神的苦痛を与えた場合はどうなります？」

「その二人の関係は？　恋人？　夫婦？」

「夫婦ではありません。恋人に近いものでしょう。ただし、『飼い主様』の方は、他にも同じような奴隷を飼っている」

彼女はほっと息を吐いた。

「本来、主人と奴隷の関係は愛情でつながっている。ＳＭを嗜好しない人間にはどれほど歪で一方的な関係に見えようと、実際は対等な関係なの。主人も奴隷も、互いを必要として初めて、関係が生じるのだから。もし主人が精神的な苦痛によって奴隷に死を与えるとすれば、それは愛情の不在を示しているとしか、わたしにはいえないわ。でも、肉体的なプレイに関していえば、死ぬほど責めたいし責められたい、という過激な願望の凹凸がぴったりと合う人間がいないともいえない。だからそういう意味では……」

いいかけ、彼女は沈黙した。

「しかし死んでしまったら、もうその人とは二度とプレイはできませんね。そしてそれほど過激な嗜好をもったパートナーは、そう簡単には見つけられない」

私はいった。彼女は頷き、ハーブティを口に運んだ。何かを思いだそうとしている表情だった。

「わたしの長年の知りあいだった大学の先生でこんな方がいた。その方と奥様は、二十年以上にわたるＳＭプレイの関係だった。ご主人がＳで奥様がＭよ。奥様が癌になられて、余命がそうないことを医者に告げられ、お二人は、至高のプレイに臨むことを決心した。亡くなる直前、プレイの場から、先生はわたしに電話を下さった。非常に幸福だ、自分も妻も最高の歓びを感じている、そう、おっしゃって」

彼女は目を閉じた。

「新聞には、無理心中としか記事はのらなかったけれど……」

私も息を吐いた。

「――もし主人が、奴隷を複数もっていて、ひとりとなら、死に追いやるほどのプレイをしてもいい、と思ったら可能ですか」

「精神的に深くつながった主人と奴隷ならば、可能かもしれないわね。ただし奴隷は、それがプレイだと気づいたら死ぬことはない。わたしは極端かもしれないけれど、封建時代の殉死はそれに近いようなものだったような気がする。真性の精神的マゾヒストは、己れの命を断つ運命に歓びを感じていた。でもこの場合も、やはり主人の死なくしては成立しない」

「すると主人だけが生き残り、奴隷が死ぬ関係はありえない？」

「対等な愛情が根底にないのに、どうやってそれだけの支配力をもてるのかしら。封建時代ではないのだから」

「たとえば奴隷の、主人に対する一方的な愛情では？」

「もちろん、失恋で自殺する、ということが現代でも起きてはいる。でもそれが精神的なＳＭであると証明するのは、とても難しいわね」

錦織が雅宗を死なせてみせる、というのは、雅宗に対する愛情の拒否がそれだけの苦痛を与えられると信じているからなのか。

「――あなたは誰かを助けたいの？」

彼女が訊ねた。

「そうです。自らを奴隷だったと認め、そこからぬけだそうとしている少年がいて、その彼を自殺させてみせるといっている少女がいる」

彼女は上品に眉をしかめた。

「いくつの人たちなの？」

「少年は十六歳。少女もそれとさしてかわらない歳です」

彼女は首をふった。

「そんな子供たちがＳＭをしていると、あなたは本気でいっているわけ？」

「肉体的なプレイをしていたかどうかはわかりません。ですが少女の方は、もう少し歳上の大学生の男も、支配しています」

「あなたは会ったの？　その人たちに」

「会いました」

彼女はじっと私を見つめた。

「あなたはＳＭだと思った？」

私は首をふった。

「わからないのです。彼らの関係が、私には理解できない。確かに少女は、精神的な拘束力のようなものを、少年たちに対しもっています。セックスがその関係の中に存在したことも事実です。しかし、それがＳＭプレイ的なセックスであったかどうかとなると、私にはわかりません。また彼らのあいだに、おっしゃるような、対等の愛情関係が存在するとは思えない。いえることは、少女は、自分と奴隷以外の人間関係をすべて否定し、さらには憎しみを抱いているように見えるという点です。私は彼女と偶然会い、話しましたが、彼女の中には強い憎しみがあるように感じられました。一方、精神的な拘束をうけている少年たちは、彼女に対し恐怖を感じています。その恐怖の由来が何なのか知りたくてここにきたのです。」

「通常の男女愛とSMの関係に、それほど精神的なちがいがあるとはわたしは思いません。肉体的な苦痛に対する恐怖、という点では、SM関係にある男女は少しちがうかもしれない。でも精神的な恐怖でいうならば、愛している人間を恐ろしいと思うのは、その人間を失いたくないから、なのではないかしら。ただし、その女の子が、自分と奴隷以外の人間関係をすべて否定しているというのは、とても興味がある」

「なぜです？」

「先にあなたの疑問に対するわたしの答をいう。その人たちの関係はSMではないわ。理由を知りたい？」

私は頷いた。

「まずひとつめ。十代の人間どうしのセックスにSMがもちこまれることはとても少ない。精神的にも肉体的にも未熟な人間にとっては、セックスそのものが非日常であり、その上にさらに架空の関係をもちこむ必要はないわ」

「肉体的にはそうですね」

「第二に、あなたの言葉を信じるなら、愛情の存在が希薄だということ。死をも強制できるとなれば、そこには強い愛がなければならない。責め、愛しむ、という関係よ。でも話を聞いている限り、それはない」

「おっしゃる通りだ」

「第三に、さっきわたしがいいかけたことだけど、主人と奴隷がそれ以外の人間関係を否定するというのは、ＳＭにおいては成立しない。なぜなら、ＳＭは、日常に対するアンチテーゼとして存在する人間関係。日常を否定したらアンチテーゼも存在できなくなる。秘密の共有という快楽は、秘密を保たねばならない対象があって初めて成り立つわ。パートナーとの人間関係以外を否定してしまったら、快楽の大きな要素を捨てるに等しい。奴隷のコートの下に淫らな衣裳を着せ、街中を歩かせて楽しむためには、コートが絶対必要なのと同じよ。コートは第三者の目をより意識させるためのものであり、第三者の存在を否定していたらもちろん、そこに羞恥などの快楽は生まれない。あなたの話を聞いていると、主人は第三者の存在を、奴隷に対する辱めに利用していない。それは奇妙で、ありえないことだわ」

「難しい話ですが、わかるような気がします」

「『飼い主様』とか『奴隷』という言葉は、本人たちが使っているの？」

「『奴隷』ではなく、『犬』といっていました」

「『犬』ね」

彼女は薄笑いを浮かべた。

「『犬』をプレイで使うには、限定された時間と場所が必要よ。二十四時間、奴隷を『犬』にしていたら、ごほうびもお許しもない。奴隷は、ごほうびやお許しが欲しくて、『犬』に耐えるの。つまり時限的な設定でしかありえない。『犬』から解放されたときに得られる快楽を奴隷は求めているわ。わかるでしょ。主人は奴隷に対し、必ず快楽を与えなければならない。与えなければ、捨てられるのは主人の方よ」

目に輝きが浮かんでいた。そして思わずたじろぐほど淫蕩な表情だった。私は彼女から目をそらした。彼女のいう「非日常」をかいま見たように思った。

結論として、錦織と雅宗の関係は、SMにおける主人と奴隷という立場ではない、ということになる。少なくともセックスにおけるSM的関係は、あの二人のあいだに存在しない。

ではいったい何なのか。何があそこまで、雅宗や小倉をして、錦織への服従に向かわせるのか。

私にはわからなかった。

もとより、SMをビジネスとしている人間から、彼らの関係を解き明す答が得られると信じていたわけではなかった。だが何か、理解するための材料のようなものが手に入るのではないかと思ってはいた。

私にとって意外だったのは、プレイヤーは実は対等な立場にある、という彼女の言葉だった。ＳＭにおける主人と奴隷の関係は、いかにも上下にあると思いこんでいたのだ。苦痛を与える側と与えられる側。与える側を上位と考えるのは、当然だ。

だが苦痛が快楽に変化し、それを求める者を上位におけば、与えるのではなく、与えさせられる、という解釈も可能になる。

しかもそれらは日常を離れた場所で成立している。

私は青山の「エリザベス商会」をでた。ＳＭという見方を捨てたからといって、まったく別の理解方法が浮上したわけではなかった。錦織を理解するには、セオリーや理屈ではなく、やはり昔ながらの探偵的手法に頼るしかなさそうだった。人に会い、訊ね、個人情報を蓄積していく。

もちろんそれですべてが理解できる、というものではないことくらい、わかっている。長い間いっしょに暮らしていた夫婦ですら、互いのことを完全に理解できないものなのだ。訊き集めた情報だけで、人間の行動原理がすべて理解できる筈はなかった。

雅宗からの連絡はなかった。私の〝伝言〟はまだ彼に伝わっていないと考えることにした。もし伝わっていれば、錦織の情報に飢えた雅宗なら必ず連絡してくる筈だ。

街はすでに人工の輝きを点す時刻だった。

新宿に向かった。日が沈み、大きな人の波が、ＪＲの新宿駅から歌舞伎町の方角に向かって流れこんでいる。沖から押しよせる波が引き波にぶつかるとさらに波高を高めるように、駅へと向かう人の流れと合わさって、新宿通りと靖国通りをよこぎる横断歩道には、信号を待つ人々の集団がふくれあがっている。そしてそこには、何か焦りのような熱い空気がたちこめている。人より一秒でも早く、一歩でも先に、この巨大な盛り場の中にあるそれぞれの目的地に達することを求めている熱だ。

彼らの中に混じっていると、その奇妙な焦りが伝染し、目的地への足どりが速くなるのを感じる。

私の目的地は、永遠の商品である、安い性を売る店だ。歌舞伎町一丁目の、性を商品にした店ばかりが建ち並ぶ一角にある。

商売の歴史において、性ほどその価格の競争にさらされてきた商品はない。開かれた市場に並べられた性に、一軒の家ほどの値がついたこともなければ、一食の金額に満たない値で売買されたこともないだろう。商品につけられる値段は、それが肉体をもつ実体だろうと、ビデオテープにおさめられた虚像であろうと、常に適正な価格だった。なぜならその仕事にたずさわるのは、いつの時代も、性を商売にするプロフェッショナルだからだ。

私が知るのは、せいぜい四分の一世紀前からだが、その頃も今も、商品につけられているのは驚くほど適正な価格だ。それは何も知らない田舎者が水割り一杯のためにこの街や他の盛り場で支払わされる金額を考えても、まちがいなく適正だといえる。

中には法外な値段をとる店もある、と反論する者もいるかもしれない。モザイクがないのを売りに、さしたる刺激のない画像をおさめたビデオや、「過激なサービス」とのうたい文句につられて入ってみたら、過激だったのは、勘定書きに記されたゼロの数だった、と。

しかしそれは、本当に性を商品にしているわけではない。性は看板にはあっても、商品にはない。

本物の裏ビデオ、本物の裏本、本物の性行為は、まちがいなく適正価格で売られている。プロの商売人は、短時間で高利益を得ることより、ビジネスの長続きを願うからだ。

もちろん彼らプロは、盛り場がその主な稼ぎ場であり、そこを逐われる羽目になるような愚は決しておかさない。目立たず、騒がず、をモットーにしている。それでも運悪く、逐われるような羽目になれば、自分ではなく用意しておいたアマチュアをスケープゴートにしたてる。

それがやくざのやり口であり、そのことも四分の一世紀前からかわってはいない。桜淵は、そうしたスケープゴートとして、歌舞伎町のビデオショップで働いているのだ。

高給をもらい、決して組員にはならず、万一警察の摘発をうければ、自分がすべての責任者として処罰をうける。初犯なら収監はないし、警察も身代わりとわかっているから、決してしつこくは取調べない。

もちろんバックに存在するプロの名はおくびにもださない。それが最低のルールだ。もしまかりまちがって、自分が代理人であることを認め、正しくは誰が本当の経営者であるかを喋れば、刑事にはほめられるだろうが、無罪には決してならないし、悪くすればあとで命を奪われる。

実に簡単で金になる仕事だが、自分は消耗品であると知っていなければできない。消耗品であることを拒絶すれば、殺される可能性は高い。

私はポルノショップに入った。一階と地下に性感マッサージの店が入ったビルの二階だった。狭く急な階段の途中には、裏の商品の世界での「スター」たちのポスターが貼られている。

少女たちの笑顔は愛くるしいが、その瞳はどこか虚ろで、彼女らの多くが薬物依存におちいっていることを示している。

「いらっしゃいませ」

自動扉が開くと、客の罪悪感や不安をいっきにとりはらうような明るい声がかけられた。大きな書棚を背にしたカウンターに桜淵が立っていた。長い髪を束ね、眼鏡をかけている。彼がやくざの下働きであることを匂わせる要素は何ひとつない。

「初めてですか、お客さん」

私が頷いてみせると、彼は奥のテーブルを示した。

「カタログは全部そこにおいてあります。壁のポスターは、今月のビデオ売りあげベストスリーと、写真集のベストスリーです。ビデオも写真集も一点五千円ですが、今サービス期間中ですから、二点買うとひとつおまけになります。ただし写真集一冊、ビデオ一本というのは駄目で、写真集二冊かビデオ二本なら、ビデオでも写真集でも一点をおまけにおつけします。あったかいコーヒーと冷たいお茶とどっちがいいですか？」

私は桜淵の顔を見直した。

「これもサービスですよ。ゆっくり選んでもらおうと思って。カタログブックには、当店の評価も載ってますから、参考にして下さい」

桜淵は微笑んだ。違法の商品を扱っているという屈託をまったく感じさせない笑顔だった。

「じゃ、コーヒーを」

「ミルクと砂糖はどうします？」

「いらない」

私は答えて、奥の丸テーブルにすわった。灰皿がおかれ、ビニールケースに入ったカタログブックが数冊重ねられている。

開くと写真とともにワープロ打ちの紙片が目にとびこんだ。

「『真夏の果実』　店長のお勧め度☆☆　モデルは有近いずみの名で少し前、表ビデオの世界で『熱愛』シリーズ全三巻にでていたアノ娘。当時と比べると少し痩せたのは、離婚（業界情報による）を経験したせい？　イキ顔が泣きべそになるのは、表ビデオとちがってガチンコ本番だから。画質はバツグン。リリースは今年の二月」

「どうぞ」

紙コップに入ったコーヒーがテーブルにおかれた。

「ゆっくり選んで下さい」

私はさらにカタログのページをめくった。

「よそに比べるとうちは安いんですよ。商品構成はね、まあどこも似たようなものなんだけど――」

カウンターに戻った桜淵はいった。

「品切れ」とテープが×印に貼られたページで手が止まった。

「女子高生輪姦　宴の地獄」という題名だけが残っている。

「品切れのやつはもう入らないのかな」

「どれです？」

「『宴の地獄』」

「ああ、それは駄目ですね。コギャル系が好きなら、その三ページあとがいいですよ」

私は立ちあがり、適当に選んだ一本を指さした。

「じゃ、これ」

「一本でいいんですか」

「とりあえずね」

「承知しました。カタログナンバーは……。Eの二一ですね。ちょっと待って下さい」

いって、桜淵はカウンターにおかれた電話をとりあげた。

「あ、お願いします。カタログE―二一。一本です。よろしく」

受話器をおろし、私を見た。

「現品はこっちにないんで、今もってこさせます」

「その本棚は？」

「こっちは写真集なんです。ビデオは別のとこにおいてあります。五分くらいですから、コーヒー飲んで、待っていて下さい」

煙草に火をつけた。

「この店長っていうのはあなた？」

カタログをさしていった。桜淵は照れくさそうに笑った。

「あ、俺です。自分でも見てないもんを売れないじゃないですか。だから必ず新作はチェックすることにしてるんすよ」

「いっぱい見てると嫌にならないかい」

「なんないっすよ。もともと好きなんで」

「SM系はどうなの」

「輸入物ならありますけどね。あんまりマニアックなのは、こういうとこじゃ売れないんですよ。マニアはマニアどうしで交換会とかやってるみたいで」

「——お待たせしました」

階段をジーンズ姿の若者があがってきた。走ってきたらしく、汗をかいている。肩から斜めにさげたショルダーバッグを開け、ビデオテープをとりだした。受けとった桜淵が番号をチェックする。

「これですよね」

ビデオの背を私に向けた。そこに貼られたシールのタイトルを見て私は頷いた。

「じゃ、五千円、いただきます」

金を支払った。

「この店、何時まで?」

「表の明りは十二時に消します。警察があるんで。でも二時くらいまではやってますよ」

パッケージを紙袋に入れ、テープで留めながら桜淵はいった。

「わかった。またくるよ」

「よろしくお願いします」

「ありがとうございました」

桜淵とメッセンジャーの若者が口をそろえた。

階段を降り、地上に立った。二時まで時間を潰さなければならない。

15

車をとりにホテルへと戻る途中、電話が鳴った。雅宗ではなかった。

「ミチルです。さっきの件で電話しました」

錦織の住所を知らせるよう頼んでいた。

「住所いいますね。渋谷区初台二の×の×」

マンションではないようだ。室番を表わす番号はなかった。

「ありがとう。電話番号は？」

ミチルはそれも読みあげた。感情の感じられない声だ。

「雅宗から連絡はあったかい」

「ありません」

「そうか。こっちにもない」

「電話、ずっと電源入れときますから」

「頼む」

いって、私は切った。

ホテルに戻り、食事をとると、車に乗りこんだ。教えられた錦織の住所に向かった。

小田急線と京王線にはさまれた形の住宅地だった。マンションや大企業の社宅が多い。

小さな一軒家を見つけた。一方通行路のつきあたりに建っている。白塗りの二階家で、ごくありきたりの家族が暮らすにふさわしいような建物だった。

だが、ごくありきたりの家族などというものを、私は見たことがない。車を一方通行路の出口に止め、家の前に立った。

窓の明りはすべて消えていた。午後九時近くだった。家族は誰ひとり帰宅していないようだ。

あたりは住宅ばかりで、この家に住む家族のことを訊きこめそうな商店はない。唯一、百メートルほど離れたところに明りを輝かせるコンビニエンスストアがあったが、訊きこみには適していない。アルバイトの店員が多いからだ。

そのコンビニエンスストアまで歩いた。何か飲物と簡単な食料を仕入れておこうと思ったのだ。

自動扉をくぐった瞬間、雅宗の姿が目に入った。缶コーヒーとパンを手にレジに並んでいる。

「雅宗」

声をかけた。ふり返って私に気づき、息を呑んだ。

小柄だが均整のとれた体つきをした少年だ。赤い髪を短く刈り、パーマをかけている。オフホワイトのチノパンに、ギンガムチェックのシャツの裾をたらしていた。鼻と耳にひとつずつピアスをはめている。

雅宗は一瞬逃げ場を捜すかのようにあたりをうかがった。その体に緊張感がみなぎる。

「逃げるな」

私が鋭い声をだすと、他の客や店員がふり返った。

私は雅宗が手にしていた缶コーヒーとパンをとり、レジカウンターにおいて金を払った。雅宗は無言だった。

「そこに俺の車がある。中で話そう」

私がいうと逆らうようすは見せず、あとをついてきた。私は雅宗を助手席にすわらせ、車のドアを閉めた。

雅宗の隣に腰をおろし、煙草に火をつけた。雅宗の表情は固かったが、動揺しているようには見えない。

窓ガラスを少しおろすために、イグニションキィを回した。煙を外に逃す。

「煙草、もらっていいすか」

雅宗が初めて口を開いた。

「いいよ」

私はいって、ライターと煙草を渡した。雅宗は火をつけ、音をたてて煙を吐いた。そしていった。

「きっと見つかっちまうだろうなって思ってました」

「そうか？」

「ええ。公さんて、すごく腕のいい探偵だったんでしょ。どこ逃げても、きっと見つけるって……」

「退屈だからさ」

「退屈？」

「『セイル・オフ』にいると、皆、退屈だ。だから話をしているうちに、作るようになる。俺がすご腕だったとか、いろいろな」

「でも見つかっちまいましたよ、俺」

「お前を見つけるためにここにきたわけじゃない。わかってるだろ」

雅宗は私を見やり、首をふった。あてが外れたような、ほっとしたような顔をしている。

「携帯の伝言、聞かなかったのか」

「失くしちゃったんです」

雅宗はいった。

「携帯を、か」

私は少し驚いていった。雅宗のような若い連中にとって、携帯電話は何にも増して重要なアイテムの筈だ。

雅宗は頷いた。

「て、いうか、落として。清水から東海道線乗るときにあせって走って……。ホームに落っことしたんですけど、電車のドアが閉まりそうだったんで、そのまま乗っちゃったんです」

「なぜそんなに焦った？」

「追っかけられてるような気がして。呉野さんや堀さんにつかまったら、ヤキ、入れられそうで恐かった」

「堀がお前を追っかけてこられるわけないだろう」

暴走族時代の事故で、堀は足が不自由なのだ。

「でもなんか、おっかなかった。海から逃げたとき、久しぶりにあんなに走った。心臓破裂するかと思うほど、走った……」

内容にそぐわない、淡々とした口調で雅宗はいった。

「『セイル・オフ』は、逃げだした奴にヤキ入れたことなんかないぞ。そういう場所じゃない。でていきたけりゃ、でていきたいって、いえばいいんだ」

雅宗は黙っていた。

私は煙草を吸った。雅宗は私よりあとにつけた煙草を、私より先に消した。

「このままやめてもかまわないすか」

雅宗は私を見ずにいった。

「ああ、かまわない。ただ荷物やいろいろあるだろう。それにいるあいだ世話になった連中に、ひと言もなしか？」

雅宗はヘッドレストに頭をもたせかけ、深いため息をついた。

「錦織に会いたかったのか」

雅宗の体が反応した。

「会ったんすか？」

私に訊ねた。

「偶然だがな。こっちにでてきたときに、東京駅で俺を待ちかまえていた奴がいた。お前と同じで、あの娘の犬だ、といった。そいつを渋谷で見つけた。待ちあわせていたようだ」

雅宗は小さく頷いた。

「妙な男だ。なぜ、あそこまで錦織の奴隷のようにふるまう？」

「――俺といっしょじゃないすか」

「惚れてるのか」

雅宗は答えなかった。

「お前は惚れてるから、錦織が恐いのだろ。錦織はお前のことをどう考えてんのかな」

「だから犬っすよ」

「いいのか、それで」

「思われてもしかたないことしちまったじゃないすか」

投げやりに雅宗はいった。

「それは向こうの理屈だろう。確かにお前がしたのは、ほめられたことじゃない。犯罪だ。だが彼女は告発しちゃいない。別にお前も告発されるのが恐くて、彼女のいうことを聞いてるわけじゃないんだろ」

雅宗は黙っていた。

「俺はお前たちが理解できない。正直いって。確かにあの娘は強烈な個性をもっちゃいる。だからといって、お前や小倉がここまで恐がる理由は何なんだ」

「会ったからわかるでしょう」

雅宗がいった。私は雅宗を見た。髪を染めた少年は、ひどく分別くさい表情を浮かべていた。

「会ったら公さんならわかると思ってた」

「何がだ。俺には、あの娘は、かかわる人間すべてを憎んでいるように思えただけだ」

雅宗は小さく頷いた。不意にその顔がくしゃくしゃになった。赤ん坊のように、喉の奥で声をたてた。

「俺、あいつに憎まれたくないんすよ。あいつに憎まれたら、生きてけないって、思っちゃうんです……」

「憎まれるのと捨てられるのはちがうのか」

雅宗は首をふった。

「あいつは、世の中のほとんど全部を憎んでる。でも中に何人かだけ、憎んでない人間がいて、自分がそのひとりだと、すごく嬉しいんです。ほっとするんです。だから憎まれたくない――」

「錦織はお前のことをどう思ってると思うんだ？」

「わかんないですよ。でも憎まれたくないんです」

私は大きく息を吐いた。錦織が私に告げた言葉をここで口にするわけにはいかなかった。すでにお前は憎まれている、と宣言するようなものだ。

かわりにいった。

「手を切りたかったのじゃないか、錦織と。俺にそうさせてくれと、頼んだじゃないか」

「清水にいったとき、そう思ってました。俺はあいつにおかしくされてるんだって。手を切れば元に戻れる」

「俺も今はそう思ってる」

雅宗は首をふった。

「あいつは俺を戻れなくしたんです。もうチームも、俺を追放したって。俺はあいつのとこしか戻れないんです」

「確かにお前はチームには戻れないかもしれん。だが、他にもいく場所はある」

「ないっすよ！」

雅宗は声を荒げた。

「あるわけないじゃないすか。チームから追いだされたら、俺はもううしろだてがないんだ。ひとりなんすよ。ひとりで渋谷歩けるわけないでしょう。あっつう間に狩られちまう。今まで狩ってきた連中にボコスカにされて、もう二度と渋谷歩けない」

「おい、チームになんか属してなくたって、渋谷を歩いてる人間はごまんといるぞ」

「そいつらはハナからチームと関係ないじゃないですか。一般人だ。俺はちがう」

「じゃあ訊くが、錦織の犬になったら、渋谷をまた歩けるのか」

雅宗は頷いた。

「あいつは魔女ですから。あいつに触る奴はいませんから」

「それはお前が勝手に思ってるだけのことだ。錦織も同じ人間だ。別に魔法が使えるわけじゃない」

「あいつは使えますよ。そりゃ、空を飛んだりできるわけじゃないけど、思いきり憎んだ奴を生きていけないようにできる」

「だとしてもそんな奴に面倒をみてもらわなくてもいいだろうが」

「わかってないんすよ、公さんは」

「いや、わかってる。お前はひとりになるのが恐い。初めはチームにいて、しかもリーダーだから強がっていられた。錦織と知りあって、あの娘に惚れ、クスリをやるようになるとチームとうまくいかなくなった。だからチームを外れて、あの娘の犬になった。

クスリがひどくなり、恐くなったお前は『セイル・オフ』に逃げこんだ。そこには仲間がいた。だからまた強気になって、別れたいとか考えたんだ。だが自分から離れたいというのが恐くて、俺に頼んだ。ところがあの娘が電話でお前を揺さぶったら、とたんにお前は恐くなった。そうだろ？　何をいわれたんだ」

雅宗は私を見つめていた。怒りの浮かんだ目をしている。

「何を思ってる。本当のことをいわれただけだろうが」

「俺はそんな弱虫じゃない」

「嘘をつけ。たかがひとつしか歳のちがわない女子高生のスカートの中に隠れたがってる弱虫だ」

「ちがう！　あんたこそ嘘つきだ！　みんな嘘つきなんだ。『セイル・オフ』なんてまやかしだ。みんな自分のしてきたことに目をつぶって、きれいごとばっかりいってる。俺よりひどいことをいっぱいやってきたくせに、全部それをなかったことにして、新入りの面倒をみたら罪滅ぼしになると思ってる。なりっこないんだよ。互いに洗脳しあって、気持よがってるだけなんだ！」

「どっちがマシだ。犬だといわれて這いつくばるのと」

雅宗の中の怒りが憎しみにかわった。私は身をのりだした。

「はっきりいってやろう。お前がしてきたことはクズだ。ガキがつるんで調子にのり、チームだなんだといい気になっていただけだ。そんな奴は何十年も前から、渋谷でも新宿でも、それこそ盛り場という盛り場に、くさるほどいた。喧嘩をして人に怪我を負わせ、威して金をまきあげ、暗がりに女をひきずりこんで強姦する。そういうクズは、遅かれ早かれ、殺されるか、刑務所にぶちこまれるかするものだ。仲間を頼って徒党を組んでも、平気で裏切るし、いなくなりゃ忘れられちまう。お前はそういうクズのひとりだった。それが少しマシなものにかわろうとしている。偉そうに洗脳だ何だ、ホザくんじゃない。お前がクズじゃなきゃ、最初から『セイル・オフ』なんかにきやしない」

「あんたは本当は嫌いなんだ、俺たちが」

雅宗の唇が震えた。

「俺たち？　俺たちとは誰のことだ。まさかお前、逃げだしてきた『セイル・オフ』のメンバーを気どってるんじゃないだろうな」

雅宗の目に動揺が浮かんだ。

「白黒はっきりしろ」

私はいった。

「誰でもない、うしろだてのない人間になりたくないのなら、『セイル・オフ』に帰るか、それともあの女子高生の犬になるか」

いうなら今だった。その女子高生は、本当はお前を死なせてやる、と私に宣言したのだ、と。

だがいわなかった。とことん追いつめる結果になるような気がしたのだ。

雅宗はうつむいた。

「それからひとつ、教えとく。お前はもうチームの人間じゃないだろうが、お前のことを心配してる人もいる。その人がここを俺に教えたんだ。その人は、自分がお前の眼中にないことを知ってて、それでもお前を心配してる」

雅宗は意外そうに顔をあげた。

「誰だよ」

「まだお前には教えてやらん。お前よりはるかに勇気があると、俺は思うがな」

「だから誰なんだ」

「馬鹿野郎。教えりゃお前は今度はその人のところに逃げこむ気か」

雅宗は目をみひらいた。

「教えてほしきゃ、まず自分で錦織と手を切ってこい。あんな憎しみにこり固まった女じゃなくて、もっとまともに人間を愛せる女を選んだらどうだ」

「本当だろうな。本当にいるんだろうな」

雅宗はすがりつくようにいった。異常だった。この少年は、誰かに好かれていたい、愛されていたい、という気持をこれほど強くもちながら、家族のことを決して自分から口にしようとしない。家族の愛情は、この少年にとってはもはや何のうしろだてにもならないかのようだ。

少年のメンバーに対して、親の話をしない、というのが「セイル・オフ」のひとつの流儀になってはいる。親の愛情は、教えられても決して気づかないし、ときには重荷となって反発を誘うこともあるからだ。

親が子に対し、不安になったり、心配して何とかしようとする行動は、「世間体をはばかっている」「よそへ追いやって楽になろうとしている」と受けとられがちだ。そしてそれはまったくの的外れともいえない。

薬物依存におちいるほどの年齢に達した子供は、親を心身ともに疲れはてさせ、さらに恐怖を感じさせることとすら、容易にできるからだ。

「お前は錦織に会いたかったのだろ。会ってこいよ。会って別れてこい。そうしたら教えてやるよ」

雅宗は真剣な目で私を見つめた。私は見つめ返した。

やがて雅宗はいった。

「どうすればいい？」

「どうするつもりだったんだ」

「ここでずっと待とうと思ってた」

「でかけてるのか、彼女は」

雅宗は頷いた。

「どこにいるか見当は？」

雅宗は首をふった。

「いろんなとこに、住んでるんだ。ここだけじゃない。だから今日は帰ってこないかもしれない」

「家族は？　あの家に親はいないのか」

「いないみたいだ。手伝いみたいのはいるけど、夕方には帰る」

「どういうことだ。ひとりで暮らしているのか？」

「たぶんひとりだと思う。親の話なんて聞いたことがない」

「馬鹿ばかしい。じゃあどうやって暮らしているんだ」

私がいうと、雅宗は首をふった。

「知らない」

「小倉の連絡先を知っているか」

「携帯に全部、記憶させてた。電話番号は全部。だからどこも知らない」

途方に暮れた表情だった。電話番号を携帯電話にしまいこみ、それで友情や愛情までもが保存できると思っていたのか。

「他に思いつく場所は？　たとえば渋谷で」

苦しげな表情になった。

「渋谷にはいきたくないよ」

私は車のエンジンをかけた。

「逃げられると思うな、いつまでも」

私の意図を察し、雅宗は怯えた声をだした。

「マジかよ⁉　やめてくれよ！」

私はとりあわなかった。車を発進させ、渋谷に向け、走らせた。

「あんたわかってないんだよ、ヤバいんだって、本当に」

私は雅宗を見た。

「確かに俺はわかってなかった。お前は自分でいっていた通り、口先だけの弱虫だったんだ。『セイル・オフ』にきたのも、結局は逃げ場所を求めていただけのことなんだ。チームも、錦織の犬になることも、『セイル・オフ』のメンバーになるのも、すべて誰かにかばってもらうという点ではいっしょだったのさ」

「いけないのかよ、かばってもらっちゃいけないのかよ」

「お前は誰かをかばったことがあるのか」

雅宗は言葉に詰まった。

「俺は……俺だってかばってる」

「チームにいたときか？」

無言が肯定だった。

「ひとりで誰かをかばったことは？　周囲の人間と対立しても誰かをかばったことはあるのか」

「そんなことおこらねえよ。仲間が仲間をかばってるのだから」

「じゃあなぜお前の仲間はお前をかばわない？　いつお前は仲間じゃなくなった？　なぜお前は仲間じゃなくなった？」

「知らねえって！　そんなこと」

「じゃあ教えてやる。最初から仲間でも何でもなかったのさ。仲間だったら、たとえチームからお前が外れても狩ることはしない。お前はどうしてた？　チームから追いだした奴が渋谷にいたら？　お前はどうしてたんだ？」

雅宗は喉を鳴らした。

「だからいってんだよ。渋谷にいきたくないって」

「お前の使う仲間という言葉はまちがっているぞ。そんなものは仲間でもなんでもない。集まって、数だけで周りを圧倒し、得意になっているだけだ。互いに利用しあっているただの群れにすぎない。群れを外れた奴は、まっ先に獲物にされる。最低の集団だな」

「偉そうにいうなよ」

私はミチルといっしょにいた女子高生を思いだしていた。自分の前でそんな話をされることじたいが迷惑だといった、あの少女だ。友だちなら迷惑をかけるな、迷惑をかけるような人間は友だちじゃない。

この連中にとって、仲間とは友だちとは、何なのか。べたついた友情や仲間意識を好まない、というのなら理解できる。しかしこれはそうではない。あくまでも自己中心的な「友情」、「仲間」なのだ。これほどまでに自分を犠牲にすることを嫌っておきながら、友だちや仲間が作れると考えるのが私には理解できなかった。

渋谷についた。宮下公園下の有料駐車場に車を入れる。

「いきたくねえよ」

雅宗はあらがった。

「錦織に会いたいのだろ」

私は時計を見た。午後九時を回っている。

「大丈夫だ。『シェ・ルー』にお前を連れていくような真似はしない」

「冗談じゃねえ。もう誰かに見られてるかもしれない」

「だったらどうした」

私は助手席の扉を開き、雅宗にいった。

「降りろ。降りて錦織に会いにいき、自分の口でさよならをいうんだ」

雅宗はぼんやりと私を見つめた。渋谷の街に入ってからは口数が少なくなっている。頭が働かなくなったのか、いやだとかいきたくねえという言葉しかいわなくなっていた。

「こい！」

強い口調でいうと、のろのろと体を動かした。腕をつかんでひきずりだし、その耳に口を近づけた。

「いいか、俺はお前の仲間でも友だちでもない。だがいっしょにいる限り、お前が狩られそうになったら助けてやる。お前はそのかわり、自分の足で歩き、錦織のところへいって、もう自分をかまわないでくれ、とはっきりいうんだ。わかったな」

雅宗は小さく頷いた。

「よし、いこう」

私は彼の背を押した。汗でシャツがじっとりと湿っている。それほど暖かな夜ではなかった。恐怖がこの少年に汗をかかせているのだ。

ＪＲのガードをくぐり、パルコの方角へと坂を登った。若者を追いこし、追いこされていく。

「――どこいくんだよ」

歩行者用の信号で立ち止まった雅宗がふり返って訊ねた。表情の抜け落ちた顔をしている。

「センター街の方だ」

雅宗は瞬きした。

公園通りへはでず、左に折れて坂を下った。丸井の前で道路を横断する。私は「ブラックモンキー」へいこうとしていた。あそこに毎晩、錦織が現われるという確証があるわけではない。だがそこで待てば、何かが伝わるような気がしていた。

井の頭通りへと入った。人の数が増え、雑踏の気温が上がったように感じられる。雅宗の背中が緊張でこわばり、歩き方がぎくしゃくとしたものにかわった。

途中までうつむき気味に歩いていた雅宗のようすが不意にかわった。顔をあげ、あたりをにらみつけるようになった。開き直ったのだ。

視線には警戒と、周囲への怒りがにじんでいる。彼の顔を見やる者、その正体に気づきそうな者すべてへの怒りだ。

携帯電話がひっきりなしに鳴っている。道をいく者の半数以上が、手の中の小さな機械に話しかけていた。

雅宗はそうした連中にも怒りの視線を向けた。まるで通話をしている者すべてが彼の出現を誰かに通報し、不快感を示していると感じているかのようだ。

あるいはフラッシュバックを起こしかけているのかもしれない。

覚せい剤は、ヘロインとちがって肉体的な禁断症状こそ起こさないが、精神をむしばむ。覚せい剤の乱用は精神病の原因になる。特に問題なのが、幻覚、妄想状態をひき起こすことで、しかも乱用をやめたあとでも突然、それにおちいることがある。フラッシュバックというのだが、フラッシュバックは誰にでも起こるわけではない。

短期間の乱用でもフラッシュバックを起こす薬物依存者もいるし、長期間乱用していたにもかかわらず、起こさない者もいる。

少なくとも雅宗は、私の知る限り、フラッシュバックを起こしたことはない筈だ。

危険なのはフラッシュバックを起こすことよりも、妄想状態で自分を守ろうとして他者を傷つけることだ。妄想状態はむろん、フラッシュバックだけでなく、覚せい剤の使用時にも発生する。雅宗はコンビニエンスストアで会った時点で、覚せい剤は使用していなかった。したがってもし今、幻覚、妄想状態におちいっているとすれば、それはフラッシュバック以外、考えられない。

「雅宗」

私が声をかけると、雅宗は立ち止まった。

「こっちを向け」

私を見た。大丈夫だった。眉をひそめた目にある恐怖や怒りは、フラッシュバックによってひき起こされたものではない。

「何だよ」

「何でもない。もうすぐだ。誰もお前を狩りにはこなかったろう」

雅宗は無言だった。私は彼の先に立ち、通りをよこぎった。

「ブラックモンキー」の前に立った。

「知ってるか、この店」

雅宗は首をふった。

「あるのは知ってたけど、入ったことない」

「俺はここで会ったんだ」

雅宗は瞬きした。

「いこう」

私は階段の方へ雅宗を押しやった。雅宗はぎくしゃくとした足どりで階段を降りた。手すりをつかんだ拳に、白くなるほど力がこもっていた。

店内は混みあっていた。ボックスは大半が埋まっている。ラップの耳障りな音楽が流れていた。

「カウンターだ」

正面のカウンターに二人分のすきまを見つけ、私はいった。気づく範囲には、錦織も小倉も姿はなかった。

同じことを思ったのか、ストゥールに腰をおろすと、雅宗はほっと息を吐いた。

「コーラ」

比較的張りのある声で雅宗はいった。私はアイスコーヒーを注文した。

私がカウンターにおいた煙草を、雅宗は断わりなく手にした。火をつけ、いった。

「いねえじゃん」

「ここで少し待って、こなければもう一度、初台にいってみよう」

雅宗は大きく頷いた。恐れていた渋谷の街を無事歩けたことで、落ちつきを少しとり戻したように見えた。

「ああ。そうするよ」

「ちゃんといえそうか、錦織に」

「いえる。俺をほっておいてくれ。今までのことは悪かった、そういえばいいんだろ」

「そうだ」

雅宗は首を小刻みにふった。

「俺はあいつに悪いことをしたってずっと思ってた。あんたのいう通り、本当は俺、気が小さいから。でも錦織に惚れたのは、だからじゃない。あいつのことが少しわかって、あいつがすごく寂しい奴じゃないかと思ったんだ。あいつはメチャ、まわりを憎んでて
――」

「なぜ憎むんだ？」

「いや」

雅宗は首をふった。

「子供の頃からそうなんだっていってた。自分には人に見えないものが見える。みんな自分を恐がる。自分は恐がる人間が嫌いで、そのうち憎むようになったんだって」

「そんなことがあると思うか？」

「そんなことって？」

「錦織に、他の人間に見えないものが見える」

「わかんないよ。自分がそういってるんだから、そうじゃないの」

「錦織の親は何をしている？」

「聞いたことない。金持なんだろうけど、親の話はしたことない」

「もし錦織がもう一度やり直そうといったらどうする？」

「そういわれたからきたんだ、俺。でも携帯なくして、あいつに連絡つけらんなくなって。渋谷くるの、恐かったし」

「お前は錦織を信じるのか」

雅宗は首をふった。

「信じられるわけないじゃん。またきっと俺をいじめるつもりなんだと思ったよ。俺を喜ばせたり、悲しませたりして。でも逆らえなかった」

「今は逆らえるか?」

「逆らうしかないじゃん。あんたのいった通り、俺は堂々めぐりだ。まずあいつを切んなきゃ、どこにもいけない」

「その通りだ。錦織はここで俺と会ったとき、お前を死なせてやる、といってた」

雅宗は小さく頷いた。

「いうよ、あいつならきっと。あんたを憎んだんだ。ふつうの人間以上に」

「それはこういうことだ。錦織は、自分以外の誰かが、お前に強い影響力をもつのが許せなかった。だから俺を憎んだ。だが俺は憎まれても、痛くもかゆくもない。その上、イラン人がチームのメンバーを痛めつけた。それもすべてお前の責任ということになっている」

雅宗は唇をなめた。抑揚のない声だった。

「それはきっと俺の責任なんだよ。もともとは俺が全部悪い」

「原因を作ったのは確かにお前だ。だがだからといって、どれだけお前の人生を滅茶苦茶にしてもいい権利が錦織にあるわけじゃないぞ」

「わかんない。あんたと話しているとそうだな、と思うけど、あいつと話すと……」

私は頷いた。

「わかる。あの目のせいだ。あの目を見ていると、俺も腹が立つし、恐い、とも思う。たぶんあの目のせいで、錦織は今まで、いじめられたり、遠ざけられたりしてきたのだろう。だが恐怖と愛情はやはりちがう。お前は錦織を恐がっちゃいるが、本当は愛してなんかいない。恐怖と愛をいっしょにしちゃ駄目だ」

「さっきの……俺のこと考えてくれてるっていったの誰だい」

「ミチルという子だ」

「ミチル？」

一瞬心あたりのないような顔をし、次に雅宗は力なく笑った。

「聖良の？　なんで？　なんであいつなの」

「お前に惚れてる」

雅宗は首をふった。

「一回しかしてねえよ」

「する前からお前が好きだったのさ」

「わかんねえよ。なんでなんだよ」

「さあ。だがお前がチームのリーダーでなくなった今も、お前のことを真剣に心配している。錦織を恐いと感じながらも、お前を助けたいと思ってるんだ」

「不思議だな」

ぼんやりと雅宗はいった。

「不思議でも何でもない。好きになるというのはそういうことだ」

「だったらなんで、俺ともっとやんなかったのかな」

私は息を吐いた。

「錦織とお前は、ずっとセックスをしていたのか」

雅宗はとたんに弱々しい表情になった。

「したことはしたけど……。あいつは俺がクスリをやらなきゃ、させてくれなかった」

「それを何だとお前は思った？　愛情か」

雅宗は首をふった。

「罰だって、いってた」

「錦織もいっしょにやったのか」

「ほとんどやんなかった。あいつは俺にいろんなクスリをチャンポンさせて、俺がおかしくなるのをげらげら笑いながら見てた。俺が地面を這いずりまわったり、ゲーゲー吐いたりすると、そのときは見てて、あとで俺を抱いてくれた。俺がよごれててもちっとも怒らなかったし、顔をふいてくれたりした。俺が泣くと頭をなでてくれて、大丈夫、大丈夫って――」

「もういい」

私は雅宗の言葉をさえぎった。

「お前はただのオモチャだったんだ。錦織のような人間は、お前じゃなくとも、いうことを聞く者にになら誰にだってそうするかもしれん」

雅宗は無言だった。

そのとき私は気配を感じた。氷の塊でうなじをなでられたような感触を味わった。冷たく尖った塊がさらに強く、私の首すじから後頭部にかけて押しつけられた。

ふり返った。

店内の通路の中央付近に、錦織が立っていた。背後に小倉がいる。

錦織は今日も制服姿だった。わずかに眉をひそめ、こちらを注視している。小倉がその前に立とうとするのを、片手でさえぎった。

私は雅宗に目をやった。雅宗も気づいていた。体を半分ねじり、片手をカウンターについている。その腕が震えていた。

「恐がるな」

私は低い声で叱咤した。

錦織が歩みよってきた。小倉をその場に残し、私の方は一顧だにせず、いった。

「戻ってきたんだ」

雅宗を見つめていった。厳しい声ではなかった。淡々として、感情がこもっていない。

雅宗は顔をあげ、けんめいに息を吸いこんだ。

「俺、俺さ、お前に話さなきゃいけなくて」

「お前？」

錦織の視線が雅宗の目をつき刺した。見えない手が雅宗の喉をつかみ、押し潰さんばかりに絞めあげた。

雅宗の顔が緊張と恐怖で白くなった。唇がわなないたが、そこからはもうひと言も言葉がでなくなった。

私は黙っていた。錦織は雅宗の目の奥を焼き尽すような視線を向けながらいった。

「お前って誰？」

雅宗がかろうじて瞬きした。

「錦織れ――」

「やめろ！」

鞭のような声で錦織がいった。

「誰がその名を口にしていいと許可した」

「俺は、俺はもうやめる。お前の犬はやめる」

雅宗がいった。

「あら」

錦織の目が丸くなった。さも驚いたという表情だった。

「いいの？　それで」

雅宗は無言だった。

「本当にいいの？　後悔しない？」

「やめる」

雅宗はいった。肩で息をしていた。錦織は目を伏せた。長い睫が視線を隠し、かたわらにいる私すら、止めていた息をそっと吐いた。

「いいわ。好きにしなさい」

錦織がつぶやいた。

「『セイル・オフ』に帰るの？」

「まだわかんないよ、そんなことは。でもお前とはこれきりだ」

錦織が再び目をあげた。凍りつくほど冷ややかな視線にかわっていた。

「お前、ね」

あきれはてたという口調だった。

「都合がいいわよね。逃げ帰る場所ができたとたんに」

「雅宗はいずれ『セイル・オフ』もでていくだろう」

私はいった。

「で、どこにいくの？」

錦織は私を無視したまま、雅宗に訊ねた。

「わからない。とにかくひとりでやってみる」

「できるの？　ひとりぼっちで。ひとりぼっちなのよ。誰も、お前のことは知らない。目も合わさないし、話もしない。ゴミ以下」

雅宗は汗をかいていた。いおうとする言葉が見つからず、何度も唇をなめていた。

「もういい」

私は割って入った。

「雅宗にこれ以上かまうな。お前とは縁を切る。それだけだ」

「犬以下の生き物の言葉は聞こえない」

錦織はつぶやくようにいった。

「女王様ごっこをしたければ、勝手にやっていろ。とにかく雅宗はもう、お前の仲間じゃない」

私は告げた。錦織が首をふった。

「かわいそうに。とってもかわいそうよ。雅宗」

うなだれていた雅宗がはっと顔をあげた。

「帰る前に、あたしとちょっと話をしない？　二人だけで」

雅宗の顔に怯えが浮かんだ。

「いいでしょ」

甘えるように錦織がいった。

「ど、どこで。ここでか」

「いいわよ」

錦織が雅宗の手をとった。魅せられたように雅宗は立ちあがった。二人は空いたばかりの近くのボックスに腰をおろした。

言葉では殺せない筈だ。私は不安を押し殺し、その姿を見つめた。

ふと気づくと、小倉の姿がなかった。逃げだした筈はない。何かをしかけようというのか。だがあの犬に何ができるというのだ。

私は二人に目を戻した。雅宗が小さく首をふっていた。いやいやをする子供のようだった。錦織が低い声で語りかけつづけ、雅宗の顔からはますます血の気がひいた。

私はすっかり氷の溶けたアイスコーヒーをすすった。

錦織の手が雅宗の手をつかんだままだった。雅宗の掌に人さし指で何かを書きつけている。雅宗の顔が絶望に歪んだ。まるで呪いをかけられているかのようだ。

錦織は雅宗の手を離した。そっと雅宗の頬に触れ、何ごとかを囁きかけた。それから立ちあがった。

私の方に歩みよってきた。

「『セイル・オフ』に帰るんだ、やっぱり」

楽しそうにいった。

「もう、お前には壊せない。二度と奴に電話をするな」

私はいった。

「必要ない。いったでしょ。あいつを殺すって」

「まだそんなことをいってるのか」

錦織は人さし指を立てた。

「わかってないのはそっちよ。あたしはそちらの手の内を知りつくしている。そっちはどう？　あたしのことなんか何もわかってない」

「お前のことなんかどうでもいいんだ。雅宗とのかかわりが外れたら、好きなだけ、誰とでも女王様ごっこをするがいい」

憎しみを予期していた。怒りを期待していた。だが案に相違して、錦織は笑いをかみ殺すような表情を見せた。

「きっとあたしを捜すわよ、理由は教えてあげないけど」

私は首をふった。

「お前に興味はない」

「嘘つき」

錦織はいった。

「あなたはあたしを憎んでいる。憎しみというのは強い強い感情よ。簡単に忘れられるものじゃない。それにこれからあなたは、もっともっとあたしを憎む。あたしに会いたくてしかたがなくなるわ」

私は無視した。

「雅宗」

呼びかけた。すわったまま呆然と錦織の背を見つめていた雅宗が、のろのろと首を動かした。

「いくぞ」

錦織がふと私に近づいた。

「あたしはもうここにはこない。会いたかったら別の場所を捜して」

低い声で告げた。私は錦織を見た。

「何か勘ちがいしていないか。俺がお前を捜すことなどありえない」

錦織が笑った。ひどく邪悪なものを感じさせる笑みだった。

「わかるわよ。あたしがあなたや『セイル・オフ』のことを知っているほど、あなたはあたしを知らない。思い知らせてあげる」

「二度と雅宗にかまうな」

「かまわないわよ」

当然のように錦織はいった。

「これが最後。二度とあの犬には会わないわ」

「雅宗はお前の犬になりたがるほど、お前に惚れちゃいない。うぬぼれるな」

錦織は再び笑った。

「わかるって」

そして私に背を向け、出口の方へと歩きだした。小倉の姿が消えていることには驚きを感じなかったようだ。

雅宗があとを追うように、のろのろと歩いてきた。その腕をつかみ、私はいった。

「あいつと何を話したんだ」

雅宗の目が虚ろだった。

「雅宗」

ようやく私を見た。

「家に帰らなきゃ」

「家？」

私は彼を見直した。雅宗は小さく頷いた。

「家に帰って、家族に会うんだ」

「家族って誰だ」

「お袋や親父」

私は信じられず、雅宗の顔を見つめた。その口から両親に関する言葉がでるのを聞くのは初めてだった。

「何をしに帰るんだ」

「顔を見せて安心させてやるんだ」

まるで芝居のセリフの棒読みだった。

「そうしろといわれたのか」

「何が」

「家に帰れと錦織にいわれたのか」

雅宗は小さく頷いた。「親は、俺が『セイル・オフ』にいって、もっとひどい中毒になったのじゃないかと心配してるだろう。だから顔を見せてやれって」

信じられなかった。そんなまっとうなことをあの錦織がいうとは思えない。

「家に帰りたいのか、お前」

雅宗は頷いた。

「帰んなきゃ」

「帰ってその後は？」

「『セイル・オフ』にいく。みんなに挨拶する」

「本当だな」

雅宗は再び頷いた。

「錦織に、他に何をいわれた」

「別に」

妙だった。それだけで終わった筈がない。錦織は必ず何か罠をしかけている。だがそれが何なのか、私にはわからなかった。できることはひとつだけ、雅宗が「セイル・オフ」に辿りつくまでは目を離さないことだ。

「わかった。じゃあ、いこう」

私はそれ以上はしつこく訊ねず、雅宗にいった。

「俺が車でお前を家に連れていき、そのあと『セイル・オフ』まで送る。今夜中だ」

雅宗は逆らわなかった。低い声で、

「いいよ」

とだけいった。

レジで飲み物の金を払い、外にでた。もう渋谷の街に用はなかった。センター街を抜け、駐車場の方角に歩きだした。

三百メートルほど歩いたとき、雅宗が足を止めた。

「きた」

小さな声でつぶやいた。その視線の先に、高校生たちがいた。

（下巻につづく）

初出　「週刊文春」平成十年十二月十日号から平成十二年八月十日号
単行本　平成十二年十一月　文藝春秋刊
本書は平成十六年一月に出た文春文庫の新装版です。

本作品はフィクションであり、実在の個人・団体などとは一切関係がありません。

文春文庫

心(こころ)では重(おも)すぎる　上

定価はカバーに表示してあります

2020年7月10日　新装版第1刷

著　者　大沢在昌(おおさわありまさ)
発行者　花田朋子
発行所　株式会社 文藝春秋

東京都千代田区紀尾井町 3-23　〒102-8008
TEL　03・3265・1211㈹
文藝春秋ホームページ　http://www.bunshun.co.jp

落丁、乱丁本は、お手数ですが小社製作部宛お送り下さい。送料小社負担でお取替致します。

印刷製本・凸版印刷

Printed in Japan
ISBN978-4-16-791530-8

（　）内は解説者。品切の節はご容赦下さい。

伊吹有喜
ミッドナイト・バス
故郷に戻り、深夜バスの運転手として二人の子供を育ててきた利一。ある夜、乗客に十六年前に別れた妻の姿が。乗客たちの人間模様を絡めながら家族の再出発を描く感動長篇。（吉田伸子）
い-102-1

岩井俊二
リップヴァンウィンクルの花嫁
「この世界はさ、本当は幸せだらけなんだよ」秘密を抱えながらも愛情を抱きあう女性二人の関係を描き、黒木華、Ｃｏｃｃｏ共演で映画化された、岩井美学が凝縮された渾身の一作。
い-103-1

歌野晶午
ずっとあなたが好きでした
バイト先の女子高生との淡い恋、美少女の転校生へのときめき、人生の夕暮れ時の穏やかな想い……。サプライズ・ミステリーの名手が綴る恋愛小説集は、一筋縄でいくはずがない!?（大矢博子）
う-20-3

上田早夕里
薫香のカナピウム
生態系が一変した未来の地球、その熱帯雨林で少女は暮らす。ある日現われた〈巡りの者〉と、森に与えられた試練。立ち向かうことを決めた彼女たちの姿を瑞々しく描く。（池澤春菜）
う-35-1

冲方　丁
十二人の死にたい子どもたち
安楽死をするために集まった十二人の少年少女。全員一致で決を採り実行に移されるはずのところへ、謎の十三人目の死体が!?　彼らは推理と議論を重ねて実行を目指すが。（吉田伸子）
う-36-1

逢坂　剛
禿鷹（はげたか）の夜
ヤクザにたかり、弱きはくじく史上最悪の刑事・禿富鷹秋（とくとみたかあき）――通称ハゲタカは神宮署の放し飼い。だが、恋人を奪った南米マフィアだけは許さない。本邦初の警察暗黒小説。（西上心太）
お-13-6

大沢在昌
魔女の笑窪
闇のコンサルタントとして裏社会を生きる女・水原。男を一瞬で見抜くその能力は、誰にも言えない壮絶な経験から得た代償だった。美しいヒロインが、迫りくる過去と戦う。（青木千恵）
お-32-7

（　）内は解説者。品切の節はご容赦下さい。

魔女の盟約　大沢在昌

自らの過去である地獄島を破壊した「全てを見通す女」水原は、家族を殺された女捜査官・白理（バイリー）とともに帰国。自らをはめた「組織」への報復を計画する。『魔女の笑窪』続篇。（富坂　聰）

お-32-8

魔女の封印　大沢在昌　（上下）

裏のコンサルタント水原が接触した男は、人間のエネルギーを摂取し命を奪う新種の〝頂点捕食者〟だった！　女性主人公・水原の魅力が全開の人気シリーズ第3弾。（内藤麻里子）

お-32-10

極悪専用　大沢在昌

やんちゃが少し過ぎた俺は、闇のフィクサーである祖父（じい）ちゃんの差し金でマンションの管理人見習いに。だがそこは悪人専用住居だった！　ノワール×コメディの怪作。（薩田博之）

お-32-9

イン・ザ・プール　奥田英朗

プール依存症、陰茎強直症、妄想癖など、様々な病気で悩む患者が病院を訪れるも、精神科医・伊良部の暴走治療ぶりに呆れるばかり。こいつは名医か、ヤブ医者か？　シリーズ第一作。

お-38-1

空中ブランコ　奥田英朗

跳べなくなったサーカスの空中ブランコ乗り、尖端恐怖症で刃物が怖いやくざ……。おかしな症状に悩める人々を、トンデモ精神科医・伊良部一郎が救います！　爆笑必至の直木賞受賞作。

お-38-2

町長選挙　奥田英朗

都下の離れ小島に赴任することになった、トンデモ精神科医の伊良部。住民の勢力を二分する町長選挙の真っ最中で、巻き込まれた伊良部は何とひきこもりに！　絶好調シリーズ第三弾。

お-38-3

無理　奥田英朗　（上下）

壊れかけた地方都市・ゆめのに暮らす訳アリの五人。それぞれの人生がひょんなことから交錯し、猛スピードで崩壊してゆく様を描いた傑作群像劇。一気読み必至の話題作！

お-38-5

（　）内は解説者。品切の節はご容赦下さい。

阿佐田哲也
麻雀放浪記1　青春篇
戦後まもなく、上野のドヤ街を舞台に、坊や哲、ドサ健、上州虎、出目徳ら博打打ちが、人生を博打に賭けてイカサマの限りを尽くして闘う「阿佐田哲也麻雀小説」の最高傑作。（先崎　学）
あ-7-3

阿佐田哲也
麻雀放浪記2　風雲篇
イカサマ麻雀がばれた私こと坊や哲は関西へ逃げた。だが、そこには東京より過激な「ブウ麻雀」のプロ達が待っており、京都の坊主達と博打寺での死闘が繰り広げられた。（立川談志）
あ-7-4

阿佐田哲也
麻雀放浪記3　激闘篇
右腕を痛めイカサマが出来なくなった私こと坊や哲は新聞社に勤めたが……。戦後の混乱期を乗り越えたイカサマ博打打ちたちの運命は。痛快ピカレスクロマン第三弾！（小沢昭一）
あ-7-5

阿佐田哲也
麻雀放浪記4　番外篇
黒手袋をはずすと親指以外すべてがツメられている博打打ち、李億春との出会いと、ドサ健との再会を機に堅気の生活から足を洗った私……。麻雀小説の傑作、感動の最終巻！（柳　美里）
あ-7-6

浅田次郎
月のしずく
きつい労働と酒にあけくれる男の日常に舞い込んだ美しい女。出会うはずのない二人が出会う時、癒しのドラマが始まる――表題作ほか「銀色の雨」「ピエタ」など全七篇収録。（三浦哲郎）
あ-39-1

浅田次郎
草原からの使者　沙高樓綺譚
総裁選の内幕、莫大な遺産を受け継いだ御曹司が体験するカジノの一夜、競馬場の老人が握る幾多の人生。富と権力を持つ人間たちの虚無と幸福を浅田次郎が自在に映し出す。（有川　浩）
あ-39-11

浅田次郎
降霊会の夜
生者と死者が語り合う降霊会に招かれた作家の〝私〟は、思いもかけない人たちと再会する……。青春時代に置き忘れたもの、戦後という時代に取り残されたものへの鎮魂歌。（森　絵都）
あ-39-18

（　）内は解説者。品切の節はご容赦下さい。

石田衣良
憎悪のパレード
池袋ウエストゲートパークⅪ
IWGP第二シーズン開幕！　変容していく池袋、でもあの男たちは変わらない。脱法ドラッグ、ヘイトスピーチ……続発するトラブルを巡り、マコトやタカシが躍動する。（安田浩一）
い-47-21

石田衣良
西一番街ブラックバイト
池袋ウエストゲートパークⅫ
勤め先の店で無能扱いされた若者が池袋の雑居ビルで飛びおり自殺を図る。耳触りのいい言葉で若者を洗脳し、つかい潰すブラック企業の闇に、マコトとタカシが斬りこむ！（今野晴貴）
い-47-22

石田衣良
ＩＷＧＰコンプリートガイド
創作秘話から、全エピソード解題、キャラクター紹介まで、IWGPの世界を堪能出来るガイドブック決定版。短篇『北口アンダードッグス』を所収。文庫オリジナル特典付き！
い-47-19

石田衣良
ＭＩＬＫ
切実な欲望を抱きながらも、どこかチャーミングなおとなの男女たちを描く10篇を収録。切なさとあたたかさを秘めた、心と身体をざわつかせる刺激的な恋愛短篇集。（いしいのりえ）
い-47-35

池井戸　潤
ロスジェネの逆襲
半沢直樹、出向！　子会社の証券会社で着手した買収案件が汚い手段で横取りされた。若き部下とともに半沢は反撃の策を練る。IT業界を舞台とする大人気シリーズ第3弾。（村上貴史）
い-64-7

池井戸　潤
銀翼のイカロス
出向先から銀行に復帰した半沢直樹は破綻寸前の帝国航空を担当するも、女性の国交大臣から巨額の債権放棄の要求が。さらに行内にも敵が現れ、半沢に史上最大の危機！（村上貴史）
い-64-8

池井戸　潤
シャイロックの子供たち
現金紛失事件の後、行員が失踪!?　上がらない成績、叩き上げの誇り、社内恋愛、家族への思い……事件の裏に透ける行員たちの葛藤。圧巻の金融クライム・ノベル！（霜月　蒼）
い-64-3

（　）内は解説者。品切の節はご容赦下さい。

かばん屋の相続　池井戸 潤
「妻の元カレ」「手形の行方」「芥のごとく」他。銀行に勤める男たちが、長いサラリーマン人生の中で出会う、さまざまな困難と悲哀。六つの短篇で綴る、文春文庫オリジナル作品。（村上貴史）
い-64-5

民王　池井戸 潤
夢かうつつか、新手のテロか？　総理とその息子に非常事態が発生！　漢字の読めない政治家、酔っぱらい大臣、バカ学生らが入り乱れる痛快政治エンタメ決定版。（村上貴史）
い-64-6

ママがやった　井上荒野
七十九歳の母が七十二歳の父を殺した。「ママはいいわよべつに、刑務所に入ったって」――男女とは、家族とは何か？　ある家族の半世紀を描いた、愛を巡る八つの物語。（池上冬樹）
い-67-5

死神の精度　伊坂幸太郎
俺が仕事をするといつも降るんだ――七日間の調査の後その人間の生死を決める死神たちは音楽を愛し大抵は死を選ぶ。クールでちょっとズレてる死神が見た六つの人生。（沼野充義）
い-70-1

死神の浮力　伊坂幸太郎
娘を殺された山野辺夫妻は、無罪判決を受けた犯人への復讐を計画していた。そこへ人間の死の可否を判定する〝死神〟の千葉がやってきて、彼らと共に犯人を追うが――。（円堂都司昭）
い-70-2

キャプテンサンダーボルト（上下）　阿部和重・伊坂幸太郎
大陰謀に巻き込まれた小学校以来の友人コンビ。不死身のテロリストと警察から逃げきり、世界を救え！　人気作家二人がタッグを組んで生まれた徹夜必至のエンタメ大作。（佐々木 敦）
い-70-51

カレーなる逆襲！　乾 ルカ
ポンコツ部員のスパイス戦記
廃部寸前の樽大野球部。部存続の条件は名門・道大とのカレー作り対決!?　ヤル気も希望もゼロの残党部員4人は一念発起するのか否か？　読めば腹ペコな青春小説！　文庫オリジナル。
い-78-4

（　）内は解説者。品切の節はご容赦下さい。

幸せになる百通りの方法
荻原　浩
自己啓発書を読み漁って空回る青年、オレオレ詐欺の片棒担ぎ、リストラを言い出せないベンチマン……今を懸命に生きる人々を描いたユーモラス&ビターな七つの短篇。（温水ゆかり）
お-56-3

ギブ・ミー・ア・チャンス
荻原　浩
漫才芸人を夢見てネタ作りと相方探しに励むフリーターを描く表題作ほか、何者かになろうと挑み続ける、不器用で諦めの悪い八人の短篇集。著者入魂の「あと描き」（イラスト）収録。
お-56-4

夏のくじら
大崎　梢
大学進学で高知にやって来た篤史はよさこい祭りに誘われる。初恋の人を探すために参加するも、個性的なチームの面々や踊りの練習に戸惑うばかり。憧れの彼女はどこに!?（大森　望）
お-58-1

プリティが多すぎる
大崎　梢
文芸志望なのに少女ファッション誌に配属された南吉くんこと新見佳孝・26歳。くせ者揃いのスタッフや10代のモデル達のプロ精神に触れながら変わってゆくお仕事成長物語。（大矢博子）
お-58-2

スクープのたまご
大崎　梢
週刊誌編集部に異動になった信田日向子24歳。「絶対無理！」怯える気持ちを押し隠し、未解決の殺人事件にアイドルのスキャンダル写真等、日本の最前線をかけめぐる！（大矢博子）
お-58-3

赤い博物館
大山誠一郎
警視庁付属犯罪資料館の美人館長・緋色冴子が部下の寺田聡と共に、過去の事件の遺留品や資料を元に難事件に挑む。超ハイレベルで予測不能なトリック駆使のミステリー！（飯城勇三）
お-68-2

あしたはれたら死のう
太田紫織
自殺未遂の結果、数年分の記憶と感情の一部を失った遠子。その時に亡くなった同級生の少年・志信と自分はなぜ死を選んだのか——遠子はSNSの日記を唯一の手がかりに謎に迫るが。
お-69-1

（　）内は解説者。品切の節はご容赦下さい。

銀河の森、オーロラの合唱
太田紫織
地球へとやってきた、慈愛あふれる宇宙人モーンガータ（見た目はほぼ地球人）。オーロラが名物の北海道陸別町で宇宙人と暮らす日本の子どもたちが出会うちょっとだけ不思議な日常の謎。
お-69-2

あしあと
勝目　梓
記憶の封印が解かれる時、妖しく危うい官能の扉が開く。この世に起こり得ない不思議。倒錯の愛。夢とも現実ともつかぬ時空を往来しながら描く、円熟の傑作短篇十篇。（逢坂　剛）
か-11-4

ツリーハウス
角田光代
じいさんが死んだ夏、孫の良嗣は自らのルーツを探るべく、祖父母が出会った満州へ旅に出る。昭和と平成の世相を背景に描く、一家三代のクロニクル。伊藤整文学賞受賞作。（野崎　歓）
か-32-9

かなたの子
角田光代
生まれなかった子に名前などつけてはいけない——人々の間に昔から伝わる残酷で不気味な物語が形を変えて現代に甦る。時空を超え女たちを描く泉鏡花賞受賞の傑作短編集。（安藤礼二）
か-32-10

拳の先
角田光代
ボクシング専門誌から文芸編集者となった那波田空也は、一度は離れたボクシングの世界へ近づく。ボクシングを通して本気で生きるとは何かを問う青春エンタテインメント！（中村　航）
か-32-15

モノレールねこ
加納朋子
デブねこを介して始まった「タカキ」との文通。しかし、そのネコが車に轢かれ、交流は途絶えるが……。表題作「モノレールねこ」ほか、普段は気づかない大切な人との絆を描く八篇。（吉田伸子）
か-33-3

少年少女飛行倶楽部
加納朋子
中学一年生の海月が入部した「飛行クラブ」。二年生の変人部長・神ことカミサマをはじめとするワケあり部員たちは果たして空に舞い上がれるのか？　空とぶ傑作青春小説！（金原瑞人）
か-33-4

（　）内は解説者。品切の節はご容赦下さい。

加納朋子
螺旋階段のアリス
憧れの私立探偵に転身を果たしたものの依頼は皆無、事務所で暇をもてあます仁木順平の前に、白い猫を抱いた美少女・安梨沙が迷いこんでくる。心温まる7つの優しい物語。（藤田香織）
か-33-6

加納朋子
虹の家のアリス
心優しき新米探偵・仁木順平と聡明な美少女・安梨沙。『不思議の国のアリス』を愛する二人が営む小さな事務所に持ちこまれる6つの奇妙な事件。そして安梨沙の決意とは。（大矢博子）
か-33-7

加納朋子
トオリヌケ キンシ
外に出られないヒキコモリのオレが自由を満喫できるのはただ夢の世界だけ――。不平等で不合理な世界だけど、出口はある。かならず、どこかに。6つの奇跡の物語。（東　えりか）
か-33-8

川村元気
億男
宝くじが当選し、突如大金を手にした一男だが、三億円と共に親友の九十九が失踪。「お金と幸せの答え」を求めて、一男の旅がはじまる！　本屋大賞ノミネート、映画化作品。（高橋一生）
か-75-1

北方謙三
杖下に死す（じょうか）
剣豪・光武利之が、私塾を主宰する大塩平八郎の息子、格之助と出会ったとき、物語は動き始める。幕末前夜の商都・大坂を舞台に至高の剣と男の友情を描ききった歴史小説。（末國善己）
き-7-10

北村　薫
中野のお父さん
若き体育会系文芸編集者の娘と、定年間近の高校国語教師の父。娘が相談してくる出版界で起きた「日常の謎」を、父は抜群の知的推理で解き明かす！　新名探偵コンビ誕生。（佐藤夕子）
き-17-10

桐野夏生
グロテスク（上下）
あたしは仕事ができるだけじゃない。光り輝く夜のあたしを見てくれ――。名門女子高から一流企業に就職し、娼婦になった女の魂の彷徨。泉鏡花文学賞受賞の傑作長篇。（斎藤美奈子）
き-19-9

（　）内は解説者。品切の節はご容赦下さい。

桐野夏生
だから荒野
四十六歳の誕生日、身勝手な夫と息子たちを残し、家出した主婦・朋美。夫の愛車で気の向くまま高速をひた走る――。家族という荒野を生きる孤独と希望を描いた話題作。（速水健朗）
き-19-19

桐野夏生
奴隷小説
武装集団によって島に拉致された女子高生たち。夢の奴隷となったアイドル志望の少女。死と紙一重の収容所の少年……何かに囚われた状況を容赦なく描いた七つの物語。（白井　聡）
き-19-20

京極夏彦
定本　百鬼夜行―陽
『陰摩羅鬼の瑕』ほか、京極堂シリーズの名作を彩った男たち、女たち。彼らの過去と因縁を「妖しのもの」として物語る悲しく恐ろしいスピンオフ・ストーリーズ第二弾。初の文庫化。
き-39-1

京極夏彦
定本　百鬼夜行―陰
人にとり憑く妄執、あるはずもない記憶、疑心暗鬼、得体の知れぬ闇。それが妖怪となって現れる。『姑獲鳥の夏』ほか名作の陰にあった物語たちを収める。百鬼夜行シリーズ初の短編集。
き-39-2

北川悦吏子
半分、青い。（上下）
高度成長期の終わり、同日同病院で生まれた幼なじみの鈴愛と律。夢を抱きバブル真っただ中の東京に出た二人を待ち受けるのは……。心は、空を飛ぶ。時間も距離も越えた真実の物語。
き-42-2

喜多喜久
プリンセス刑事（デカ）
女王の統治下にある日本で、王女・白桜院日奈子がなんと刑事になった！　血が苦手な若手刑事とのコンビで挑むのは、凶悪な連続〝吸血〟殺人！　二人は無事に犯人を逮捕できるのか？
き-46-1

熊谷達也
邂逅（かいこう）の森
秋田の貧しい小作農・富治は、先祖代々受け継がれてきたマタギとなり、山と狩猟への魅力にとりつかれていく。直木賞、山本周五郎賞を史上初めてダブル受賞した感動巨篇！（田辺聖子）
く-29-1

（　）内は解説者。品切の節はご容赦下さい。

宮藤官九郎
きみは白鳥の死体を踏んだことがあるか（下駄で）
冬の白鳥だけが名物の東北の町で男子高に通う「僕」。ある日、ローカル番組で「おもしろ素人さん」を募集しているのを見つけた僕は、親友たちの名前を勝手に書いて応募し……。（石田衣良）
く-34-3

倉知　淳
片桐大三郎とXYZの悲劇
元銀幕の大スター・片桐大三郎の趣味は、犯罪捜査に首を突っ込む事。その卓越した推理力で、付き人の乃枝と共に事件に迫る。絶妙なコンビが活躍するコミカルで抱腹絶倒のミステリー。
く-40-1

小松左京
アメリカの壁
アメリカと外界とが突然、遮断された。いったい何故？　四十年前にトランプ大統領の登場を予言した、と話題沸騰の表題作を含む、SF界の巨匠の面目躍如たる傑作短編集。（小松実盛）
こ-5-13

幸田真音
ナナフシ
リーマン・ショックで全てを失った男と将来有望な若きバイオリニストが出会う。病を抱えた彼女を救うべく、男は再び金融市場へ。経済小説の旗手が描く「生への物語」。（倉都康行）
こ-25-6

今野　敏（びん）
曙光の街
元KGBの日露混血の殺し屋が日本に潜入した。彼を迎え撃つのはヤクザと警視庁外事課員。やがて物語は単なる暗殺事件から警視庁上層部のスキャンダルへと繋がっていく！（細谷正充）
こ-32-1

今野　敏
白夜街道
外務官僚が、ロシア貿易商と密談後に変死した。警視庁公安部の倉島警部補は、元KGBの殺し屋で貿易商のボディーガードとなったヴィクトルを追ってロシアへ飛ぶ。緊迫の追跡劇。
こ-32-2

今野　敏
凍土の密約
公安部でロシア事案を担当する倉島警部補は、なぜか殺人事件の捜査本部に呼ばれる。だがそこで、日本人ではありえないプロの殺し屋の存在を感じる。やがて第2、第3の事件が……。
こ-32-3

（　）内は解説者。品切の節はご容赦下さい。

今野 敏
アクティブメジャーズ
「ゼロ」の研修を受けた倉島に先輩公安マンの動向を探るオペレーションが課される。同じころ、新聞社の大物が転落死した。二つの事案は思いがけず繋がりを見せ始める。シリーズ第四弾。
こ-32-4

今野 敏
防諜捜査
ロシア人ホステスの轢死事件が発生。事件はロシア人の殺し屋による暗殺だという日本人の証言者が現れた。ゼロの研修から戻った倉島は、独自の〝作業〟として暗殺者の行方を追う！
こ-32-5

小森健太朗
大相撲殺人事件
相撲部屋に入門したマークを待っていたのは角界に吹き荒れる殺戮の嵐だった。立ち合いの瞬間、爆死する力士、頭のない前頭。本格ミステリと相撲、伝統と格式が融合した傑作。（奥泉 光）
こ-35-2

笹本稜平
還るべき場所
世界2位の高峰K2で恋人を亡くした山岳家は、この山にツアーガイドとして還ってきた。立ちはだかる雪山の脅威と登山家たちのエゴ。故・児玉清絶賛の傑作山岳小説。（宇田川拓也）
さ-41-3

笹本稜平
春を背負って
先端技術者としての仕事に挫折した長嶺亨は、山小屋を営む父の訃報に接し、脱サラをして後を継ぐことを決意する。山を訪れる人々が抱える人生の傷と再生を描く感動の山岳短編小説集。
さ-41-4

笹本稜平
その峰の彼方
厳冬のマッキンリーを単独登攀中に消息を絶った孤高の登山家・津田悟。親友の吉沢ら捜索隊が壮絶な探索行の末に見た奇跡とは？　山岳小説の最高峰がここに！（宇田川拓也）
さ-41-5

佐々木 譲
ユニット
十七歳の少年に妻を殺された男。夫の家庭内暴力に苦しみ、家出した女。同じ職場で働くことになった二人に、魔の手が伸びる。少年犯罪と復讐権、家族のあり方を問う長篇。（西上心太）
さ-43-1

（　）内は解説者。品切の節はご容赦下さい。

坂木　司
ワーキング・ホリデー
突然現れた小学生の息子と夏休みの間、同居することになった元ヤンでホストの大和。宅配便配達員に転身するも、謎とトラブルの連続で⁉　ぎこちない父子の交流を爽やかに描く。
さ-49-1

坂木　司
ウィンター・ホリデー
冬休みに再び期間限定の大和と進の親子生活が始まるが、クリスマス、正月、バレンタインとイベント続きのこの季節はトラブルも続出……。大人気「ホリデー」シリーズ第二弾。（吉田伸子）
さ-49-2

坂木　司
ホリデー・イン
おかまのジャスミンが拾った謎の男の正体。完璧すぎるホスト・雪夜がムカつく相手——大和と進親子を取り巻く仕事仲間たちの〝事情〟を紡ぐ、六つのサイドストーリー。（藤田香織）
さ-49-3

桜庭一樹
私の男
落魄した貴族のようにどこか優雅な淳悟は、孤児となった花を引き取る。内なる空虚を抱えて、愛に飢えた親子が超えた禁忌を圧倒的な筆力で描く第138回直木賞受賞作。（北上次郎）
さ-50-1

桜庭一樹
荒野（こうや）
恋愛小説家の父と鎌倉で暮らす少女・荒野。父の再婚、同級生からの告白、新たな家族の誕生……。十二～十六歳、少女の四年間を瑞々しく描いた成長物語が合本で一冊に。（吉田伸子）
さ-50-8

桜庭一樹
ほんとうの花を見せにきた
中国の山奥から来た吸血種族バンブーは人の姿だが歳を取らない。マフィアに襲われた少年を救ったバンブーが掟を破って人間との同居生活を始めるが。郷愁誘う青春小説。（金原瑞人）
さ-50-9

桜庭一樹
傷痕
人気ポップスターの急死で遺された十一歳の愛娘〝傷痕〟。だがその出生は謎で、遺族を巻き込みつつメディアや世間の注目の的に。彼女は父の死をどう乗り越えるのか。（尾崎世界観）
さ-50-10